家人闲坐 灯火可亲

汪曾祺 著

光明日报出版社

图书在版编目（CIP）数据

家人闲坐，灯火可亲 / 汪曾祺著 . — 北京 : 光明日报出版社 , 2020.4（2022.9 重印）

ISBN 978-7-5194-5678-8

Ⅰ . ①家… Ⅱ . ①汪… Ⅲ . ①散文集—中国—当代 Ⅳ . ① I267

中国版本图书馆 CIP 数据核字 (2020) 第 046828 号

家人闲坐，灯火可亲

JIAREN XIANZUO DENGHUO KEQIN

著　　者：汪曾祺

责任编辑：谢香　徐蔚　　责任校对：傅泉泽

封面设计：安宁　　责任印制：曹诤

出版发行：光明日报出版社

地址：北京市西城区永安路 106 号，100050

电话：010-63169890（咨询），010-63131930（邮购）

传真：010-63131930

网址：http://book.gmw.cn

E-mail：gmcbs@gmw.cn

法律顾问：北京德恒律师事务所龚柳方律师

印刷：山东新华印务有限公司

装订：山东新华印务有限公司

本书如有破损、缺页、装订错误，请与本社联系调换，电话：010-63131930

开本：145mm × 210mm　　印张：9

字数：190 千字

版次：2020 年 4 月第 1 版

印次：2022 年 9 月第 3 次印刷

书号：ISBN 978-7-5194-5678-8

定价：45.00 元

1961年，全家在北京中山公园

每当家像一个概念一样浮现于我的记忆之上，

它的颜色是深沉的。

1948年，与夫人施松卿在北京

我后来到过很多地方，走进过很多水果店，都没有这家水果店的浓厚的果香。

这家水果店的香味使我常常想起，永远不忘。

那年我正在恋爱，初恋。

如一种浅红的瓣，极细而卷曲如一头乱发的，上海人叫它“懒梳妆”，

北京人也叫它“懒梳妆”，因为得其神韵。

1953年，前左：子汪朗　前右：女汪明　右：妻妹施兰卿

人生时间有限，但空间无限，最重要的是在有限中寻求无限。

为自己活着，也为别人活着。

逝去的从容逝去，重来的依旧重来，在沧桑的枝叶间，

择取一朵明媚，簪进岁月肌里，许它疼痛又甜蜜。

1987年，与孙女汪卉在北京

西瓜灯里点了蜡烛，洒下一片绿光。父亲鼓捣半天，
就为让孩子高兴一晚上。我的童年是很美的。

到了一个新地方，有人爱逛百货公司，有人爱逛书店，我宁可去逛逛菜市。
看看生鸡活鸭、新鲜水灵的瓜菜、彤红的辣椒，热热闹闹，挨挨挤挤，
让人感到一种生之乐趣。

他平平静静，没有大喜大忧，没有烦恼，无欲望亦无追求，天然恬淡，
每天只是吃抻条面、拨鱼儿，抱膝闲看，带着笑意，用孩子一样天真的眼睛。
这是一个活庄子。

一个人口味最好杂一点，耳音要好一些，能多听懂几种方言。
口味单调一点，耳音差一点，也不要紧，最要紧的是对生活的兴趣要广一点。

我希望年轻人多积累一点生活知识。

古人说诗的作用：

可以观，

可以群，

可以怨，

还可以多识于草木鱼虫之名。

这最后一点似乎和前面几点不能相提并论，

其实这是很重要的。

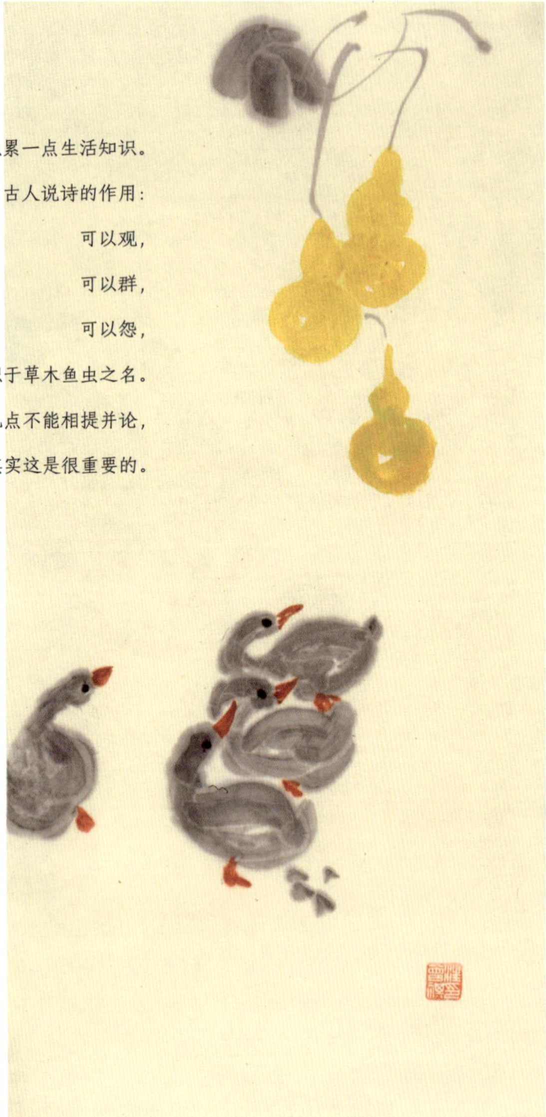

来从虚空来，

还归虚空去。

往生再世，

皆当欢喜。

点灯说话儿，

吹灯做伴儿，

清早起来梳小辫儿。

这些年来我的业余爱好，只有：写写字，画画画，做做菜。

人总要待在一种什么东西里，沉溺其中。苟有所得，
才能证实自己的存在，切实地活出自己的价值。

汪曾祺故乡

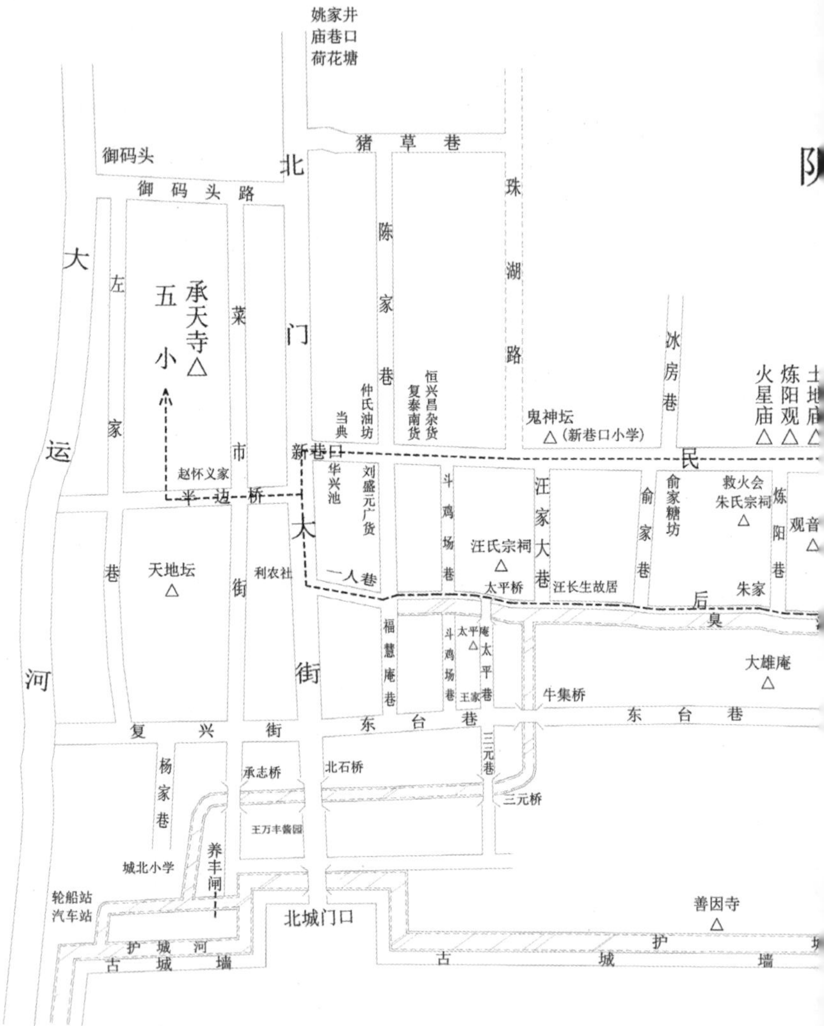

备注：图中虚线道路为解放后建。

足迹示意图

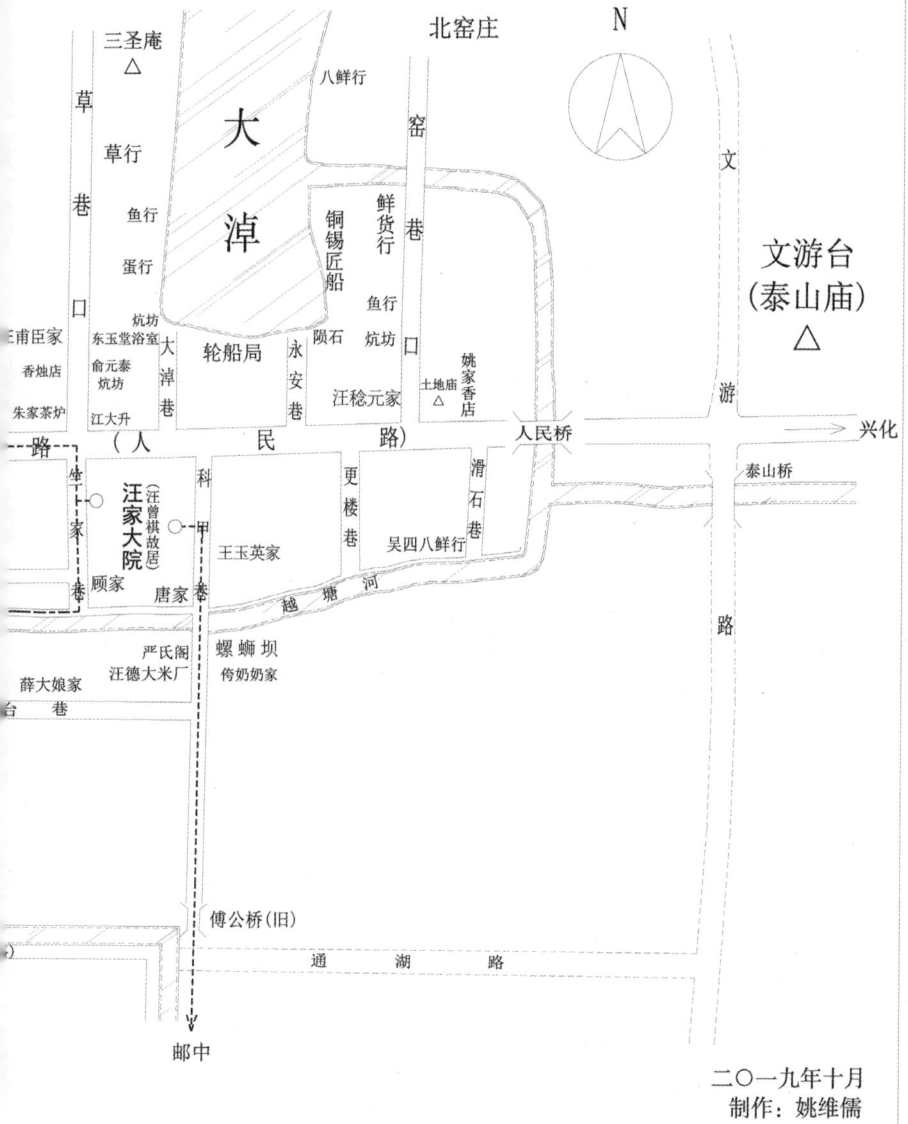

二〇一九年十月
制作：姚维儒

目录

辑一 家人闲坐 灯火可亲

002 我的家
013 我的家乡
021 我的祖父祖母
029 我的父亲
037 我的母亲
042 多年父子成兄弟
046 大莲姐姐
049 冬天
052 家书
054 “无事此静坐”

CONTENTS

辑二 自得其乐 随遇而安

大妈们 058

和尚 062

闹市闲民 067

吴大和尚和七拳半 070

北京人的遛鸟 073

随遇而安 076

老年的爱憎 086

看画 088

自得其乐 092

目录

辑三 汤和天气好

100 寻常茶话
106 泡茶馆
115 花园
125 北京的秋花
130 夏天的昆虫
133 人间草木
138 果蔬秋浓
143 葡萄月令
149 昆明的雨

CONTENTS

辑四　日日有小暖　至味在人间

四方食事　154
五味　162
故乡的食物　167
葵·薤　182
肉食者不鄙　187
鱼我所欲也　192
家常酒菜　196
食豆饮水斋闲笔　201
昆明的吃食　211

附

汪朗　妈妈的档案　221
汪朝　说说我们的爸　228
汪明　最后一日　261

辑一

家人闲坐 灯火可亲

我的家

十年前我回了一次家乡，一天闲走，去看了看老家的旧址，发现我们那个家原来是不算小的。我家的大门开在科甲巷（不知道为什么这条巷子起了这么个名字，其实这巷里除了我的曾祖父中过一名举人，我的祖父中过拔贡外，没有别的人家有过功名），而在西边的竺家巷有一个后门。我的家即在这两条巷子之间。临街是铺面。从科甲巷口到竺家口，计有这么几家店铺：一家豆腐店，一家南货店，一家烧饼店，一家棉席店，一家药店，一家烟店，一家糕店，一家剃头店，一家布店。我们家在这些店铺的后面，占地多少平米我不知道，但总是不小的，住起来是相当宽敞的。

这所老宅子分作东西两截，或两区。东边住着祖父母（我们叫“太爷”“太太”）和大房——大伯父一家。西边是二房（我的二伯母）和三房——我父亲的一家。东西地势相差约有三尺，由东边到西边要上几层台阶。

东边正屋的东边的套间住着太爷、太太，西边是大伯父和大伯母（我们叫“大爷”“大妈”）。当中是一个堂屋，因为敬神祭祖都在这间堂屋里，所以叫做“正堂屋”。正堂屋北面靠墙是一个很大的

"老爷柜"，即神案，但我们那里都叫做"老爷柜"，这东西也确实是一个很长的大柜，当中和两边都有抽屉，下面还有钉了铜环的柜门。老爷柜上，当中供的是家神菩萨，左边是文昌帝君神位，右边是祖宗龛——一个细木雕琢的像小庙一样的东西，里面放着祖宗的牌位——神主。这正堂屋大概是我的曾祖父手里盖的，因为两边板壁上贴着他中秀才、中举人的报条。有年头了。原来大概是相当恢宏的。庭柱很粗，是"布灰布漆"的——木柱外涂瓦灰，裹以夏布，再施黑漆。到我记事时漆灰有多处已经剥落。这间老堂屋的铺地的箩底砖（方砖）的边角都磨圆了，而且特别容易返潮。天将下雨，砖地上就是潮乎乎的。若遇连阴天，地面简直像涂了一层油，滑的。我很小就知道"础润而雨"。用不着看柱础，从正堂屋砖地，就知道雨一时半会晴不了。一想到正堂屋，总会想到下雨，有时接连下几天，真是烦人。雨老不停，我的一个堂姐就会剪一个纸人贴在墙上，这纸人一手拿着簸箕，一手拿笤帚，风一吹，就摇动起来，叫"扫晴娘"。也真奇怪，扫晴娘扫了一天，第二天多少会放晴。

这间正堂屋的用处是：过年时敬神，清明祭祖。祭祖时在正中的方桌上放一大碗饭，这碗特别的大，有一个小号洗脸盆那样大，很厚，是白色的古瓷的，除了祭祖装饭外，不作别的用处。饭压得很实，鼓起如坟头，上面插了好多双红漆的筷子。筷子插多少双，是有定数的，这事总是由我的祖母做。另有四样祭菜。有一盘白切肉，一盘方块粉，——绿豆粉，切成名片大小，三分厚。这方块粉在祭祖后分给两房。这粉一点味道都没有，实在不好吃，所以我一直记得。其余两样祭菜已无印象。十月朝（旧历十月初一）"烧包子”，即北方的“送寒衣”。一个一个纸口袋，内装纸钱，包上写明各代考妣冥中收用，一袋一袋排在祭桌前，下面铺一层稻草。磕头之后，由大爷点火焚化。每年除夕，要在这方桌上吃一顿团圆饭。我们家吃饭的制度是：一口锅里盛饭，大房、三房都吃同一锅饭，以示并未分家；菜则各房自炒，又似分爨。但大年三十晚上，祖父和两房男丁要同桌吃一顿。菜都是太太手制的。照例有一大碗鸭羹汤，鸭丁、山药丁、慈姑丁合烩。这鸭羹汤很好吃，平常不做，据说是徽州做法。我们的老家是徽州（姓汪的很多人的老家都是徽州），我们家有些菜的做法还保持徽州传统。比如肉丸蘸糯米蒸熟，有些地方叫珍珠丸子或蓑衣丸子，我们家则叫“徽团”。

我对大堂屋有一点特殊的记忆，是我曾在这里当过一回孝子。我的二伯父（二爷）死得早，立嗣时经过一番讨论。按说应该由长房次子，我的堂弟曾炜过继，但我的二伯母（二妈）不同意，她要我，因为她和我的生母感情很好，从小喜欢我。我是次房长子，长子过继，不合古理。后来是定了一个折中方案，曾炜和我都过继给二妈，一个是“派继”，一个是“爱继”。二妈死后，娘家提了一些条件，一是指定要用我的祖父的寿材盛殓。太爷五十岁时就打好了寿材，逐年加漆，漆皮已经很厚了。因为二妈是年轻守节，娘家提出，不能不同意。一是要在正堂屋停灵，也只好同意了（本来上有老人，是不该在正屋停灵的）。我和曾炜于是履行孝子的职责。亲视含殓（围着棺材走一圈），戴孝披麻，一切如制。最有意思的是逢七的时候得陪张牌李牌吃饭。逢七，鬼魂要回来接受烧纸，由两个鬼役送回来。这两个鬼役即张牌李牌。一个较大的方杌凳，两副筷子，一碟白肉，一碟豆腐，两杯淡酒。我和曾炜各用一个小板凳陪着坐一会。陪鬼役吃饭，我还是头一回。六七开吊，我是孝子一直在场，所以能看到全部过程。家里办丧事，气氛和平常全不一样，所有的人都变得庄严肃穆起来。开吊像是演一场戏，大家都演得很认真。“初献”“亚献”“终献”，有条不紊，节奏井然。最后是“点主”。点主要一个功名高的人。给我的二伯母点主的是一个叫李芳的翰林，外号李三麻子。“点主”是在神主上加点。神主（木制小牌位）事前写好“× 孺人之神王”，李三麻子就位后，礼生喝道：“凝神，想象，请加墨主。”李三麻子拈起一支新笔在“王”字上加一墨点。礼生再赞：“凝神，想象，请加朱主。”李三麻子用朱笔在墨点上加一点。这样死者的魂灵就进入神主了。我对“凝神，想象”印象很深，因为这很有点诗意。其实李三麻子对我的二伯母无从想象，因为他根本没有见过我的二伯母。

正堂屋对面，隔一个天井，是穿堂。

穿堂对面原来有一排三开间的房子，是我的叔曾祖父的一个老姨太太住的。房子很旧了，屋顶上长了很多瓦松，隔扇上糊的白纸都已成了灰色。这位老姨太太多年衰病，总是躺着。这一排房子里听不到一点声音，非常寂静，只有这位老姨太太的女儿——我们叫她小姑奶奶，带着孩子来住一阵，才有一点活气。

老姨太太死了，她没有儿子，由我一个叔祖父过继给她。这位叔祖父行六，我们叫他六太爷。这是个很有风趣的人，很喜欢孩子。老姨太太逢七，六太爷要来守灵烧纸。烧了纸，他弄一壶酒，慢慢喝着，给孩子讲故事——说书，说“大侠甘凤池”，一直说到深夜。因此，我们总是盼着老姨太太逢七。

祖父过六十岁的头年，把东边的房屋改建了一下。正堂屋没动。穿堂加大了。老姨太太原来住的一排房子拆了，盖了一个“敞厅”。房屋翻盖的情况我还记得，先由瓦匠头、木匠头挖出整整齐齐的一方土，供在老爷柜上。破土后，请全体瓦木匠在正堂屋吃一次饭。这顿饭的特别处是有一碗泥鳅，泥鳅我们家是不进门的，但是请瓦木匠必得有这道菜，这是规矩。我觉得这规矩对瓦木匠颇有嘲讽意味。接着是上梁竖柱，放鞭炮，撒糕馒，如式。

敞厅的特点是敞，很宽敞。盖得后，祖父的六十大寿在这里布置过寿堂，宴过客，此外就没有怎么用过，平常总是空着。我的堂姐姐有时把两张方桌拼起来，在上面缝被子。

敞厅对面，一道砖墙之外，是花园。花园原来没有园名，祖父命之曰“民圃”，因为他字铭甫，取其谐音。我父亲选了两块方砖，刻了“民圃”，两个小篆，嵌在一个六角小门的额上。但是我们还是叫它花园，不叫民圃。祖父六十大寿时自撰了一副长联，末署“民圃叟六十自寿”，“民圃”字样也只在长联里出现过，别处没有用过。

西边半截的房屋大概是祖父手里盖的，格局较小，主要房屋只是两个堂屋，上堂屋和下堂屋。

上堂屋两边的套间，东侧是三房，西侧是二房。

我的二伯父早逝，我没有见过。他房间里的板壁上挂着他的八寸放大照片，半侧身，穿着一身古典燕尾服，前身无下摆，雪白的圆角硬领衬衫，一只胳臂夹着一根象牙头的短手杖，完全是年轻的英国绅士派头，很英俊。听我父亲说，二伯父是个性格很刚烈的人。

他是新党，但崇拜的不是孙文而是黄兴。有一次历史教员（那时叫做“教习”）在课堂上讲了黄兴几句不恭敬的话，他上去就给了这个教员一个嘴巴。二伯父和我父亲那时都在南京读中学（旧制中学）。他的死也跟他的负气任性的脾气有关。放暑假从南京回来，路过镇江，带着行李，镇江车站的搬运工人敲了他们一下，索价很高。二伯父一生气，把几个人的行李绑在一起，一个人就背了起来。没有走几步，一口血吐在地上，从此不起。

二伯母守节有年，她变得有些古怪。我的小说《珠子灯》里所写的孙小姐的原型，就是我的二伯母。

她变得有点古怪了，她屋里的东西都不许人动。王常生活着的时候是什么样子，永远是什么样子，不许挪动一点。王常生用过的手表、座钟、文具，还有他养的一盆雨花石，都放在原来的位置。孙小姐原是个爱洁成癖的人，屋里的桌子、椅子、茶壶茶杯，每天都要用清水洗三遍。自从王常生死后，除了过年之前，她亲自监督着一个从娘家陪嫁过来的女佣人大洗一天之外，平常不许擦拭。里屋炕几上有一套茶具：一个白瓷的茶盘，一把茶壶，四个茶杯。茶杯倒扣着，上面落了细细的尘土。茶壶是荸荠形的扁圆的，茶壶的鼓肚子下面落不着尘土，茶盘里就清清楚楚留下一个干净的圆印子。

她病了，说不清是什么病。除了逢年过节起来几天，其余的时间都在床上躺着，整天地躺着，除了那个女佣人，没有人上她屋里去。

有一个人是常上她屋里去的，我。我去了，坐在她床前的杌凳上，陪她一会儿。她精神好的时候，教我《长恨歌》《西厢记·长亭》。

春风桃李花开日，
秋雨梧桐叶落时。

碧云天，
黄花地，
西风紧，
北雁南飞。
晓来谁染霜林醉，
总是离人泪。

也有的时候，她也会讲一点轻松一些的文学故事，念苏东坡嘲笑小妹的诗：

人前走不上三五步，
额头先到画堂前。

这样的时候，她脸上也会有一点笑意。她的记忆很好，教我念诗，都是背出来的。她背诗，抑扬顿挫，节奏很强，富于感情，因此她教过我的诗词，我一直记得很清楚。她的诗词，是邑中一个老名士教的。

她老是叫我坐在她床前吃东西，吃饭，吃点心。吃两口，她就叫我张开嘴让她看看。接着就自言自语："王二娘个猫，王二娘个猫，王二娘个猫。"不知道这是什么意思。她是王二娘，我是她的猫？有时我不在跟前，她一个人在屋里也叨咕："王二娘个猫，王二娘个猫。"

每年夏天，她要回娘家住一阵。归宁那天，且出不了房门哩。跨出来，转身又跨进去，跨出来，又跨进去。轿子等在大门口（她回娘家都是坐轿子），轿前两盏灯笼换了几次蜡烛，她还没跨出房门。

这种精神状态，我们那里叫做"魔"。

下堂屋左边是我父亲的画室，右边是"下房"，女佣人住的地方。

下堂屋南，一道花瓦墙外，即是花园，墙上也有一个小六角门。

开开六角门，是一片砖墁的平地。更南，是花厅。花厅是我们这所住宅里最明亮的屋子，南边一溜全是大玻璃窗，听说我父亲年轻时常请一些朋友来，在花厅里喝酒，唱戏，吹弹歌舞，到我记事的时候，就没有看过这种热闹。花厅也总是闲着。放暑假，我们到花厅里来做假期作业。每年做酱的时候，我的祖母在花厅里摊晾煮熟的黄豆和烤过的发面饼，让豆、饼长毛发酵。花厅外的砖地上有一口大缸，装着豆酱，一口浅缸，装着甜面酱。

砖地东面，是一个花台，种着四棵很大的腊梅花，主干都有碗口粗，每年开很多花。这种腊梅的花心是紫檀色的。按说"磬口檀心"是腊梅的名种，但是我们那里重白心的，叫做"冰心腊梅"，而将檀心者起一个不好听的名称，叫"狗心腊梅"。下雪之后，上树摘花，是我的事。腊梅的骨朵很密。相中一大枝，折下来，养在大胆瓶里，过年。

腊梅花的对面，是两棵桂花。一棵金桂，一棵银桂。每年秋天，吐蕊开花。桂花树下，长了一片萱草，也没人管它，自己长得很旺盛。萱花未尽开时摘下，阴干，我们那里叫做金针，北方叫做黄花菜。我小时最讨厌黄花菜，觉得淡而无味。到了北方，学做打卤面，才知道缺这玩意还不行。

桂花树后，是南北向的花瓦墙，墙上开一圆门，即北方所说的月亮门。

出圆门，是一畦菜地。我的祖母每年在这里种乌青菜，即上海人所说的塌苦菜。这块菜地土很瘦，乌青菜都不肥大，而茎叶液汁浓厚，旋摘煮食，味道极好，远胜市上买来的，叫做“起水鲜”。经霜后，叶缘皆作紫红色，尤其甜美。

菜畦左侧有一棵紫薇，一房多高，开花时乱红一片，晃人眼睛。游蜂无数，——齐白石爱画的那种大个的黑蜂，穿花抢蕊，非常热闹。西侧，有一座六角亭，可以小坐。

菜畦东边有一条砖路。砖路尽处是一棵木瓜，一棵矾杏，一棵柿树，都很少结果。

树之外，是一座船亭。这是祖父六十大寿头年盖的。船头向东，两边墙上各开了海棠形的窗户。祖父盖船亭，是为了“无事此静坐”，但是他只来坐过几次，平常不来，经常锁着。隔着正面的玻璃隔扇，可以看到里面铁梨木琴几上摆着几件彝器，几把檀木椅子，萧萧爽爽。

船亭对面，有一棵很大的柳树。挨着柳树，是一个高高的花坛。花坛上原来想是栽了不少花的，但因为无人料理，只剩下一棵石榴，一丛鱼儿牡丹。鱼儿牡丹开一串一串粉红的花，花作鸡心形，像是童话里的植物。

花坛对面，是土山。这座土山不知是哪年堆成的。这些土是从园里挖出的，还是从外面运进来的，均不知道。土山左脚，种了两棵碧桃，一棵白的，一棵浅红的。碧桃花其实是很好看的，花开得很繁茂，花期也长，应该对它珍贵一点，但是大家都不把它当回事，也许因为它花开得太多，也太容易养活了。土山正面，种了四棵香橼，每年都要结很多。香橼就是“橘逾淮南则为枳”的枳，但其实枳和橘是两种植物。香橼秋天成熟。香橼的香气很冲，不大好闻。但香橼花的气味是很好的，苦甜苦甜的。花白色，瓣微厚，五出深裂，如小酒盏，很好看。山顶有两棵龙爪槐，一在东，一在西。西边的一棵是我的读书树。我常常爬上去，在分杈的树干上靠好，带一块带筋的干牛肉或一块榨菜，一边慢慢嚼着，一边看小说。土山外隔一道墙是一个尼庵，靠在树上可以看见小尼姑从井里汲水浇菜。这尼庵的尼姑是带发修行的，因此我看的小尼姑是一头黑发。

从土山东边下山，是一片空地。空地上有一口很大的缸，养着很大的金鱼，这是大伯父养的。因此，在我们的印象里这一边是大爷的地方。但是我们并未分家，小孩子是可以自由来去的。

金鱼缸的西北边有一架紫藤。盛花时，紫云拂地。花谢，垂下一根一根长长的刀豆。

鱼缸正北，一棵白丁香，一棵紫丁香。

丁香之左，一片紫鸢。

往南，墙边一丛金雀花。

紫鸢的东边，荒草而已。这片草地每年下面结不少甘露，我们那里叫做螺蛳菜或宝塔菜。甘露洗净后装白布袋，可入甜面酱缸腌渍。

草地之东有一排很大的冬青树。夏天开密密的小白花，也有香味。秋后结了很多紫色的胡椒粒大的果实。

冬青之外，是“草房”，堆草的屋子。我们那里烧草——芦柴，一次要置很多担草，垛积在一排空屋里。

冬青的北面，是花房，房顶南檐是玻璃盖的，原是大爷养花的地方，但他后来不养花了，花房就空着。一壁挂着一个老鹰风筝。据我父亲说这个老鹰是独脑线的，——只有一根脑线。老鹰风筝是大爷年轻时放过的。听我父亲说，放上去之后，曾有真的老鹰和它打过架。空空的花房里只有两盆颇大的夹竹桃。夹竹桃红花般般的，我忽然觉得有些紧张，因为天忽然黑下来了，只有我一个人，在空空的花园里。

听大人说，这花园里有一个白胡子老头。这白胡子老头是神仙？还是妖怪？但是，晚上是没有人到花园里去的，东边和西边的小六角门都上了铁锁。

我们这座花园实在很难叫做花园，没有精心安排布置过，草木也都是随意种植的，常有一点半自然的状态。但是这确是我童年的乐园，我在这里掬过很多蟋蟀，捉过知了、天牛、蜻蜓，捅过马蜂窝，——这马蜂窝结在冬青树上，有蒲扇大！

一九九一年九月十九日

我的家乡

法国人安妮·居里安女士听说我要到波士顿，特意退了机票，推迟了行期，希望和我见一面。她翻译过我的几篇小说。我们谈了约一个小时，她问了我一些问题。其中一个是，为什么我的小说里总有水？即使没有写到水，也有水的感觉。这个问题我以前没有意识到过。是这样。这是很自然的。我的家乡是一个水乡，我是在水边长大的，耳目之所接，无非是水。水影响了我的性格，也影响了我的作品的风格。

我的家乡高邮在京杭大运河的下面。我小时候常常到运河堤上去玩（我的家乡把运河堤叫做“上河堆”或“上河埫”。“埫”字一般字典上没有，可能是家乡人造出来的字，音淌。“堆”当是“堤”的声转）。我读的小学的西面是一片菜园，穿过菜园就是河堤。我的大姑妈（我们那里对姑妈有个很奇怪的叫法，叫“摆摆”，别处我从未听过有此叫法）的家，出门西望，就看见爬上河堤的石级。这段河堤有石级，因为地名“御码头”，康熙或乾隆曾在此泊舟登岸（据说御码头夏天没有蚊子）。运河是一条“悬河”，河底比东堤下的地面高，据说河堤和墙垛子一般高，站在河堤上，可以俯瞰堤下街道房屋。我们几个同学，可以指认哪一处的屋顶是谁家的。城外的孩子放风筝，风筝在我们脚下飘。城里人家养鸽子，鸽子飞起来，我们看到的是鸽子的背。几只野鸭子贴水飞向东，过了河堤，下面的人看见野鸭子飞得高高的。

我们看船。运河里有大船。上水的大船多撑篙。弄船的脱光了上身，使劲把篙子梢头顶上肩窝处，在船侧窄窄的舷板上，从船头一步一步走到船尾。然后拖着篙子走回船头，欻的一声把篙子投进水里，扎到河底，又顶着篙子，一步一步向船尾。如是往复不停。大船上用的船篙甚长而极粗，篙头如饭碗大，有锋利的铁尖。使篙的通常是两个人，船左右舷各一人；有时只一个人，在一边。这条船的水程，实际上是他们用脚一步一步走出来的。这种船多是重载，船帮吃水甚低，几乎要漫到船上来。这些撑篙男人都极精壮，浑身作古铜色。他们是不说话的，大都眉棱很高，眉毛很重。因为长年注视着流动的水，故目光清明坚定。这些大船常有一个舵楼，住着船老板的家眷。船老板娘子大都很年轻，一边扳舵，一边敞开怀奶孩子，态度悠然。舵楼大都伸出一支竹竿，晾晒着衣裤，风吹着拍拍作响。

看打鱼。在运河里打鱼的多用鱼鹰。一般都是两条船，一船八只鱼鹰。有时也会有三条、四条，排成阵势。鱼鹰栖在木架上，精神抖擞，如同临战状态。打鱼人把篙子一挥，这些鱼鹰就劈劈啪啪，纷纷跃进水里。只见它们一个猛子扎下去，眨眼工夫，有的就叼了一条鳜鱼上来——鱼鹰似乎专逮鳜鱼。打鱼人解开鱼鹰脖子上的金属的箍（鱼鹰脖子上都有一道箍，否则它就会把逮到的鱼吞下去），把鳜鱼扔进船里，奖给它一条小鱼，它就高高兴兴，心甘情愿地转身又跳进水里去了。有时两只鱼鹰合力抬起一条大鳜鱼上来，鳜鱼还在挣蹦，打鱼人已经一手捞住了。这条鳜鱼够四斤！这真是一个热闹场面。看打鱼的，鱼鹰都很兴奋激动，倒是打鱼人显得十分冷静，不动声色。

远远地听见嘣嘣嘣嘣的响声，那是在修船、造船。嘣嘣的声音是斧头往船板上敲钉。船体是空的，故声音传得很远。待修的船翻扣过来，底朝上。这只船辛苦了很久，它累了，它正在休息。一只新船造好了，油了桐油，过两天就要下水了。看看崭新的船，叫人心里高兴——生活是充满希望的。船场附近照例有打船钉的铁匠炉，叮叮当当。有碾石粉的碾子，石粉是填船缝用的。有卖牛杂碎的摊子。卖牛杂碎的是山东人。这种摊子上还卖锅盔（一种很厚很大的面饼）。

我们有时到西堤去玩。我们那里的人都叫它西湖，湖很大，一眼望不到边，很奇怪，我竟没有在湖上坐过一次船。湖西是还有一些村镇的。我知道一个地名，菱塘桥，想必是个大镇子。我喜欢菱塘桥这个地名，引起我的向往，但我不知道菱塘桥是什么样子。湖东有的村子，到夏天，就把耕牛送到湖西去歇伏。我所住的东大街上，那几天就不断有成队的水牛在大街上慢慢地走过。牛过后，留下很大的一堆一堆牛屎。听说是湖西凉快，而且湖西有茭草，牛吃了会消除劳乏，恢复健壮。我于是想象湖西是一片碧绿碧绿的茭草。

高邮湖中，曾有神珠。沈括《梦溪笔谈》载：

嘉祐中，扬州有一珠甚大，天晦多见，初出于天长县陂泽中，后转入甓射湖，又后乃在新开湖中，凡十余年，居民行人常常见之。余友人书斋在湖上，一夜忽见其珠甚近，初微开其房，光自吻中出，如横一金线，俄顷忽张壳，其大如半席，壳中白光如银，珠大如拳，灿然不可正视，十余里间林木皆有影，如初日所照，远处但见天赤如野火，倏然远去，其行如飞，浮于波中，杳杳如日。古有明月之珠，此珠色不类月，荧荧有芒焰，殆类日光。崔伯易尝为《明珠赋》。伯易高邮人，盖常见之。近岁不复出，不知所往。樊良镇正当珠往来处，行人至此，往往维船数宵以待观，名其亭为“玩珠”。

这就是“秦邮八景”的第一景“甓射珠光”。沈括是很严肃的学者，所言凿凿，又生动细微，似乎不容怀疑。这是个什么东西呢？是一颗大珠子？嘉祐到现在也才九百多年，已经不可究诘了。高邮湖亦称珠湖，以此。我小时学刻图章，第一块刻的就是“珠湖人”，是一块肉红色的长方形图章。

湖通常是平静的，透明的。这样一片大水，浩浩淼淼（湖上常常没有一只船），让人觉得有些荒凉，有些寂寞，有些神秘。

黄昏了。湖上的蓝天渐渐变成浅黄，橘黄，又渐渐变成紫色，很深很浓的紫色。这种紫色使人深深感动。我永远忘不了这样的紫色的长天。

闻到一阵阵炊烟的香味，停泊在御码头一带的船上正在烧饭。

一个女人高亮而悠长的声音：

“二丫头……回来吃晚饭来……”

像我的老师沈从文常爱说的那样，这一切真是一个圣境。

高邮湖也是一个悬湖。湖面，甚至有的地方的湖底，比运河东面的地面都高。

湖是悬湖，河是悬河，我的家乡随时处在大水的威胁之中。翻开县志，水灾接连不断。我所经历过的最大的一次水灾，是民国二十年。

这次水灾是全国性的。事前已经有了很多征兆。连降大雨，西湖水位增高，运河水平了漕，坐在河堤上可以“踢水洗脚”。有许多很“瘆人”的不祥的现象。天王寺前，虾蟆爬在柳树顶上叫。老人们说：虾蟆在多高的地方叫，大水就会涨得多高。我们在家里的天井里躺在竹床上乘凉，忽然拨刺一声，从阴沟里蹦出一条大鱼！运河堤上，龙王庙里香烛昼夜不熄。七公殿也是这样。大风雨的黑夜里，人们说是看见“耿庙神灯”了。耿七公是有这个人的，生前为人治病施药，风雨之夜，他就在家门前高旗杆上挂起一串红灯，在黑暗的湖里打转的船，奋力向红灯划去，就能平安到岸。他死后，红灯还常在浓云密雨中出现，这就是耿庙神灯——“秦邮八景”中的一景。耿七公是渔民和船民的保护神，渔民称之为七公老爷，渔民每年要做会，谓之七公会。神灯是美丽的，但同时也给人一种神秘的恐怖感。阴历七月，西风大作。店铺都预备了高挑灯笼——长竹柄，一头用火烤弯如钩状，上悬一个灯笼，轮流值夜巡堤。告警锣声不绝。本来平静的水变得暴怒了。一个浪头翻上来，会把东堤石工的丈把长的青石掀起来。看来堤是保不住了。终于，我记得是七月十三（可能记错），倒了口子。我们那里把决堤叫做倒口子。西堤四处，东堤六处。湖水涌入运河，运河水直灌堤东。顷刻之间，高邮成为泽国。

我们家住进了竺家巷一个茶馆的楼上（同时搬到茶馆楼上的还有几家），巷口外的东大街成了一条河，“河”里翻滚着箱箱柜柜，死猪死牛。“河”里行了船，会水的船家各处去救人（很多人家爬在屋顶上、树上）。

约一星期后，水退了。

水退了，很多人家的墙壁上留下了水印，高及屋檐。很奇怪，水印怎么擦洗也擦洗不掉。全县粮食几乎颗粒无收。我们这样的人家还不致挨饿，但是没有菜吃。老是吃慈姑汤，很难吃。比慈姑汤还要难吃的是芋头梗子做的汤。日本人爱喝芋梗汤，我觉得真不可理解。大水之后，百物皆一时生长不出，唯有慈姑芋头却是丰收！我在小学的教务处地上发现几个特大的蚂蟥，缩成一团，有拳头大，踩也踩不破！

我小时候，从早到晚，一天没有看见河水的日子，几乎没有。我上小学，倘不走东大街而走后街，是沿河走的。上初中，如果不从城里走，走东门外，则是沿着护城河。出我家所在的巷子南头，是越塘。出巷北，往东不远，就是大淖。我在小说《异秉》中所写的老朱，每天要到大淖去挑水，我就跟着他一起去玩。老朱真是个忠心耿耿的人，我很敬重他。他下水把水桶弄满（他两腿都是筋疙瘩——静脉曲张），我就拣选平薄的瓦片打水漂。我到一沟、二沟、三垛，都是坐船。到我的小说《受戒》所写的庵赵庄去，也是坐船。

我第一次离家乡去外地读高中，也是坐船——轮船。

水乡极富水产。鱼之类，乡人所重者为鳊、白、鲚（鲚花鱼即鳜鱼）。虾有青白两种。青虾宜炒虾仁，呛虾（活虾酒醉生吃）则用白虾。小鱼小虾，比青菜便宜，是小户人家佐餐的恩物。小鱼有名“罗汉狗子”“猫杀子”者，很好吃。高邮湖蟹甚佳，以作醉蟹，尤美。高邮的大麻鸭是名种。我们那里八月中秋兴吃鸭，馈送节礼必有公母鸭成对。大麻鸭很能生蛋。腌制后即为著名的高邮咸蛋。高邮鸭蛋双黄者甚多。江浙一带人见面问起我的籍贯，答云高邮，多肃然起敬，曰：“你们那里出咸鸭蛋。”好像我们那里就只出咸鸭蛋似的！

我的家乡不只出咸鸭蛋。我们还出过秦少游，出过散曲作家王磐，出过经学大师王念孙、王引之父子。

县里的名胜古迹最出名的是文游台。这是秦少游、苏东坡、孙莘老、王定国文酒游会之所。台基在东山（一座土山）上，登台四望，眼界空阔，我小时常凭栏看西面运河的船帆露着半截，在密密的杨柳梢头后面，缓缓移过，觉得非常美。有一座镇国寺塔，是个唐塔，方形。这座塔原在陆上，运河拓宽后，为了保存这座塔，留下塔的周围的土地，成了运河当中的一个小岛。镇国寺我小时还去玩过，是个不大的寺。寺门外有一堵紫色的石制的照壁，这堵照壁向前倾斜，却不倒。照壁上刻着海水，故名水照壁。寺内还有一尊肉身菩萨的坐像，是一个和尚坐化后漆成的。寺不知毁于何时。另外还有一座净土寺塔，明代修建。我们小时候记不住什么镇国寺、净土寺，因其一在西门，名之为西门宝塔；一在东门，便叫它东门宝塔。老百姓都是这么叫的。

全国以邮字为地名的，似只高邮一县。为什么叫做高邮？因为秦始皇曾在高处建邮亭。高邮是秦王子婴的封地，到今还有一条河叫子婴河，旧有子婴庙，今不存。高邮为秦代始建，故又名秦邮。外地人或以为这跟秦少游有什么关系，没有。

一九九一年六月二十日

我的祖父祖母

我的祖父名嘉勋，字铭甫。他的本名我只在名帖上见过。我们那里有个风俗，大年初一，多数店铺要把东家的名帖投到常有来往的别家店铺。初一，店铺是不开门的，都是天不亮由门缝里插进去。名帖是前两天由店铺的“相公”（学生）在一张一张八寸长、五寸宽的大红纸上用一个木头戳子蘸了墨汁盖上去的，楷书，字有核桃大。我有时也愿意盖几张。盖名帖使人感到年就到了。我盖一张，总要端详一下那三个乌黑的欧体正字：汪嘉勋，好像对这三个字很有感情。

祖父中过拔贡，是前清末科，从那以后就废科举改学堂了。他没有能考取更高的功名，大概是终身遗憾的。拔贡是要文章写得好的。听我父亲说，祖父的那份墨卷是出名的，那种章法叫做“夹凤股”。我不知道是该叫“夹凤”还是“夹缝”，当然更不知道是如何一种“夹”法。拔贡是做不了官的。功名道断，他就在家经营自己的产业。他是个创业的人。

我们家原是徽州人（据说全国姓汪的原来都是徽州人），迁居高邮，从我祖父往上数，才七代。祠堂里的祖宗牌位没有多少块。高邮汪家上几代功名似都不过举人，所做的官也只是“教谕”“训导”

之类的“学官”，因此，在邑中不算望族。我的曾祖父曾在外地坐过馆，后来做“盐票”亏了本。“盐票”亦称“盐引”，是包给商人销售官盐的执照，大概是近似股票之类的东西，我也弄不清做盐票怎么就会亏了，甚至把家产都赔尽了。听我父亲说，我们后来的家业是祖父几乎是赤手空拳地创出来的。

创业不外两途：置田地，开店铺。

祖父手里有多少田，我一直不清楚。印象中大概在两千多亩，这是个不小的数目。但他的田好田不多。一部分在北乡。北乡田瘦，有的只能长草，谓之“草田”。年轻时他是亲自管田的，常常下乡。后来请人代管，田地上的事就不再过问。我们那里有一种人，专替大户人家管田产，叫做“田禾先生”。看青（估产）、收租、完粮、丈地……这也是一套学问。田禾先生大都是世代相传的。我们家的田禾先生姓龙，我们叫他龙先生。他给我留下颇深的印象，是因为他骑驴。我们那里的驴一般都是牵磨用，极少用来乘骑。龙先生的家不在城里，在五里坝。他每逢进城办事或到别的乡下去，都是骑驴。他的驴拴在檐下，我爱喂它吃粽子叶。龙先生总是关照我把包粽子的麻筋拣干净，说是驴吃了会把肠子缠住。

祖父所开的店铺主要是两家药店，一家万全堂，在北市口，一家保全堂，在东大街。这两家药店过年贴的春联是祖父自撰的。万全堂是“万花仙掌露，全树上林春”，保全堂是“保我黎民，全登寿域”。祖父的药店信誉很好，他坚持必须卖“地道药材”。药店一般倒都不卖假药，但是常常不很地道。尤其是丸散，常言“神仙难识丸散”，连做药店的内行都不能分辨这里该用的贵重药料，麝香、珍珠、冰片之类是不是上色足量。万全堂的制药的过道上挂着一副金字对联：“修合虽无人见，存心自有天知”，并非虚语。我们县里有几个门面辉煌的大药店，店里的店员生了病，配方抓药，都不在本店，叫家里人到万全堂抓。祖父并不到店问事，一切都交给“管事”（经理）。只到每年腊月二十四，由两位管事挟了总账，到家里来，向祖父报告一年营业情况。因为信誉好，盈利是有保证的。我常到两处药店去玩，尤其是保全堂，几乎每天都去。我熟悉一些中药的加工过程，熟悉药材的形状、颜色、气味。有时也参加搓“梧桐子大”的蜜丸、碾药，摊膏药。保全堂的“管事”“同事”（配药的店员）、“相公”（学生意未满师的）跟我关系很好。他们对我有一个很亲切的称呼，不叫我的名字，叫“黑少”——我小名叫黑子。我这辈子没有人这样称呼过我。我的小说《异秉》写的就是保全堂的生活。

祖父是很有名的眼科医生。汪家世代都是看眼科的。他有一球眼药，有一个柚子大，黑咕隆咚的。祖父给人看了眼，开了方子，祖母就用一把大剪子从黑柚子的窟窿抠出耳屎大一小块，用纸包了交给病人，嘱咐病人用清水化开，用灯草点在眼里。这一球眼药不知道有多少年头了，据说很灵。祖父为人看眼病是不收钱也不受礼的。

中年以后，家道渐丰，但是祖父生活俭朴，自奉甚薄。他爱喝一点好茶，西湖龙井。饭食很简单。他总是一个人吃，在堂屋一侧放一张“马杌”——较大的方凳，便是他的餐桌。坐小板凳。他爱吃长鱼（鳝鱼）汤下面。面下在白汤里，汤里的长鱼捞出来便是酒菜。——他每顿用一个五彩釉画公鸡的茶盅喝一盅酒。没有长鱼，就用咸鸭蛋下酒。一个咸鸭蛋吃两顿。上顿吃一半，把蛋壳上掏蛋黄蛋白的小口用一块小纸封起来，下顿再吃。他的马杌上从来没有第二样菜。喝了酒，常在房里大声背唐诗：“李白斗酒诗百篇，长安市上酒家眠。天子呼来不上船，自称臣是酒……中……仙……”汪铭甫的俭省，在我们县是有名的。

但是他曾有一个时期舍得花钱买古董字画。他有一套商代的彝鼎，是祭器。不大，但都有铭文。难得的是五件能配成一套。我们县里有钱人家办丧事，六七开吊，常来借去在供桌上摆一天。有一个大霁红花瓶，高可四尺，是明代物。1986年我回乡时，我的妹婿问我：“人家都说汪家有个大霁红花瓶，是有过么？”我说：“有过！”我小时天天看见，放在“老爷柜”（神案）上，不过我们并不觉得它有什么名贵，和老爷柜上的锡香炉烛台同等看待之。他有一个奇怪古董：浑天仪。不是陈列在南京紫金山天文台和北京观象台的那种大家伙，只是一个直径约四寸的铜的滴溜圆的圆球，上面有许多星星，下面有一个把，安在紫檀木座上。就放在他床前的小条桌上。我曾趴在桌上细细地看过，没有什么好看。是明代御造的。其珍贵处在一次一共只造了几个。祖父不知是从哪里买来的。他还为此起了一个斋名“浑天仪室”，让我父亲刻了一块长方形的图章。他有几张好画。有四幅马远的小屏条。他曾为这四张画亲自到苏州去，请有名的细木匠做了檀木框，把画嵌在里面。对这四幅画的真伪，我有点怀疑，画的构图颇满，不像“马一角”。但“年份”是很旧的。有一个高约八尺的绢地大中堂，画的是“报喜图”。一棵很大的柏树，树上有十多只喜鹊，下面卧着一头豹子。作者是吕纪。我小时候不知吕纪是何许人，只觉得画得很像，豹子的毛是一根一根都画出来的，真亏他有那么多工夫！这几幅画平常是不让人见的，只在他六十大寿时拿出来挂过。同时挂出来的字画，我记得有郑板桥的六尺大横幅，纸本，画的是兰花；陈曼生的隶书对联；汪琬的楷书对联。我对汪琬的对子很有兴趣，字很端秀，尤其是对子的纸，真好看，豆绿色的蜡笺。他有很多字帖，是一次从夏家买下来的。夏家是百年以上的大家，号“十八鹤来堂夏家”（据说堂建成时有十八只仙鹤飞来）。夏家的房屋极多而大，花园里有合抱的大桂花，有曲沼流泉，人称“夏家花园”。后来败落了，就出卖藏书字画。祖父把几箱字帖都买了。我小时候写的《圭峰碑》《闲邪公家传》，以及后来奖励给我的虞世南的《夫子庙堂碑》、褚遂良的《圣教序》、小字《麻姑仙坛》，都是初拓本，原是夏家的东西。祖父有两件宝。一是一块蕉叶白大端砚。据我父亲说，颜色正如芭蕉叶的背面。是夏之蓉的旧物。一是《云麾将军碑》，据说是个很早的拓本，海内无二，这两样东西祖父视为性命，每遇“兵荒”，就叫我父亲首先用油布包了埋起来。这两件宝物，我都没有看见过。解放后还在，现在不知下落。

我弄不清祖父的“思想”是怎么回事。他是幼读孔孟之书的，思想的基础当然是儒家。他是学佛的，在教我读《论语》的桌上有一函《南无妙法莲华经》。他是印光法师的弟子。他屋里的桌上放的两部书，一部是顾炎武的《日知录》，另一部是《红楼梦》！更不可理解的是，他订了一份杂志：邹韬奋编的《生活周刊》。

我的祖父本来是有点浪漫主义气质，诗人气质的，只是因为所处的环境，使他的个性不可能得到发展。有一年，为了避乱，他和我父亲这一房住在乡下一个小庙里，即我的小说《受戒》所写的菩提庵里，就住在小说所写“一花一世界”那间小屋里。这样他就常常让我陪他说说闲话。有一天，他喝了酒，忽然说起年轻时的一段风流韵事，说得老泪纵横。我没怎么听明白，又不敢问个究竟。后来我问父亲：“是有那么一回事吗？”父亲说：“有！是一个什么大官的姨太太。”老人家不知为什么要跟他的孙子说起他的艳遇，大概他的尘封的感情也需要宣泄宣泄吧。因此我觉得我的祖父是个人。

我的祖母是谈人格的女儿。谈人格是同光间本县最有名的诗人，一县人都叫他“谈四太爷”。我的小说《徙》里所写的谈甓渔就是参照一些关于他的传说写的。他的诗我在小说《故里杂记·李三》的附注里引用过一首《警火》。后来又读了友人从旧县志里抄出寄来的几首。他的诗明白晓畅，是“元和体”，所写多与治水、修坝、筑堤有关，是“为事而发”，属闲适一类者较少。看来他是一个关心世务的明白人，县人所传关于他的糊涂放诞的故事不怎么可靠。

祖母是个很勤劳的人，一年四季不闲着。做酱。我们家吃的酱油都不到外面去买。把酱豆瓣加水熬透，用一个牛腿似的布兜子“吊”起来，酱油就不断由布兜的末端一滴一滴滴在盆里。这“酱油兜子”就挂在祖母所住房外的廊檐上。逢年过节，有客人，都是她亲自下厨。她做的鱼圆非常嫩。上坟祭祖的祭菜都是她做的。端午，包粽子。中秋洗“连枝藕”——藕得有五节，极肥白，是供月亮用的。做糟鱼。糟鱼烧肉，我小时候不爱吃那种味儿，现在想起来是很好吃的东西。腌咸蛋。入冬，腌菜。腌“大咸菜”，用一个能容五担水的大缸腌“青菜”。我的家乡原来没有大白菜，只有青菜，似油菜而大得多。腌芥菜。腌“辣菜”，——小白菜晾去水分，入芥末同腌，过年时开坛，色如淡金，辣味冲鼻，极香美。自离家乡，我从来没吃过这么好吃的咸菜。风鸡，——大公鸡不去毛，揉入粗盐，外包荷叶，悬之于通风处，约二十日即得，久则愈佳。除夕，要吃一顿“团圆饭”，祖父与儿孙同桌。团圆饭必有一道鸭羹汤，鸭丁与山药丁、慈姑丁同煮。这是徽州菜。大年初一，祖母头一个起来，包“大圆子”，即汤团。我们家的大圆子特别“油”。圆子馅前十天就以洗沙猪油拌好，每天放在饭锅头蒸一次，油都“吃”进洗沙里去了，煮出，咬破，满嘴油。这样的圆子我最多能吃四个。

祖母的针线很好。祖父的衣裳鞋袜都是她缝制的。祖父六十岁时，祖母给他做了几双“挖云子”的鞋，——黑呢鞋面上挖出“云子”，内衬大红薄呢里子。这种鞋我只在戏台上和古画上见过。老太爷穿上，高兴得像个孩子。祖母还会剪花样。我的小说《受戒》写小英子的妈赵大娘会剪花样，这细节是从我祖母身上借去的。

祖母对祖父照料得非常周到。每天晚上用一个“五更鸡”（一种点油的极小的炉子）给他炖大枣。祖父想吃点甜的，又没有牙，祖母就给他做花生酥，——花生用饼槌碾细，掺绵白糖，在一个针箍子（即顶针）里压成一个个小圆糖饼。

祖母是吃长斋的。有一年祖父生了一场大病，她在佛前许愿，从此吃了长斋。她吃的菜离不了豆腐、面筋、皮子（豆腐皮）……她的素菜里最好吃的是香蕈（即冬菇）饺子。香蕈熬汤，荠菜馅包小饺子，油炸后倾入滚汤中，嗤拉一声。这道菜她一生中也没有吃过几次。

她没有休息的时候。没事时也总在捻麻线。一个牛拐骨，上面有个小铁钩，续入麻丝后，用手一转牛拐，就捻成了麻线。我不知道她捻那么多麻线干什么，肯定是用不完的。小时候读归有光的《先妣事略》："孺人不忧米盐，乃劳苦若不谋夕"，觉得我的祖母就是这样的人。

祖母很喜欢我。夏天晚上，我们在天井里乘凉，她有时会摸着黑走过来，躺在竹床上给我"说古话"（讲故事）。有时她唱"偈"，声音哑哑的："观音老母站桥头……"这是我听她唱过的唯一的"歌"。

1991年10月，我回了一趟家乡，我的妹妹、弟弟说我长得像祖母。他们拿出一张祖母的六寸相片，我一看，是像，尤其是鼻子以下，两腮，嘴，都像。我年轻时没有人说过我像祖母。大概年轻时不像，现在，我老了，像了。

一九九二年一月二十二日

我的父亲

我父亲行三。我的祖母有时叫他的小名“三子”。他是阴历九月初九重阳节那天生的，故名菊生（我父亲那一辈生字排行，大伯父名广生，二伯父名常生），字淡如。他作画时有时也题别号：亚痴、灌园生……他在南京读过旧制中学。所谓旧制中学大概是十年一贯制的学堂。我见过他在学堂时用过的教科书，英文是纳氏文法，代数几何是线装的有光纸印的，还有“修身”什么的。他为什么没有升学，我不知道。“旧制中学生”也算是功名。他的这个“功名”我在我的继母的“铭旌”上见过，写的是扁宋体的泥金字，所以记得。什么是“铭旌”，看《红楼梦》贾府办秦可卿丧事那回就知道，我就不噜苏了。

我父亲年轻时是运动员。他在足球校队踢后卫。他是撑杆跳选手，曾在江苏全省运动会上拿过第一。他又是单杠选手。我还见过他在天王寺外边驻军所设置的单杠上表演过空中大回环两周，这在当时是少见的。他练过武术，腿上带过铁砂袋。练过拳，练过刀、枪。我见他施展过一次武功。我初中毕业后，他陪我到外地去投考高中。在小轮船上，一个初来的侦缉队以检查为名勒索乘客的钱财。

我父亲一掌，把他打得一溜跟头，从船上退过跳板，一屁股坐在码头上。我父亲平常温文尔雅，我还没见过他动手打人，而且，真有两下子！我父亲会骑马。南京马场有一匹烈马，咬人，没人敢碰它，平常都用一截粗竹筒套住它的嘴。我父亲偷偷解开缰绳，一骗腿骑了上去。一趟马道子跑下来，这马老实了。父亲还会游泳，水性很好。这些，我都不知道他是什么时候学的。

从南京回来后，他玩过一个时期乐器。他到苏州去了一趟，买回来好些乐器，笙箫管笛、琵琶、月琴、拉秦腔的胡胡、扬琴，甚至还有大小唢呐，唢呐我从未见他吹过。这东西吵人，除了吹鼓手、戏班子，一般玩乐器人都不在家里吹。一把大唢呐，一把小唢呐（海笛）一直放在他的画室柜橱的抽屉里。我们孩子们有时翻出来玩。没有哨子，吹不响，只好把铜嘴含在嘴里，自己呜呜作声，不好玩！他的一枝洞箫、一枝笛子，都是少见的上品。洞箫箫管很细，外皮作殷红色，很有年头了。笛子不是缠丝涂了一节一节黑漆的，是整个笛管擦了荸荠紫漆的，比常见的笛子管粗。箫声幽远，笛声圆润。我这辈子吹过的箫笛无出其右者。这两枝箫笛不是从乐器店里买的，是花了大价钱从私人手里买的。他的琵琶是很好的，但是拿去和一个理发店里换了。他拿回理发店的那面琵琶又脏又旧、油里咕叽的。我问他为什么要换了这么一面脏琵琶回来，他说："这面琵琶声音好！"理发店用一面旧琵琶换了他的几乎是全新的琵琶，当然乐意。不论什么乐器，他听听别人演奏，看看指法，就能学会。他弹过一阵古琴，说：都说古琴很难，其实没有什么。我的一个远房舅舅，有一把一个法国神父送他的小提琴，我父亲跟他借回来，鼓揪鼓揪，几天工夫，就能拉出曲子来。据我父亲说：乐器里最难，最要功夫的，是胡琴。别看它只有两根弦，很简单，越是简单的东西越不好弄。他拉的胡琴我拉不了，弓子硬，马尾多，滴的松香很厚，松香拉出一道很窄的深槽，我一拉，马尾就跑到深槽的外面来了。父亲不在家的时候我有时使劲拉一小段，我父亲一看松香就知道我动过他的胡琴了。他后来不大摆弄别的乐器了，只有胡琴是一直拉着的。

摒挡丝竹以后，父亲大部分时间用于画画和刻图章。他画画并无真正的师承，只有几个画友。画友中过从较密的是铁桥，是一个和尚，善因寺的方丈。我写的小说《受戒》里的石桥，就是以他为原型的。铁桥曾在苏州邓尉山一个庙里住过，他作画有时下款题为“邓尉山僧”。我父亲第二次结婚，娶我的第一个继母，新房里就挂了铁桥的一个条幅，泥金纸，上角画了几枝桃花，两只燕子，款题“淡如仁兄嘉礼　弟铁桥写贺”。在新房里挂一幅和尚的画，我的父亲可谓全无禁忌；这位和尚和俗人称兄道弟，也真是不拘礼法。我上小学的时候，就觉得他们有点“胡来”。这幅画的两边还配了我的一个舅舅写的一副虎皮宣的对子：“蝶欲试花犹护粉，莺初学啭尚羞簧”，我后来懂得对联的意思了，觉得实在很不像话！铁桥能画，也能写。他的字写石鼓，画法任伯年。根据我的印象，都是相当有功力的。我父亲和铁桥常来往，画风却没有怎么受他的影响。也画过一阵工笔花卉。我们那里的画家有一种理论，画画要从工笔入手，也许是有道理的。扬州有一位专画菊花的画家，这位画家画菊按朵论价，每朵大洋一元。父亲求他画了一套菊谱，二尺见方的大册页。我有个姑太爷，也是画画的，说：“像他那样的玩法，我们玩不起！”兴化有一位画家徐子兼，画猴子，也画工笔花卉。我父亲也请他画了一套册页。有一开画的是罂粟花，薄瓣透明，十分绚丽。一开是月季，题了两行字：“春水蜜波为花写照”。“春水”“蜜波”是月季的两个品种，我觉得这名字起得很美，一直不忘。我见过父亲画工笔菊花，原来花头的颜色不是一次敷染，要“加”几道。扬州有菊花名种“晓色”，父亲说这种颜色最不好画。“晓色”，很空灵，不好捉摸。他画成了，我一看，是晓色！他后来改了画写意，用笔略似吴昌硕，照我看，我父亲的画是有功力的，但是“见”得少，没有行万里路，多识大家真迹，受了限制。他又不会做诗，题画多用前人陈句，故布局平稳，缺少创意。

父亲刻图章，初宗浙派，清秀规矩。他年轻时刻过一套《陋室铭》印谱，有几方刻得不错，但是过于著意，很拘谨。有“兰带”“折钉”，都是“做”出来的。有一方“草色入帘青”是双钩，我小时觉得很好看，稍大，即觉得纤巧小气。《陋室铭》印谱只是他初学刻印的成绩。三十多岁后，渐渐豪放，以治汉印为主。他有一套端方的《匋斋印存》，经常放在案头。有时也刻浙派小印。我记得他给一个朋友张仲陶刻过一块青田冻石小长方印，文曰“中匋”，实在漂亮。“中匋”两字也很好安排。

刻印的人多喜藏石。父亲的石头是相当多的，他最心爱的是三块田黄。我在小说《岁寒三友》中写的靳彝甫的三块田黄，实际上写的是我父亲的三块图章。

他盖章用的印泥是自己做的。用的是“大劈砂”，这是朱砂里最贵重的。大劈砂深紫色的，片状，制成印泥，鲜红夺目。他说见过一些明朝画，纸色已经灰暗，而印色鲜明不变。大劈砂盖的图章可以“隐指”，即用手指摸摸，印文是鼓出的。他的画室的书橱里摆了一列装在玻璃瓶的大劈砂和陈年的蓖麻子油，蓖麻是调印色用的。

我父亲手很巧，而且总是活得很有兴致。他会做各种玩意。元宵节，他用通草（我们家开药店，可以选出很大片的通草）为瓣，用画牡丹的西洋红（西洋红很贵，齐白石作画，有一个时期，如用西洋红，是要加价的）染出深浅，做成一盏荷花灯，点了蜡烛，比真花还美。他用蝉翼笺染成浅绿，以铁丝为骨，做了一盏纺织娘灯，下安细竹棍。我和姐姐提了，举着这两盏灯上街，到邻居家串门，好多人围着看。清明节前，他糊风筝。有一年糊了一只蜈蚣（我们那里叫“百脚”），是绢糊的。他用药店里称麝香用的小戥子约蜈蚣两边的鸡毛，——鸡毛必须一样重，否则上天就会打滚。他放这只蜈蚣不是用的一般线，是胡琴的老弦。我们那里用老弦放风筝的，家父实为第一人。（用老弦放风筝，风筝可以笔直地飞上去，没有“肚子”。）他带了几个孩子在傅公桥麦田里放风筝。这时麦子尚未“起身”，是不怕踩的，越踩越旺。春服既成，惠风和畅，我父亲这个孩子头带着几个孩子，在碧绿的麦垄间奔跑呼叫，为乐如何？我想念我的父亲（我现在还常常梦见他），想念我的童年，虽然我现在是七十二岁，皤然一老了。夏天，他给我们糊养金铃子的盒子。他用钻石刀把玻璃裁成一小块一小块，再合拢，接缝处用皮纸浆糊固定，再加两道细蜡笺条，成了一只船、一座小亭子、一个八角玲珑玻璃球，里面养着金铃子。隔着玻璃，可以看到金铃子在里面爬，吃切成小块的梨，张开翅膀“叫”。秋天，买来拉秧的小西瓜，把瓜瓤掏空，在瓜皮上镂刻出很细致的图案，做成几盏西瓜灯。西瓜灯里点了蜡烛，洒下一片绿光。父亲鼓捣半天，就为让孩子高兴一晚上。我的童年是很美的。

我母亲死后，父亲给她糊了几箱子衣裳，单夹皮棉，四时不缺。他不知从哪里搜罗来各种颜色，砑出各种花样的纸。听我的大姑妈说，他糊的皮衣跟真的一样，能分出滩羊、灰鼠。这些衣服我没看见过，但他用剩的色纸，我见过。我们用来折“手工”。有一种纸，银灰色，正像当时时兴的“慕本缎子”。

我父亲为人很随和，没架子。他时常周济穷人，参与一些有关公益的事情。因此在地方上人缘很好。民国二十年发大水，大街成了河。我每天看见他蹚着齐胸的水出去，手里横执了一根很粗的竹篙，穿一身直罗褂，他出去，主要是办赈济。我在小说《钓鱼的医生》里写王淡人有一次乘了船，在腰里系了铁链，让几个水性很好的船工也在腰里系了铁链，一头拴在王淡人的腰里，冒着生命危险，渡过激流，到一个被大水围困的孤村去为人治病。这写的实际是我父亲的事。不过他不是去为人治病，而是去送“华洋义赈会”发来的面饼（一种很厚的面饼，山东人叫“锅盔”）。这件事写进了地方上人送给我祖父的六十寿序里，我记得很清楚。

父亲后来以为人医眼为职业。眼科是汪家祖传。我的祖父、大伯父都会看眼科。我不知道父亲懂眼科医道。我十九岁离开家乡，离乡之前，我没见过他给人看眼睛。去年回乡，我的妹婿给我看了一册父亲手抄的眼科医书，字很工整，是他年轻时抄的。那么，他是在眼科上下过功夫的。听说他的医术还挺不错。有一个邻居的孩子得了眼疾，双眼肿得像桃子，眼球红得像大红缎子。父亲看过，说不要紧。他叫孩子的父亲到阴城（一片乱葬坟场，很大，很野，据说韩世忠在这里打过仗）去捉两个大田螺来。父亲在田螺里倒进两管鹅翎眼药，两撮冰片，把田螺扣在孩子的眼睛上。过了一会田螺壳裂了。据那个孩子说，他睁开眼，看见天是绿的。孩子的眼好了，一生没有再犯过眼病。田螺治眼，我在任何医书上没看见过，也没听说过。这个“孩子”现在还在，已经五十几岁了。是个理发师傅。去年我回家乡，从他的理发店门前经过，那天，他又把我父亲给他治眼的经过，向我的妹婿详细地叙述了一次。这位理发师傅希望我给他的理发店写一块招牌。当时我很忙，没有来得及给他写。我会给他写的。一两天就写了托人带去。

我父亲配制过一次眼药。这个配方现在还在，但是没有人配得起，要几十种贵重的药，包括冰片、麝香、熊胆、珍珠……珍珠要是人戴过的。父亲把祖母帽子上的几颗大珠子要了去。听我的第二个继母说，他制药极其虔诚，三天前就洗了澡（“斋戒沐浴”），一个人住在花园里，把三道门都关了，谁也不让去。

父亲很喜欢我。我母亲死后，他带着我睡。他说我半夜醒来就笑。那时我三岁（实年）。我到江阴去投考南菁中学，是他带着我去的。住在一个茶庄的栈房里，臭虫很多。他就点了一支蜡烛，见有臭虫，就用蜡烛油滴在它身上。第二天我醒来，看见席子上好多好多蜡烛油点子。我美美地睡了一夜，父亲一夜未睡。我在昆明时，他还在信封里用玻璃纸包了一小包“虾松”寄给我过。我父亲很会做菜，而且能别出心裁。我的祖父春天忽然想吃螃蟹。这时候哪里去找螃蟹？父亲就用瓜鱼（即水仙鱼），给他伪造了一盘螃蟹，据说吃起来跟真螃蟹一样。“虾松”是河虾剁成米大小粒，掺以小酱瓜丁，入温油炸透。我也吃过别人做的“虾松”，都比不上我父亲的手艺。

我很想念我的父亲。现在还常常做梦梦见他。我的那些梦本和他不相干，我梦里的那些事，他不可能在场，不知道怎么会搀和进来了。

一九九二年五月二十八日

我的母亲

我父亲结过三次婚。

我的生母姓杨。我不知道她的学名。杨家不论男女都是排行的。我母亲那一辈“遵”字排行，我母亲应该叫杨遵什么。前年我写信问我的姐姐，我们的母亲叫什么。姐姐回信说：叫“强四”。我觉得很奇怪，怎么叫这么个名呢？是小名么？也不大像。我知道我母亲不是行四。一个人怎么会连自己母亲的名字都不知道呢？因为我母亲活着的时候我太小了。

我三岁的时候，母亲就故去了。我对她一点印象都没有。她得的是肺病，病后即移住在一个叫“小房”的房间里，她也不让人把我抱去看她。我只记得我父亲用一个煤油箱自制了一个炉子，煤油箱横放着，有两个火口，可以同时为母亲熬粥，熬参汤、燕窝，另外还记得我父亲雇了一只船陪她到淮城去就医，我是随船去的。我记得小船中途停泊时，父亲在船头钓鱼，还记得船舱里挂了好多大头菜。我一直记得大头菜的气味。

我只能从母亲的画像看看她。据我的大姑妈说，这张像画得很像。画像上的母亲很瘦，眉尖微蹙。样子和我的姐姐很相似。

我母亲是读过书的。她病倒之前每天还写一张大字。我曾在我父亲的画室里找出一摞母亲写的大字，字写得很清秀。

前年我回家乡，见着一个老邻居，她记得我母亲。看见过我母亲在花园里看花。——这家邻居和我们家的花园只隔一堵短墙。我母亲叫她“小新娘子”。“小新娘子，过来过来，给你一朵花戴。”我于是好像看见母亲在花园里看花，并且觉得她对邻居很和善。这位“小新娘子”已经是八十多岁的老太太了！

我还记得我母亲爱吃京冬菜。这东西我们家乡是没有的，是托做京官的亲戚带回来的，装在陶制的罐子里。

我母亲死后，她养病的那间“小房”锁了起来，里面堆放着她生前用的东西，全部嫁妆，——“摞橱”、皮箱和铜火盆、朱漆的火盆架子……我的继母有时开锁进去，取一两样东西，我跟着进去看过。“小房”外面有一个小天井。靠南有一个秋叶形的小花台。花台上开了一些秋海棠。这些海棠自开自落，没人管它。花很伶仃，但是颜色很红。

我的第一个继母娘家姓张。她们家原来在张家庄住，是个乡下财主。后来在城里盖了房子，才搬进城来。房子是全新的，新砖，新瓦，油漆的颜色也都很新。没有什么花木，却有一片很大的桑园。我小时就觉得奇怪，又不养蚕，种那么多桑树做什么？桑树都长得很好，干粗叶大，是湖桑。

我的继母幼年丧母，她是跟姑妈长大的，姑妈家姓吴。继母的姑妈年轻守寡。她住的房子二梁上挂着一块匾，朱地金字：“松贞柏节”，下款是“大总统题”。这大总统不知是谁，是袁世凯？还是黎元洪？吴家家境不富裕，住的房子是张家的三间偏房。老姑奶奶有两个儿子，一个叫大和子，一个叫小和子。两个儿子都没上学校，念了几年私塾，专学珠算。同年龄的少年学“鸡兔同笼”，他们却每天打“归除”“斤求两，两求斤”。他们是准备到钱庄去学生意的。

我的继母归宁，也到她的继母屋里坐坐，但大部分时间都在这三间偏房里和姑妈在一起。我父亲到老丈人那边应酬应酬，说些淡话，也都在“这边”陪姑妈闲聊。直到“那边”来请坐席了，才过去。

继母身体不好。她婚前咳嗽得很利害，和我父亲拜堂时是服用了一种进口的杏仁露压住的。

她是长女，但是我的外公显然并不钟爱她。她的陪嫁妆奁是不丰的。她有时准备出门作客，才戴一点首饰。比较好的首饰是副翡翠耳环。有一次，她要带我们到外公家拜年，她打扮了一下，换了一件灰鼠的皮袄。我觉得她一定会冷。这样的天气，穿一件灰鼠皮袄怎么行呢？然而她只有一件皮袄。我忽然对我的继母产生一种说不出来的感情。我可怜她，也爱她。

后娘不好当。我的继母进门就遇到一个局面，“前房”（我的生母）留下三个孩子：我姐姐，我，还有一个妹妹。这对于“后娘”当然会是沉重的负担。上有婆婆，中有大姑子、小姑子，还有一些亲戚邻居，她们都拿眼睛看着，拿耳朵听着。

也许我和娘（我们都叫继母为娘）有缘，娘很喜欢我。

她每次回娘家，都是吃了晚饭才回来。张家总是叫了两辆黄包车，姐姐和妹妹坐一辆，娘搂着我坐一辆。张家有个规矩（这规矩是很多人家都有的），姑娘回自己婆家，要给孩子手里拿两根点着了的安息香。我于是拿着两根安息香，偎在娘怀里。黄包车慢慢地走着。两旁人家、店铺的影子向后移动着，我有点迷糊。闻着安息香的香味，我觉得很幸福。

小学一年级时，冬天，有一天放学回家，我大便急了，憋不住，拉在裤子里了（我记得我拉的屎是热腾腾的）。我兜着一裤兜屎，一扭一扭地回了家。我的继母一闻，二话没说，赶紧烧水，给我洗了屁股。她把我擦干净了，让我围着棉被坐着。接着就给我洗衬裤刷棉裤。她不但没有说我一句，连眉头都没有皱一下。

我妹妹长了头虱，娘煎了草药给她洗头，用篦子给她篦头发。张氏娘认识字，念过《女儿经》。《女儿经》有几个版本，她念过的那本，她从娘家带了过来，我看过。里面有这样的句子："张家长，李家短，别人的事情我不管。"她就是按照这一类道德规范做人的。她有时念经：《金刚经》《心经》《高王经》。她是为她的姑妈念的。

她做的饭菜有些是乡下做法，比如番瓜（南瓜）熬面疙瘩、煮百合先用油炒一下。我觉得这样的吃法很怪。

她死于肺病。

我的第二个继母姓任。任家是邵伯大地主，庄园有几座大门，庄园外有壕沟吊桥。

我父亲是到邵伯结的婚。那年我已经十七岁，读高二了。父亲写信给我和姐姐，叫我们去参加他的婚礼。任家派一个长工推了一辆独轮车到邵伯码头来接我们。我和姐姐一人坐一边。我第一次坐这种独轮车觉得很有趣。

我已经很大了，任氏娘对我们很客气，称呼我是"大少爷"。我十九岁离开家乡到昆明读大学。1986年回乡，这时娘才改口叫我“曾祺”。——我这时已经六十六岁，也不是什么“少爷”了。

我对任氏娘很尊敬，因为她伴随我的父亲度过了漫长的很艰苦的沧桑岁月。

她今年八十六岁。

一九九二年七月十一日

多年父子成兄弟

这是我父亲的一句名言。

父亲是个绝顶聪明的人。他是画家，会刻图章，画写意花卉。图章初宗浙派，中年后治汉印。他会摆弄各种乐器，弹琵琶，拉胡琴，笙箫管笛，无一不通。他认为乐器中最难的其实是胡琴，看起来简单，只有两根弦，但是变化很多，两手都要有功夫。他拉的是老派胡琴，弓子硬，松香滴得很厚——现在拉胡琴的松香都只滴了薄薄的一层。他的胡琴音色刚亮。胡琴码子都是他自己刻的，他认为买来的不中使。他养蟋蟀，养金铃子。他养过花，他养的一盆素心兰在我母亲病故那年死了，从此他就不再养花。我母亲死后，他亲手给她做了几箱子冥衣——我们那里有烧冥衣的风俗。按照母亲生前的喜好，选购了各种花素色纸做衣料，单夹皮棉，四时不缺。他做的皮衣能分得出小麦穗羊羔、灰鼠、狐肷。

父亲是个很随和的人，我很少见他发过脾气，对待子女，从无疾言厉色。他爱孩子，喜欢孩子，爱跟孩子玩，带着孩子玩。我的姑妈称他为“孩子头”。春天，不到清明，他领一群孩子到麦田里放风筝。放的是他自己糊的蜈蚣（我们那里叫“百脚”），是用染了色的绢糊的。放风筝的线是胡琴的老弦。老弦结实而轻，这样风筝可笔直的飞上去，没有“肚儿”。用胡琴弦放风筝，我还未见过第二人。清明节前，小麦还没有“起身”，是不怕践踏的，而且越踏会越长得旺。孩子们在屋里闷了一冬天，在春天的田野里奔跑跳跃，身心都极其畅快。他用钻石刀把玻璃裁成不同形状的小块，再一块一块逗拢，接缝处用胶水粘牢，做成小桥、小亭子、八角玲珑水晶球。桥、亭、球是中空的，里面养了金铃子。从外面可以看到金铃子在里面自在爬行，振翅鸣叫。他会做各种灯。用浅绿透明的“鱼鳞纸”扎了一只纺织娘，栩栩如生。用西洋红染了色，上深下浅，通草做花瓣，做了一个重瓣荷花灯，真是美极了。用小西瓜（这是拉秧的小瓜，因其小，不中吃，叫做“打瓜”或“笃瓜”）上开小口挖净瓜瓤，在瓜皮上雕镂出极细的花纹，做成西瓜灯。我们在这些灯里点了蜡烛，穿街过巷，邻居的孩子都跟过来看，非常羡慕。

父亲对我的学业是关心的，但不强求。我小时了了，国文成绩一直是全班第一。我的作文，时得佳评，他就拿出去到处给人看。我的数学不好，他也不责怪，只要能及格，就行了。他画画，我小时也喜欢画画，但他从不指点我。他画画时，我在旁边看。其余时间由我自己乱翻画谱，瞎抹。我对写意花卉那时还不太会欣赏，只是画一些鲜艳的大桃子，或者我从来没有见过的瀑布。我小时字写得不错，他倒是给我出过一点主意。在我写过一阵“圭峰碑”和“多宝塔”以后，他建议我写写“张猛龙”。这建议是很好的，到现在我写的字还有“张猛龙”的影响。我初中时爱唱戏，唱青衣，我的嗓子很好，高亮甜润。在家里，他拉胡琴，我唱。我的同学有几个能唱戏的。学校开同乐会，他应我的邀请，到学校去伴奏。几个同学都只是清唱。有一个姓费的同学借到一顶纱帽，一件蓝官衣，扮起来唱《朱砂井》，但是没有配角，没有衙役，没有犯人，只是一个赵廉，摇着马鞭在台上走了两圈，唱了一段“郿坞县在马上心神不定”，便完事下场。父亲那么大的人陪着几个孩子玩了一下午，还挺高兴。我十七岁初恋，暑假里，在家写情书，他在一旁瞎出主意！我十几岁就学会了抽烟喝酒。他喝酒，给我也倒一杯。抽烟，一次抽出两根，他一根，我一根。他还总是先给我点上火。我们的这种关系，他人或以为怪。父亲说：“我们是多年父子成兄弟。”

我和儿子的关系也是不错的。我戴了“右派分子”的帽子下放张家口农村劳动，他那时还从幼儿园刚毕业，刚刚学会汉语拼音，用汉语拼音给我写了第一封信。我也只好赶紧学会汉语拼音，好给他写回信。“文化大革命”期间，我被打成“黑帮”，关进“牛棚”。偶尔回家，孩子们对我还是很亲热。我的老伴告诫他们“你们要和爸爸‘划清界限’”，儿子反问母亲：“那你怎么还给他打酒？”只有一件事，两代之间，曾有分歧。他下放山西忻县“插队落户”。按规定，春节可以回京探亲，我们等着他回来。不料他同时带回了一个同学。他的这个同学的父亲是一位正受林彪迫害，搞得人囚家破的空军将领。这个同学在北京已经没有家，按照大队的规定是不能回北京的，但是这孩子很想回北京，在一伙同学的秘密帮助下，我的儿子就偷偷地把他带回来了。他连“临时户口”也不能上，是个“黑人”，我们留他在家住，等于“窝藏”了他。公安局随时可以来查户口，街道办事处的大妈也可能举报。当时人人自危，自顾不暇，儿子惹了这么一个麻烦，使我们非常为难。我和老伴把他叫到我们的卧室，对他的冒失行为表示很不满，我责备他：“怎么事前也不和我们商量一下！”我的儿子哭了，哭得很委屈，很伤心。我们当时立刻明白了：他是对的，我们是错的。我们这种怕担干系的思想是庸俗的。我们对儿子和同学之间的义气缺乏理解，对他的感情不够尊重。他的同学在我们家一直住了四十多天，才离去。

对儿子的几次恋爱，我采取的态度是“闻而不问”。了解，但不干涉。我们相信他自己的选择，他的决定。最后，他悄悄和一个小学时期女同学好上了，结了婚。有了一个女儿，已近七岁。

我的孩子有时叫我“爸”，有时叫我“老头子！”连我的孙女也跟着叫。我的亲家母说这孩子“没大没小”。我觉得一个现代化的、充满人情味的家庭，首先必须做到“没大没小”。父母叫人敬畏，儿女“笔管条直”，最没有意思。

儿女是属于他们自己的。他们的现在，和他们的未来，都应由他们自己来设计。一个想用自己理想的模式塑造自己的孩子的父亲是愚蠢的，而且，可恶！另外作为一个父亲，应该尽量保持一点童心。

一九九〇年九月一日

大莲姐姐

大莲姐姐可以说是我的保姆。她是我母亲从娘家带过来的。她在杨家伺候大小姐——我母亲，到了我们家“带”我。我们那里把女佣人都叫做“莲子”，“大莲子”“小莲子”。伺候我的二伯母的女佣人，有一个奇怪称呼，叫“高脚牌大莲子”。不知道怎么会这样称呼，可能是她的脚背特别高。全家都叫我的保姆为“大莲子”，只有我叫她“大莲姐姐”。

我小时候是个“惯宝宝”。怕我长不大，于是认了好几个干妈，在和尚庙、道士观里都记了名，我的法名叫“海鳌”。我还记得在我父亲的卧室的一壁墙上贴着一张八寸高五寸宽的梅红纸，当中一行字“三宝弟子求取法名海鳌”，两边各有一个字，一边是“皈”，一边是“依”。我大概是从这张记名红纸上才认得这个“皈”字的。因为是“惯宝宝”，才有一个保姆专门“看”我。大莲姐姐对我的姐姐和妹妹是不大管的，就管照看我一个人。

大莲姐姐对我母亲很有感情，对我的继母就有一种敌意。继母还没有过门，嫁妆先发了过来，新房布置好了。她拍拍一张小八仙桌，对我的姐姐说：“这是红木的，不是海梅的！”“海梅”别处不知叫什么，在我们那里是最贵重的木料。我母亲的嫁妆就是海梅的。她还教我们唱：

“小白菜呀

地里黄呀……”

我虽然很小，也觉得这不好。

大莲姐姐对我是很好。我小时不好好吃饭，老是围着桌子转，她就围着桌子追着喂我。不知要转多少圈，才能把半碗饭喂完。

晚上，她带着我睡。

我得了小肠疝气，有时发作，就在床上叫：“大莲姐姐，我疼。”她就熬了草药，倒在一个痰盂里，抱我坐在上面熏。熏一会，坠下来的小肠就能收缩回去。她不知从哪里学到一些偏方，都试过。煮了胡萝卜，让我吃。我天天吃胡萝卜，弄得我到现在还不喜欢胡萝卜的味儿。把鸡蛋打匀了，用个秤锤烧红了，放在鸡蛋里，嗤啦一声，鸡蛋熟了。不放盐，吃下去。真不好吃！

我上小学后，大莲姐姐辞了事，离开我们家。她好像在别的人家做了几年。后来，就不帮人了，住在臭河边一个白衣庵里。她信佛，听我姐姐说，她受过戒，并未剃去头发，只在头顶上剃了一块，烧的戒疤也少，头发长长了，拢上去，看不出来。她成了个“道婆子”。我们那里有不少这种道婆子。她们每逢哪个庙的香期，就去“坐经”，——席地坐着，一坐一天。不管什么庙，是庙就“坐”。东岳庙、城隍庙，本来都是道士住持，她们不管，一屁股坐下就念“南无阿弥陀佛”，我放学回家，路过白衣庵，她有时看着我走过，有时也叫我到她那里去玩。白衣庵实在没有什么好“玩”的。这是一个小庵，殿上塑着一尊白衣观音。天井东西各有一间小屋，大莲姐姐住东屋，西屋住的也是一个“带发修行”的道婆子。

她后来又和同善社、“理教劝戒烟酒会”的一些人混在一起。我们那里没有一贯道。如果有，她一定也会入一贯道的。她是什么都信的。

一九九二年七月十二日

冬天

天冷了，堂屋里上了槅子。槅子，是春暖时卸下来的，一直在厢屋里放着。现在，搬出来，刷洗干净了，换了新的粉连纸，雪白的纸。上了槅子，显得严紧，安适，好像生活中多了一层保护。家人闲坐，灯火可亲。

床上拆了帐子，铺了稻草。洗帐子要拣一个晴朗的好天，当天就晒干。夏布的帐子，晾在院子里，夏天离得远了。稻草装在一个布套里，粗布的，和床一般大。铺了稻草，暄腾腾的，暖和，而且有稻草的香味，使人有幸福感。

不过也还是冷的。南方的冬天比北方难受，屋里不升火。晚上脱了棉衣，钻进冰凉的被窝里，早起，穿上冰凉的棉袄棉裤，真冷。

放了寒假，就可以睡懒觉。棉衣在铜炉子上烘过了，起来就不是很困难了。尤其是，棉鞋烘得热热的，穿进去真是舒服。

我们那里生烧煤的铁火炉的人家很少。一般取暖，只是铜炉子，脚炉和手炉。脚炉是黄铜的，有多眼的盖。里面烧的是粗糠。粗糠装满，铲上几铲没有烧透的芦柴火（我们那里烧芦苇，叫做“芦柴”）的红灰盖在上面。粗糠引着了，冒一阵烟，不一会，烟尽了，就可以盖上炉盖。粗糠慢慢延烧，可以经很久。老太太们离不开它。闲来无事，抹抹纸牌，每个老太太脚下都有一个脚炉。脚炉里粗糠太实了，空气不够，火力渐微，就要用“拨火板”沿炉边挖两下，把粗糠拨松，火就旺了。脚炉暖人。脚不冷则周身不冷。焦糠的气味也很好闻。仿日本俳句，可以作一首诗：“冬天，脚炉焦糠的香。”手炉较脚炉小，大都是白铜的，讲究的是银制的。炉盖不是一个一个圆窟窿，大都是镂空的松竹梅花图案。手炉有极小的，中置炭墼（煤炭研为细末，略加蜜，筑成饼状），以纸煤头引着。一个炭墼能经一天。

冬天吃的菜，有乌青菜、冻豆腐、咸菜汤。乌青菜塌棵，平贴地面，江南谓之“塌苦菜”，此菜味微苦。我的祖母在后园辟小片地，种乌青菜，经霜，菜叶边缘作紫红色，味道苦中泛甜。乌青菜与“蟹油”同煮，滋味难比。“蟹油”是以大螃蟹煮熟剔肉，加猪油“炼”成的，放在大海碗里，凝成蟹冻，久贮不坏，可吃一冬。豆腐冻后，不知道为什么是蜂窝状。化开，切小块，与鲜肉、咸肉、牛肉、海米或咸菜同煮，无不佳。冻豆腐宜放辣椒、青蒜。我们那里过去没有北方的大白菜，只有“青菜”。大白菜是从山东运来的，美其名曰“黄芽菜”，很贵。“青菜”似油菜而大，高二尺，是一年四季都有的，家家都吃的菜。咸菜即是用青菜腌的。阴天下雪，喝咸菜汤。

冬天的游戏：踢毽子，抓子儿，下“逍遥”。“逍遥”是在一张正方的白纸上，木版印出螺旋的双道，两道之间印出八仙、马、兔子、鲤鱼、虾……，每样都是两个，错落排列，不依次序。玩的时候各执铜钱或象棋子为子儿，掷骰子，如果骰子是五点，自“起马”处数起，向前走五步，是兔子，则可向内圈寻找另一个兔子，以子儿押在上面。下一轮开始，自里圈兔子处数起，如是六点，进六步，也许是铁拐李，就寻另一个铁拐李，把子儿押在那个铁拐李上。如果数数至里圈的什么图上，则到外圈去找，退回来。点数够了，子儿能进终点（终点是一座宫殿式的房子，不知是月宫还是龙门），就算赢了。次后进入的为“二家”“三家”。“逍遥”两个人玩也可以，三个四个人玩也可以。不知道为什么叫做“逍遥”。

早起一睁眼，窗户纸上亮晃晃的，下雪了！雪天，到后园去折腊梅花、天竺果。明黄色的腊梅、鲜红的天竺果，白雪，生意盎然。腊梅开得很长，天竺果尤为耐久，插在胆瓶里，可经半个月。

舂粉子。有一家邻居，有一架碓。这架碓平常不大有人用，只在冬天由附近的一二十家轮流借用。碓屋很小，除了一架碓，只有一些筛子、箩。踩碓很好玩，用脚一踏，吱扭一声，碓嘴扬了起来，嘭的一声，落在碓窝里。粉子舂好了，可以蒸糕，做“年烧饼”（糯米粉为蒂，包豆沙白糖，作为饼，在锅里烙熟），搓圆子（即汤团）。舂粉子，就快过年了。

一九八八年十二月二十二日

家书

“又是花园去了，不弄得一身绿不回来。……”

我仿佛躲在窗台下，咬着舌头听过这些话，然后轻轻的蹑足走进房间里，用一个笑等待被发现。忽然从背后抽出一枝花。我喜欢红花，但是抽的一枝玉色的，我的头发乱了，我得去梳，头发软软的，说明一切感觉。

我想我开始留意呵，应是在我们那个花园里。我记不起什么时候我第一次走到花园里去。但我觉得我那一身绿。我到花园里去，并非想去得到些什么，好像我就只为了到那里面去。我知道那是我们的家的一部分，而那边却不住人，我就得去，像许多以过程为完成的探险家一样。我也不知道我在里面做些什么，可是一进去，就是半天。我们所玩的事物无非还是在家里玩的，但是在家里玩就不会需要那么些时候。

——一身绿，一身绿，那是千真万确的。小孩子对于草的兴趣远比对于花的大得多。草是床，是凳子，可以从心所欲作为一切的东西。我的肘弯膝盖，凡是衣服容易破的地方，沾染草汁尤其甚多。巴根草带红色的茎很顽强，把我的鞋底磨得很滑，还发青黑色的光，我老怀疑巴根草里有铁。但他们不会注视我的鞋底。

我们家里很静。我很能分辨这种静与我们小学校课堂里的静不同，我们小心藏住自己的声音，就像藏住口袋里一个黄嘴的麻雀一样。好在这是有限度的。先生说，你们一齐读罢：“亚洲的东边……”“纪元前四百七十一年……”我们的声音里有共同的欢喜，一面读，一面听。听下课铃就要响了。可是家里和学校里不同，静不为我们所有，我们是属于静的，一种没有起始也不会结束的静。我是喜欢这种静的，它那么温和，那么精致，又那么忧郁。

什么都很好。我喜欢父亲翻书的声音，从那声音里，我觉得书页极薄，而且像微干的鸡蛋壳里的那层膜子那么白。青铛子鸟在青玉池里洗澡了，一团小雾在阳光里，阳光里有一道浅虹。这些，只如水面上的一个水纹，消失与产生一样自然。而晚上，灯光把帘子的影子铺在地上，我常想我在帘影里。似乎我便不在其他之中了。后来我想我至少还在静的里面。

但是我分不出花园里的静与家里的静有什么不同。虽然我知道，很确信不移，那是不同的。我想找一个理由解释这个不同，可是除了那里面没有人之外，我找不出更好的解释了。

围墙外面是一个狭长的天井。天井两端种了一棵桂花和一棵玉兰。风吹在两棵树的叶子上发出不同的声音，曾经想移到园里去，免得寒天不住掉叶子。祖父说，“老了不行了”，不知哪一年上竟毫无预备的死了。既在生前，也似乎很少开过花。

这个天井是“站砖”铺的，颜色比别处深得多。因为狭长风少，夏天我们不到这里乘凉。用人在这里洗衣服，故终年有肥皂气味。

总之我不喜欢这个地方。不会在这里连缱而把到花园去的念头消化了。有一阵我在这里捉到好些好些黑芦蜂，但我愿把这个记忆放在园里。

“无事此静坐”

我的外祖父治家整饬，他家的房屋都收拾得很清爽，窗明几净。他有几间空房，檐外有几棵梧桐，室内有木榻、漆桌、藤椅。这是他待客的地方。但是他的客人很少，难得有人来。这几间房子是朝北的，夏天很凉快。南墙挂着一条横幅，写着五个正楷大字：

“无事此静坐”。

我很欣赏这五个字的意思。稍大后，知道这是苏东坡的诗，下面的一句是：

“一日当两日”。

事实上，外祖父也很少到这里来。倒是我常常拿了一本闲书，悄悄走进去，坐下来一看半天，看起来，我小小年纪，就已经有了一点隐逸之气了。

静，是一种气质，也是一种修养。诸葛亮云：“非淡泊无以明志，非宁静无以致远。”心浮气躁，是成不了大气候的。静是要经过锻炼的，古人叫做“习静”。唐人诗云：“山中习静朝观槿，松下清斋折露葵。”“习静”可能是道家的一种功夫，习于安静确实是生活于扰攘的尘世中人所不易做到的。静，不是一味地孤寂，不闻世事。

我很欣赏宋儒的诗："万物静观皆自得，四时佳兴与人同。"唯静，才能观照万物，对于人间生活充满盎然的兴致。静是顺乎自然，也是合乎人道的。

世界是喧闹的。我们现在无法逃到深山里去，唯一的办法是闹中取静。毛主席年轻时曾采用了几种锻炼自己的方法，一种是"闹市读书"。把自己的注意力高度集中起来，不受外界干扰，我想这是可以做到的。

这是一种习惯，也是环境造成的。我下放张家口沙岭子农业科学研究所劳动，和三十几个农业工人同住一屋。他们吵吵闹闹，打着马锣唱山西梆子，我能做到心如止水，照样看书、写文章。我有两篇小说，就是在震耳的马锣声中写成的。这种功夫，多年不用，已经退步了，我现在写东西总还是希望有个比较安静的环境，但也不必一定要到海边或山边的别墅中才能构思。

大概有十多年了，我养成了静坐的习惯。我家有一对旧沙发，有几十年了。我每天早上泡一杯茶，点一支烟，坐在沙发里，坐一个多小时。虽是块然独坐，然而浮想联翩。一些故人往事，一些声音、一些颜色、一些语言、一些细节，会逐渐在我的眼前清晰起来、生动起来。这样连续坐几个早晨，想得成熟了，就能落笔写出一点东西。我的一些小说散文，常得之于清晨静坐之中。曾见齐白石一小幅画，画的是淡蓝色的野藤花，有很多小蜜蜂，有颇长的题记，说这是他家乡的野藤，花时游蜂无数，他有个孙子曾被蜂螫，现在这个孙子也能画这种藤花了，最后两句我一直记得很清楚："静思往事，如在目底"，这段题记是用金冬心体写的，字画皆极娟好。"静思往事，如在目底。”我觉得这是最好的创作心理状态。就是下笔的时候，也最好心里很平静，如白石老人题画所说：“心闲气静时一挥”。

我是个比较恬淡平和的人，但有时也不免浮躁，最近就有点如我家乡话所说“心里长草”。我希望政通人和，使大家能安安静静坐下来，想一点事，读一点书，写一点文章。

一九八九年八月十六日

辑二

自得其乐
随遇而安

大妈们

我们楼里的大妈们都活得有滋有味，使这座楼增加了不少生气。

许大妈是许老头的老伴，比许老头小十几岁，身体挺好，没听说她有什么病。生病也只有伤风感冒，躺两天就好了。她有一根花椒木的拐杖，本色，很结实，但是很轻巧，一头有两个杈，像两个小犄角。她并不用它来拄着走路，而是用来扛菜。她每天到铁匠营农贸市场去买菜，装在一个蓝布兜里，把布兜的袢套在拐杖的小犄角上，扛着。她买的菜不多，多半是一把韭菜或一把茴香。走到刘家窑桥下，坐在一块石头上，把菜倒出来，择菜。择韭菜、择茴香。择完了，抖落抖落，把菜装进布兜，又用花椒木拐杖扛起来，往回走。她很和善，见人也打招呼，笑笑，但是不说话。她用拐杖扛菜，不是为了省劲，好像是为了好玩。到了家，过不大会，就听见她乒乒乓乓地剁菜。剁韭菜，剁茴香。她们家爱吃馅儿。

奚大妈是河南人，和传达室小邱是同乡，对小邱很关心，很照顾。她最放不下的一件事，是给小邱张罗个媳妇。小邱已经三十五岁，还没有结婚。她给小邱张罗过三个对象，都是河南人，是通过河南老乡关系间接认识的。第一个是奚大妈一个村的。事情已经谈妥，这女的已经在小邱床上睡了几个晚上。一天，不见了，跟在附近一个小旅馆里住着的几个跑买卖的山西人跑了。第二个在一个饭馆里当服务员。也谈得差不多了，女的说要回家问问哥哥的意见。小邱给她买了很多东西：衣服、料子、鞋、头巾……借了一辆平板三轮，装了半车，蹬车送她上火车站。不料一去再无音信。第三个也是在饭馆里当服务员的，长得很好看，高颧骨，大眼睛，身材也很苗条。就要办事了，才知道这女的是个“石女”。奚大妈叹了一口气：“唉！这事儿闹的！”

江大妈人非常好，非常贤慧，非常勤快，非常爱干净。她家里真是一尘不染。她整天不断地擦、洗、掸、扫。她的衣着也非常干净，非常利索。裤线总是笔直的。她爱穿坎肩，铁灰色毛涤纶的，深咖啡色薄呢的，都熨熨帖帖。她很注意穿鞋，鞋的样子都很好。她的脚很秀气。她已经过六十了，近看脸上也有皱纹了，但远远一看，说是四十来岁也说得过去。她还能骑自行车，出去买东西，买菜，都是骑车去。看她跨上自行车，一踩脚蹬，哪像是已经有了四岁大的孙子的人哪！她平常也不大出门，老是不停地收拾屋子。她不是不爱理人，有时也和人聊聊天，说说这楼里的事，但语气很宽厚，不嚼老婆舌头。

顾大妈是个胖子。她并不胖得腮帮的肉都往下掉，只是腰围很粗。她并不步履蹒跚，只是走得很稳重，因为搬动她的身体并不很轻松。她面白微黄，眉毛很淡。头发稀疏，但是总是梳得很整齐服帖。她原来在一个单位当出纳，是干部。退休了，在本楼当家属委员会委员，也算是干部。家属委员会委员的任务是要换购粮本、副食本了，到各家敛了来，办完了，又给各家送回去。她的干部意识根深蒂固，总觉得自己不是一个家庭妇女。别的大妈也觉得她有架子，很少跟她过话。她爱和本楼的退休了的或尚未退休的女干部说话。说她自己的事；说她的儿女在单位很受器重；说她原来的领导很关心她，逢春节都要来看看她……

在这条街上任何一个店铺里，只要有人一学丁大妈雄赳赳气昂昂走路的神气，大家就知道这学的是谁，于是都哈哈大笑，一笑笑半天。丁大妈的走路，实在是少见。头昂着，胸挺得老高，大踏步前进，两只胳臂前后甩动，走得很快。她头发乌黑，梳得整齐。面色紫褐，发出铜光，脸上的纹路清楚，如同刻出。除了步态，她还有一特别处：她穿的上衣，都是大襟的。料子是讲究的。夏天，派力司；春秋天，平绒；冬天，下雪，穿羽绒服。羽绒服没有大襟的。她为什么爱穿大襟上衣？这是习惯。她原是崇明岛的农民，吃过苦。现在苦尽甘来了。她把儿子拉扯大了。儿子、儿媳妇都在美国，按期给她寄钱。她现在一个人过，吃穿不愁。她很少自己做饭，都是到粮店买馒头，买烙饼，买面条。她有个外甥女，是个时装模特儿，常来看她，很漂亮。这外甥女，楼里很多人都认识。她和外甥女上电梯，有人招呼外甥女："你来了！"——"我每星期都来。"丁大妈说："来看我！"非常得意。丁大妈活得非常得意，因此她雄赳赳气昂昂。

罗大妈是个高个儿，水蛇腰。她走路也很快，但和丁大妈不一样：丁大妈大踏步，罗大妈步子小。丁大妈前后甩胳臂，罗大妈胳臂在小腹前左右摇。她每天"晨练"，走很长一段，扭着腰，摇着胳臂。罗大妈没牙，但是乍看看不出来，她的嘴很小，嘴唇很薄。她这个岁数——她也就是五十出头吧，不应该把牙都掉光了，想是牙有病，拔掉的。没牙，可是话很多，是个连片子嘴。

乔大妈一头银灰色的卷发，天生的卷。气色很好。她活得兴致勃勃。她起得很早，每天到天坛公园“晨练”，打一趟太极拳，练一遍鹤翔功，遛一个大弯。然后顺便到法华寺菜市场买一提兜菜回来。她爱做饭，做北京“吃儿”。蒸素馅包子，炒疙瘩，摇棒子面嘎嘎……她对自己做的饭非常得意。“我蒸的包子，好吃极了！”“我炒的疙瘩，好吃极了！”“我摇的嘎嘎，好吃极了！”她间长不短去给她的孙子做一顿中午饭。他儿子儿媳妇不跟她一起住，单过。儿子儿媳是“双职工”，中午顾不上给孩子做饭。“老让孩子吃方便面，那哪成！”她爱养花，阳台上都是花。她从天坛东门买回来一大把芍药骨朵，深紫色的。“能开一个月！”

大妈们常在传达室外面院子里聚在一起闲聊天。院子里放着七八张小凳子、小椅子，她们就错错落落地分坐着。所聊的无非是一些家长里短。谁家买了一套组合柜，谁家拉回来一堂沙发，哪儿买的、多少钱买的，她们都打听得很清楚。谁家的孩子上“学前班”，老不去，“淘着哪！”谁家两口子吵架，又好啦，挎着胳臂上游乐园啦！乔其纱现在不时兴啦，现在兴“沙洗”……大妈们有一个好处，倒不搬弄是非。楼里有谁家结婚，大妈们早就在院里等着了。她们看扎着红彩绸的小汽车开进来，看放鞭炮，看新娘子从汽车里走出来，看年轻人往新娘子头发上撒金银色纸屑……

一九九二年六月十日

和尚

铁桥

我父亲续娶，新房里挂了一幅画，——一个条山，泥金地，画的是桃花双燕，题字是："淡如仁兄新婚志喜　弟铁桥遥贺"；两边挂了一副虎皮宣的对联，写的是：

蝶欲试花犹护粉

莺初学啭尚羞簧

落款是杨遵义。我每天看这幅画和对子，看得很熟了。稍稍长大，便觉出这副对子其实是很"黄"的。杨遵义是我们县的书家，是我的生母的远房兄弟。一个舅爷为姐夫（或妹夫）续弦写了这样一副对子，实在不成体统。铁桥是一个和尚。我父亲在新房里挂了一幅和尚的画，全无忌讳；这位铁桥和尚为朋友结婚画了这样华丽的画，且和俗家人称兄道弟，也着实有乖出家人的礼教。我父亲年轻时的朋友大都有些放诞不羁。

我写过一篇小说《受戒》，里面提到一个和尚石桥，原型就是铁桥。他是我父亲年轻时的画友。他在本县最大的寺庙善因寺出家，是指南方丈的徒弟。指南戒行严苦，曾在香炉里烧掉两个指头，自称八指头陀。铁桥和师父完全是两路。他一度离开善因寺，到江南云游。曾在苏州一个庙里住过几年。因此他的一些画每署“邓尉山僧”，或题“作于香雪海”。后来又回善因寺。指南退居后，他当了方丈。善因寺是本县第一大寺，殿宇精整，庙产很多。管理这样一个大庙，是要有点才干的，但是他似乎很清闲，每天就是画画画，写写字。他的字写石鼓，学吴昌硕，很有功力。画法任伯年，但比任伯年放得开。本县的风雅子弟都乐与往还。善因寺的素斋极讲究，有外面吃不到的猴头、竹荪。

铁桥有一个情人，年纪很轻，长得清清雅雅，不俗气。

我出外多年，在外面听说铁桥在家乡土改时被枪毙了。善因寺庙产很多，他是大地主。还有没其他罪恶，就不知道了。听说家乡土改中枪毙了两个地主。一个是我的一个远房舅舅，也姓杨。

1981年，我回了家乡一趟，饭后散步，想去看看善因寺的遗址，一点都认不出来了，拆得光光的。

因为要查一点资料，我借来一部民国年间修的县志翻了两天。在“水利”卷中发现：有一条横贯东乡的水渠，是铁桥主持修的。哦？铁桥还做过这样的事？

静融法师

我有一方很好的图章，田黄“都灵坑”，犀牛纽，是一个和尚送给我的。印文也是他自刻的，朱文，温雅似浙派，刻得很不错（田黄的印不宜刻得太“野”，和石质不相称）。这个和尚法名静融，

1951年和我一同到江西参加土改，回北京后，送了我这块图章。章不大，约半寸见方（田黄大的很少），我每为人作小幅字画，常押用，算来已经三十七八年了。

这次土改是全国性的，也是最后的一次，规模很大。我们那个土改工作团分到江西进贤。这个团的成员什么样的人都有。有大学教授、小学校长、中学教员、商业局的、园林局的、歌剧院的演员、教会医院的医生、护士长，还有这位静融法师。浩浩荡荡，热热闹闹。

我和静融第一次有较深的接触，是说服他改装。他参加工作团时穿的是僧衣——比普通棉袄略长的灰色斜领棉衲。到了进贤，在县委学文件，领导上觉得他穿了这样的服装下去，影响不好，决定让他换装。静融不同意，很固执。找他谈了几次话，都没用。后来大家建议我找他谈谈，说是他跟我似乎很谈得来。我不知道跟他说了一道什么把马列主义和佛教教义混杂起来的歪道理，居然把他说服了。其实不是我的歪道理说服了他，而是我的态度较好，劝他一时从权，不像别的同志，用“组织性”“纪律性”来压他。静融临时买了一套蓝卡叽布的干部服，换上了。

我们的小组分到王家梁。一进村，就遇到一个难题：一个恶霸富农自杀了。这个地方去年曾经搞过一次自发性的土改，这个恶霸富农被农民打得残废了，躺在床上一年多，听说土改队进了村，他害怕斗争，自杀了。他自杀的办法很特别，用一根扎腿的腿带，拴在竹床的栏杆上，勒住脖子，躺着，死了。我还没有听说过人躺着也是可以吊死的。我们对这种事毫无经验，不知应该怎么办。静融走上去，左右开弓打了富农两个大嘴巴，说：“埋了！”我问静融：

“为什么要打他两个嘴巴？”他说：“这是法医验尸的规矩。”原来他当过法医。

静融跟我谈起过他的身世。他是胶东人。除了当过法医，他还教过小学，抗日战争时期拉过一支游击队，后来出了家。在北京，他住在动物园后面的一个庙里（是五塔寺么）。北京解放，和尚都要从事生产。他组织了一个棉服厂，主办一切。这人的生活经历是颇为复杂的。可惜土改工作紧张，能够闲谈的时候不多，我所知者，仅仅是这些。

静融搞土改是很积极的。我实在不知道他是怎样把阶级斗争和慈悲为本结合起来的，他的社会经验多，处理许多问题都比我们有办法。比如算剥削账，就比我们算得快。

我一直以为回北京后能有机会找他谈谈，竟然无此缘分。他刻了一方图章，到我家来，亲自送给我，未接数言，匆匆别去。我后来一直没有再看到过他。

静融瘦瘦小小，但颇精干利索。面黑，微有几颗麻子。

阎和尚

阎长山（北京市民叫“长山”的特多）是剧院舞台工作队的杂工，但是大家都叫他阎和尚。我很纳闷：

“为什么叫他阎和尚？”

“他是当过和尚。”

我刚到北京时，看到北京和尚，以为极奇怪。他们不出家，不住庙，有家，有老婆孩子。他们骑自行车到人家去念佛。他们穿了家常衣服，在自行车后架上夹了一个包袱，里面是一件行头——袈裟，到了约好的人家，把袈裟一披，就和别的和尚一同坐下念经。事毕得钱，骑车回家吃炸酱面。阎和尚就是这样的和尚。

阎和尚后来到剧院当杂工，运运衣箱道具，也烧过水锅，管过“彩匣子”（化装用品），但并不讳言他当过和尚。剧院很多人都干过别的职业。一个唱二路花脸的在搭不上班的年头卖过鸡蛋，后来落下一个外号：“大鸡蛋”。一个检场的卖过糊盐。早先北京有人刷牙不用牙膏牙粉，而用炒糊的盐，这一天能卖多少钱？有人蹬过三轮，拉过排子车。剧院这些人干过小买卖、卖过力气，都是为了吃饭。阎和尚当过和尚，也是为了吃饭。

闹市闲民

我每天在西四倒101路公共汽车回甘家口。直对101站牌有一户人家。一间屋，一个老人。天天见面，很熟了。有时车老不来，老人就搬出一个马扎儿来："车还得会子，坐会儿。"

屋里陈设非常简单（除了大冬天，他的门总是开着），一张小方桌，一个方杌凳，三个马扎儿，一张床，一目了然。

老人七十八岁了，看起来不像，顶多七十岁。气色很好。他经常戴一副老式的圆镜片的浅茶晶的养目镜——这幅眼镜大概是他身上唯一值钱的东西。眼睛很大，一点没有混浊，眼角有深深的鱼尾纹。跟人说话时总带着一点笑意，眼神如一个天真的孩子。上唇留了一撮疏疏的胡子，花白了。他的人中很长，唇髭不短，但是遮不住他的微厚而柔软的上唇。——相书上说人中长者多长寿，信然。他的头发也花白了，向后梳得很整齐。他常年穿一套很宽大的蓝制服，天凉时套一件黑色粗毛线的很长的背心。圆口布鞋、草绿色线袜。

从攀谈中我大概知道了他的身世。他原来在一个中学当工友，早就退休了。他有家。有老伴。儿子在石景山钢铁厂当车间主任。孙子已经上初中了。老伴跟儿子，他不愿跟他们一起过，说是：

“乱！”他愿意一个人。他的女儿出嫁了。外孙也大了。儿子有时进城办事，来看看他，给他带两包点心，说会子话。儿媳妇、女儿隔几个月来给他拆洗拆洗被窝。平常，他和亲属很少来往。

他的生活非常简单。早起扫扫地，扫他那间小屋，扫门前的人行道。一天三顿饭。早点是干馒头就咸菜喝白开水。中午晚上吃面。一年三百六十五天，天天如此。他不上粮店买切面，自己做。抻条，或是拨鱼儿。他的拨鱼儿真是一绝。小锅里坐上水，用一根削细了的筷子把稀面顺着碗口“赶”进锅里。他拨的鱼儿不断，一碗拨鱼儿是一根，而且粗细如一。我为看他拨鱼儿，宁可误一趟车。我跟他说：“你这拨鱼儿真是个手艺！”他说：“没什么，早一点把面和上，多搅搅。”我学着他的法子回家拨鱼儿，结果成了一锅面糊糊疙瘩汤。他吃的面总是一个味儿！浇炸酱。黄酱，很少一点肉末。黄瓜丝、小萝卜，一概不要。白菜下来时，切几丝白菜，这就是“菜码儿”。他饭量不小，一顿半斤面。吃完面，喝一碗面汤（他不大喝水），涮涮碗，坐在门前的马扎儿上，抱着膝盖看街。

我有时带点新鲜菜蔬，青蛤、海蛎子、鳝鱼、冬笋、木耳菜，他总要过来看看：“这是什么？”我告诉他是什么，他摇摇头：“没吃过。南方人会吃。”他是不会想到吃这样的东西的。

他不种花，不养鸟，也很少遛弯儿。他的活动范围很小，除了上粮店买面，上副食店买酱，很少出门。

他一生经历了很多大事。远的不说。敌伪时期，吃混合面。傅作义。解放军进城，扭秧歌，呛呛七呛七。开国大典，放礼花。没完没了的各种运动。三年自然灾害，大家挨饿。“文化大革命”。“四人帮”。“四人帮”垮台。华国锋。华国锋下台……

然而这些都与他无关，没有在他身上留下多少痕迹。他每天还是吃炸酱面，——只要粮店还有白面卖，而且北京的粮价长期稳定——坐在门口马扎儿上看街。

他平平静静，没有大喜大忧，没有烦恼，无欲望亦无追求，天然恬淡，每天只是吃抻条面、拨鱼儿，抱膝闲看，带着笑意，用孩子一样天真的眼睛。

这是一个活庄子。

一九九〇年五月五日

吴大和尚和七拳半

我的家乡有“吃晚茶”的习惯。下午四五点钟，要吃一点点心，一碗面，或两个烧饼或“油端子”。一九八一年，我回到阔别四十余年的家乡，家乡人还保持着这个习惯。一天下午，“晚茶”是烧饼。我问：“这烧饼就是巷口那家的？”我的外甥女说：“是七拳半做的。”“七拳半”当然是个外号，形容这人很矮，只有七拳半那样高。这个外号很形象，不知道是哪个尖嘴薄舌而又极其聪明的人给他起的。

我吃着烧饼，烧饼很香，味道跟四十多年前的一样，就像吴大和尚做的一样。于是我想起吴大和尚。

我家除了大门、旁门，还有一个后门。这后门即开在吴大和尚住家的后墙上。打开后门，要穿过吴家，才能到巷子里。我们有时抄近，从后门出入，吴大和尚家的情况看得很清楚。

吴大和尚（这是小名，我们那里很多人有大名，但一辈子只以小名“行”）开烧饼饺面店。

我们那里的烧饼分两种。一种叫做“草炉烧饼”，是在砌得高高的炉里用稻草烘熟的。面粗，层少，价廉，是乡下人进城时买了充饥当饭的。一种叫做“桶炉烧饼”。用一只大木桶，里面糊了一层泥，炉底燃煤炭，烧饼贴在炉壁上烤熟。“桶炉烧饼”有碗口大，较薄而多层，饼面芝麻多，带椒盐味。如加钱，还可“插酥”，即在擀烧饼时加较多的“油面”，烤出，极酥软。如果自己家里拿了猪油渣和霉干菜去，做成霉干菜油渣烧饼，风味独绝。吴大和尚家做的是“桶炉”。

原来，我们那里饺面店卖的面是“跳面”。在墙上挖一个洞，将木杠插在洞内，下置面案，木杠压在和得极硬的一大块面上，人坐在木杠上，反复压这一块面。因为压面时要一步一跳，所以叫做“跳面”。“跳面”可以切得极细极薄，下锅不浑汤，吃起来有韧劲而又甚柔软。汤料只有虾子、熟猪油、酱油、葱花，但是很鲜。如不加汤，只将面下在作料里，谓之“干拌”，尤美。我们把馄饨叫做饺子。吴家也卖饺子。但更多的人去，都是吃“饺面”，即一半馄饨，一半面。我记得四十年前吴大和尚家的饺面是一百二十文一碗，即十二个当十铜元。

吴家的格局有点特别。住家在巷东，即我家后门之外，店堂却在对面。店堂里除了烤烧饼的桶炉，有锅台，安了大锅，卖面及饺子用；另有一张（只一张）供顾客吃面的方桌。都收拾得很干净。

吴家人口简单。吴大和尚有一个年轻的老婆，管包饺子、下面。他这个年轻的老婆个子不高，但是身材很苗条。肤色微黑。眼睛狭长，睫毛很重，是所谓“桃花眼”。左眼上眼皮有一小疤，想是小时生疮落下来。这块小疤使她显得很俏。但她从不和顾客眉来眼去，卖弄风骚，只是低头做事，不声不响。穿着也很朴素，只是青布的衣裤。她和吴大和尚生了一个孩子，还在喂奶。吴大和尚有一个妈，整天也不闲着，翻一家的棉袄棉裤，纳鞋底，摇晃睡在摇篮里的孙子。另外，还有个小伙计，“跳”面、烧火。

表面上看起来，这家过得很平静，不争不吵。其实不然。吴大和尚经常在夜里打他的老婆，因为老婆"偷人"。我们那里把和人发生私情叫做"偷人"。打得很重，用劈柴打，我们隔着墙都能听见。这个小个子女人很倔强，不哭，不喊，一声不出。

第二天早起，一切如常，该干什么还干什么。吴大和尚擀烧饼，烙烧饼；他老婆包饺子，下面。

终于有一天吴大和尚的年轻的老婆不见了，跑了，丢下她的奶头上的孩子，不知去向。我们始终不知道她的"孤佬"（我们那里把不正当的情人，野汉子，叫做"孤佬"）是谁。

我从小就对这个女人充满了尊敬，并且一直记得她的模样，记得她的桃花眼，记得她左眼上眼皮上的那一小块疤。

吴大和尚和这个桃花眼、小身材的小媳妇大概都已经死了。现在，这条巷口出现了七拳半的烧饼店。我总觉得七拳半和吴大和尚之间有某种关联，引起我一些说不清楚的感慨。

七拳半并不真是矮得出奇，我估量他大概有一米五六。是一个很有精神的小伙子。他是一个名副其实的"个体户"，全店只有他一个人。他不难成为万元户，说不定已经是万元户，他的烧饼做得那样好吃，生意那样好。我无端地觉得，他会把本街的一个最漂亮的姑娘娶到手，并且这位姑娘会真心爱他，对他很体贴。我看看七拳半把烧饼贴在炉膛里的样子，觉得他对这点充满信心。

两个做烧饼的人所处的时代不同。我相信七拳半的生活将比吴大和尚的生活更合理一些，更好一些。

也许这只是我的希望。

北京人的遛鸟

遛鸟的人是北京人里头起得最早的一拨。每天一清早，当公共汽车和电车首班车出动时，北京的许多园林以及郊外的一些地方空旷、林木繁茂的去处，就已经有很多人在遛鸟了。他们手里提着鸟笼，笼外罩着布罩，慢慢地散步，随时轻轻地把鸟笼前后摇晃着，这就是“遛鸟”。他们有的是步行来的，更多的是骑自行车来的。他们带来的鸟有的是两笼——多的可至八笼。如果带七八笼，就非骑车来不可了。车把上、后座、前后左右都是鸟笼，都安排得十分妥当。看到它们平稳地驶过通向密林的小路，是很有趣的，——骑在车上的主人自然是十分潇洒自得，神清气朗。

养鸟本是清朝八旗子弟和太监们的爱好，“提笼架鸟”在过去是对游手好闲，不事生产的人的一种贬词。后来，这种爱好才传到一些辛苦忙碌的人中间，使他们能得到一些休息和安慰。我们常常可以在一个修鞋的、卖老豆腐的、钉马掌的摊前的小树上看到一笼鸟。这是他的伙伴。不过养鸟的还是以上岁数的较多，大都是从五十岁到八十岁的人，大部分是退休的职工，在职的稍少。近年在青年工人中也渐有养鸟的了。

北京人养的鸟的种类很多。大别起来，可以分为大鸟和小鸟两类。大鸟主要是画眉和百灵，小鸟主要是红子、黄鸟。

鸟为什么要“遛”？不遛不叫。鸟必须习惯于笼养，习惯于喧闹扰攘的环境。等到它习惯于与人相处时，它就会尽情鸣叫。这样的一段驯化，术语叫做“压”。一只生鸟，至少得“压”一年。

让鸟学叫，最直接的办法是听别的鸟叫，因此养鸟的人经常聚会在一起，把他们的鸟揭开罩，挂在相距不远的树上，此起彼歇地赛着叫，这叫做“会鸟儿”。养鸟人不但彼此很熟悉，而且对他们朋友的鸟的叫声也很熟悉。鸟应该向哪只鸟学叫，这得由鸟主人来决定。一只画眉或百灵，能叫出几种“玩艺”，除了自己的叫声，能学山喜鹊、大喜鹊、伏天、苇乍子、麻雀打架、公鸡打架、猫叫、狗叫。

曾见一个养画眉的用一架录音机追逐一只布谷鸟，企图把它的叫声录下，好让他的画眉学。他追逐了五个早晨（北京布谷鸟是很少的），到底成功了。

鸟叫的音色是各色各样的。有的宽亮，有的窄高；有的鸟聪明，一学就会；有的笨，一辈子只能老实巴交地叫那么几声。有的鸟害羞，不肯轻易叫；有的鸟好胜，能不歇气地叫一个多小时！

养鸟主要是听叫，但也重相貌。大鸟主要要大，但也要大得匀称。画眉讲究“眉子”（眼外的白圈）清楚。百灵要大头，短喙。养鸟人对于鸟自有一套非常精细的美学标准，而这种标准是他们共同承认的。

因此，鸟的身份悬殊极大。一只生鸟（画眉或百灵）值二三元人民币，甚至还要少，而一只长相俊秀能唱十几种“曲调”的值一百五十元，相当于一个熟练工人一个月的工资。

养鸟是很辛苦的。除了遛，预备鸟食也很费事。鸟一般要吃拌了鸡蛋黄的棒子面或小米面，牛肉——把牛肉焙干，碾成细末。经常还要吃“活食”，——蚱蜢、蟋蟀、玉米虫。

养鸟人所重视的，除了鸟本身，便是鸟笼。鸟笼分圆笼、方笼两种。一般的鸟笼值一二十元，有的雕镂精细，近于“鬼工”，贵得令人咋舌。——有人不养鸟，专以搜集名贵鸟笼为乐。鸟笼里大有高低贵贱之分的是鸟食罐。一副雍正青花的鸟食罐，已成稀世的珍宝。

除了笼养听叫的鸟，北京人还有一种养在“架”上的鸟。所谓架，是一截树杈。养这类鸟的乐趣是训练它“打弹”，养鸟人把一个弹丸扔在空中，鸟会飞上去接住。有的一次飞起能接连接住两个。架养的鸟一般体大嘴硬，例如锡嘴和交喙鹊。所以，北京过去有“提笼架鸟”之说。

随遇而安

我当了一回右派，真是三生有幸。要不然我这一生就更加平淡了。

我不是1957年打成右派的，是1958年“补课”补上的，因为本系统指标不够。划右派还要有“指标”，这也有点奇怪。这指标不知是一个什么人所规定的。

1957年我曾经因为一些言论而受到批判，那是作为思想问题来批判的。在小范围内开了几次会，发言都比较温和，有的甚至可以说很亲切。事后我还是照样编刊物，主持编辑部的日常工作，还随单位的领导和几个同志到河南林县调查过一次民歌。那次出差，给我买了一张软席卧铺车票，我才知道我已经享受“高干”待遇了。第一次坐软卧，心里很不安。我们在洛阳吃了黄河鲤鱼，随即到林县的红旗渠看了两三天。凿通了太行山，把漳河水引到河南来，水在山腰的石渠中活活地流着，很叫人感动。收集了不少民歌。有的民歌很有农民式的浪漫主义的想象，如想到将来渠里可以有“水猪”“水羊”，想到将来少男少女都会长得很漂亮。上了一次中岳嵩山。这里运载石料的交通工具主要是用人力拉的排子车，特别处是在车上装了一面帆，布帆受风，拉起来轻快得多。帆本是船上用的，这里却施之陆行的板车上，给我十分新鲜的印象。我们去的时候正是桐花盛开的季节，漫山遍野摇曳着淡紫色的繁花，如同梦境。从林县出来，有一条小河。河的一面是峭壁，一面是平野，岸边密植杨柳，河水清澈，沁人心脾。我好像曾经见过这条河，以后还会看到这样的河。这次旅行很愉快，我和同志们也相处得很融洽，没有一点隔阂，一点别扭。这次批判没有使我觉得受了伤害，没有留下阴影。

1958年夏天，一天（我这人很糊涂，不记日记，许多事都记不准时间），我照常去上班，一上楼梯，过道里贴满了围攻我的大字报。要拔掉编辑部的“白旗”，措辞很激烈，已经出现“右派”字样。我顿时傻了。运动，都是这样：突然袭击。其实背后已经策划了一些日子，开了几次会，作了充分的准备，只是本人还蒙在鼓里，什么也不知道。这可以说是暗算。但愿这种暗算以后少来，这实在是很伤人的。如果当时量一量血压，一定会猛然增高。我是有实际数据的。“文化大革命”中我一天早上看到一批侮辱性的大字报，到医务所量了量血压，低压110，高压170。平常我的血压是相当平稳正常的，90—130。我觉得卫生部应该发一个文件：为了保障人民的健康，不要再搞突然袭击式的政治运动。

开了不知多少次批判会。所有的同志都发了言。不发言是不行的。我规规矩矩地听着，记录下这些发言。这些发言我已经完全都忘了，便是当时也没有记住，因为我觉得这好像不是说的我，是说的另外一个别的人，或者是一个根本不存在的，假设的，虚空的对象。有两个发言我还留下印象。我为一组义和团故事写过一篇读后感，题目是《仇恨·轻蔑·自豪》。这位同志说："你对谁仇恨？轻蔑谁？自豪什么？"我发表过一组极短的诗，其中有一首《早春》，原文如下：

> （新绿是朦胧的，飘浮在树杪，完全不像是叶子……）
> 远树的绿色的呼吸。

批判的同志说：连呼吸都是绿的了，你把我们的社会主义社会污蔑到了什么程度？！听到这样的批判，我只有停笔不记，愣在那里。我想辩解两句，行么？当时我想：鲁迅曾说费厄泼赖应该缓行，现在本来应该到了可行的时候，但还是不行。中国大概永远没有费厄的时候。所谓"大辩论"，其实是"大辩认"，他辩你认。稍微辩解，便是"态度问题"。态度好，问题可以减轻；态度不好，加重。问题是问题，态度是态度，问题大小是客观存在，怎么能因为态度如何而膨大或收缩呢？许多错案都是因为本人为了态度好而屈认，而造成的。假如再有运动（阿弥陀佛，但愿真的不再有了），对实事求是、据理力争的同志应予表扬。

开了多次会，批判的同志实在没有多少可说的了。那两位批判"仇恨·轻蔑·自豪"和"绿色的呼吸"的同志当然也知道这样的批判是不能成立的。批判"绿色的呼吸"的同志本人是诗人，他当然知道诗是不能这样引申解释的。他们也是没话找话说，不得已。我因此觉得开批判会对被批判者是过关，对批判者也是过关。他们也并不好受。因此，我当时就对他们没有怨恨，甚至还有点同情。我们以前是朋友，以后的关系也不错。我记下两个例子，只是说明批判是一出荒诞戏剧，如莎士比亚说，所有的上场的人都只是角色。

我在一篇写右派的小说里写过："写了无数次检查，听了无数次批判，……她不再觉得痛苦，只是非常的疲倦。她想：定一个什么罪名，给一个什么处分都行，只求快一点，快一点过去，不要再开会，不要再写检查。"这是我的亲身体会。其实，问题只是那一些，只要写一次检查，开一次会，甚至一次会不开，就可以定案。但是不，非得开够了"数"不可。原来运动是一种疲劳战术，非得把人搞得极度疲劳，身心交瘁，丧失一切意志，瘫软在地上不可，我写了多次检查，一次比一次更没有内容，更不深刻，但是我知道，就要收场了，因为大家都累了。

结论下来了：定为一般右派，下放农村劳动。

我当时的心情是很复杂的。我在那篇写右派的小说里写道："……她带着一种奇怪的微笑。"我那天回到家里，见到爱人说，"定成右派了"，脸上就是带着这种奇怪的微笑的。我也不知道我为什么要笑。

我想起金圣叹。金圣叹在临刑前给人写信，说："杀头，至痛也，而圣叹于无意中得之，亦奇。"有人说这不可靠。金圣叹给儿子的信中说："字谕大儿知悉，花生米与豆腐干同嚼，有火腿滋味"，有人说这更不可靠。我以前也不大相信，临刑之前，怎能开这种玩笑？现在，我相信这是真实的。人到极其无可奈何的时候，往往会生出这种比悲号更为沉痛的滑稽感，鲁迅说金圣叹"化屠夫的凶残为一笑"，鲁迅没有被杀过头，也没有当过右派，他没有这种体验。

另一方面，我又是真心实意地认为我是犯了错误，是有罪的，是需要改造的。我下放劳动的地点是张家口沙岭子。离家前我爱人单位正在搞军事化，受军事训练，她不能请假回来送我。我留了一个条子："等我五年。等我改造好了回来。"就背起行李，上了火车。

右派的遭遇各不相同，有幸有不幸。我这个右派算是很幸运的，没有受多少罪。我下放的单位是一个地区性的农业科学研究所。所里有不少技师、技术员，所领导对知识分子是了解的，只是在干部和农业工人（也就是农民）的组长一级介绍了我们的情况（和我同时下放到这里的还有另外几个人），并没有在全体职工面前宣布我们的问题。不少农业工人不知道我们是来干什么的，只说是毛主席叫我们下来锻炼锻炼的。因此，我们并未受到歧视。

初干农活，当然很累。像起猪圈、刨冻粪这样的重活。真够一呛。我这才知道"劳动是沉重的负担"这句话的意义。但还是咬着牙挺过来了。我当时想：只要我下一步不倒下来，死掉，我就得拼命地干。大部分的农活我都干过，力气也增长了，能够扛170斤重的一麻袋粮食稳稳地走上和地面成45度角那样陡的高跳。后来相对固定在果园上班。果园的活比较轻松，也比"大田"有意思。最常干的活是给果树喷波尔多液。硫酸铜加石灰，兑上适量的水，便是波尔多液，颜色浅蓝如晴空，很好看。喷波尔多液是为了防治果树病害，是常年要喷的。喷波尔多液是个细致活。不能喷得太少，太少了不起作用；不能太多，太多了果树叶子挂不住，流了。叶面、叶背都得喷到。许多工人没这个耐心，于是喷波尔多液的工作大部分落在我的头上，我成了喷波尔多液的能手。喷波尔多液次数多了，我的几件白衬衫都变成了浅蓝色。

我们和农业工人干活在一起，吃住在一起。晚上被窝挨着被窝睡在一铺大炕上。农业工人在枕头上和我说了一些心里话，没有顾忌。我这才比较切近地观察了农民，比较知道中国的农村，中国的农民是怎么一回事。这对我确立以后的生活态度和写作态度是很有好处的。

我们在下面也有文娱活动。这里兴唱山西梆子（中路梆子），工人里不少都会唱两句。我去给他们化妆。原来唱旦角的都是用粉妆——鹅蛋粉、胭脂、黑锅烟子描眉。我改成用戏剧油彩，这比粉妆要漂亮得多。我勾的脸谱比张家口专业剧团的"黑"（山西梆子谓花脸为"黑"）还要干净讲究。遇春节，沙岭子堡（镇）闹社火，几个年轻的女工要去跑旱船，我用油底浅妆把她们一个个打扮得如花似玉，轰动一堡，几个女工高兴得不得了。我们和几个职工还合演过戏，我记得演过的有小歌剧《三月三》、崔嵬的独幕话剧《十六条枪》。一年除夕，在"堡"里演话剧，海报上特别标出一行字：

台上有布景

这里的老乡还没有见过个布景。这布景是我们指导着一个木工做的。演完戏，我还要赶火车回北京。我连妆都没卸干净，就上了车。

1959年底给我们几个人作鉴定，参加的有工人组长和部分干部。工人组长一致认为：老汪干活不藏奸，和群众关系好，"人性"不错，可以摘掉右派帽子。所领导考虑，才下来一年，太快了，再等一年吧。这样，我就在1960年在交了一个思想总结后，经所领导宣布：摘掉右派帽子，结束劳动。暂时无接受单位，在本所协助工作。

我的“工作”主要是画画。我参加过地区农展会的美术工作（我用多种土农药在展览牌上粘贴出一幅很大的松鹤图，色调古雅，这里的美术中专的一位教员曾特别带着学生来观摩）；我在所里布置过“超声波展览馆”（“超声波”怎样用图像表现？声波是看不见的，没有办法，我就画了农林牧副渔多种产品，上面一律用圆规蘸白粉画了一圈又一圈同心圆）。我的“巨著”，是画了一套《中国马铃薯图谱》。这是所里给我的任务。

这个所有一个下属单位“马铃薯研究站”，设在沽源。为什么设在沽源？沽源在坝上，是高寒地区（有一年下大雪，沽源西门外的积雪跟城墙一般高）。马铃薯本是高寒地带的作物。马铃薯在南方种几年，就会退化，需要到坝上调种。沽源是供应全国薯种的基地，研究站设在这里，理所当然。这里集中了全国各地、各个品种的马铃薯，不下百来种，我在张家口买了纸、颜色、笔，带了在沙岭子新华书店买得的《癸巳类稿》《十驾斋养新录》和两册《容斋随笔》（沙岭子新华书店进了这几种书也很奇怪，如果不是我买，大概永远也卖不出去），就坐长途汽车，奔向沽源，其时在8月下旬。

我在马铃薯研究站画《图谱》，真是神仙过的日子。没有领导，不用开会，就我一个人，自己管自己。这时正是马铃薯开花，我每天趟着露水，到试验田里摘几丛花，插在玻璃杯里，对着花描画。我曾经给北京的朋友写过一首长诗，叙述我的生活。全诗已忘，只记得两句：

坐对一丛花，

眸子炯如虎。

下午，画马铃薯的叶子。天渐渐凉了，马铃薯陆续成熟，就开始画薯块。画一个整薯，还要切开来画一个剖面，一块马铃薯画完了，薯块就再无用处，我于是随手埋进牛粪火里，烤烤，吃掉。我敢说，像我一样吃过那么多品种的马铃薯的，全国盖无第二人。

沽源是绝塞孤城。这本来是一个军台。清代制度，大臣犯罪，往往由帝皇批示“发往军台效力”，这处分比充军要轻一些（名曰“效力”，实际上大臣自己并不去，只是闲住在张家口，花钱雇一个人去军台充数）。我于是在《容斋随笔》的扉页上，用朱笔画了一方图章，文曰：

效力军台

白天画画，晚上就看我带去的几本书。

1962年初，我调回北京，在北京京剧团担任编剧，直至离休。

摘掉右派分子帽子，不等于不是右派了。“文革”期间，有人来外调，我写了一个旁证材料。人事科的同志在材料上加了批注：

该人是摘帽右派，所提供情况，仅供参考。

我对“摘帽右派”很反感，对“该人”也很反感。“该人”跟“该犯”差不了多少。我不知道我们的人事干部从什么地方学来的这种带封建意味的称谓。

“文化大革命”，我是本单位第一批被揪出来的，因为有“前科”。

“文革”期间给我贴的大字报，标题是：

老右派，新表演

我搞了一些时期“样板戏”，江青似乎很赏识我，但是忽然有一天宣布：“汪曾祺可以控制使用。”这主要当然是因为我曾是右派。在“控制使用”的压力下搞创作，那滋味可想而知。

一直到1979年给全国绝大多数右派分子平反，我才算跟右派的影子告别。我到原单位去交材料，并向经办我的专案的同志道谢：“为了我的问题的平反，你们做了很多工作，麻烦你们了，谢谢！”那几位同志说：“别说这些了吧！20年了！”

有人问我：“这些年你是怎么过来的？”他们大概觉得我的精神状态不错，有些奇怪，想了解我是凭仗什么力量支持过来的。我回答：

“随遇而安。”

丁玲同志曾说她从被划为右派到北大荒劳动，是“逆来顺受”。我觉得这太苦涩了，“随遇而安”，更轻松一些。“遇”，当然是不顺的境遇，“安”，也是不得已。不“安”，又怎么着呢？既已如此，何不想开些。如北京人所说：“哄自己玩儿。”当然，也不完全是哄自己。生活，是很好玩的。

随遇而安不是一种好的心态，这对民族的亲和力和凝聚力是会产生消极作用的。这种心态的产生，有历史的原因（如受老庄思想的影响），本人气质的原因（我就不是具有抗争性格的人），但是更重要的是客观，是“遇”，是环境的，生活的，尤其是政治环境的原因。中国的知识分子是善良的。曾被打成右派的那一代人，除了已经死掉的，大多数都还在努力地工作。他们的工作的动力，一是要实证自己的价值。人活着，总得做一点事。二是对生我养我的故国未免有情。但是，要恢复对在上者的信任，甚至轻信，恢复年轻时的天真的热情，恐怕是很难了。他们对世事看淡了，看透了，对现实多多少少是疏离的。受过伤的心总是有璺的。人的心，是脆的。

这是没有办法的事。

为政临民者，可不慎乎。

一九九一年一月三十一日

老年的爱憎

大约三十年前，我在张家口一家澡塘洗澡，翻翻留言簿，发现有叶圣老给一个姓王的老搓背工题的几句话，说老王服务得很周到，并说："与之交谈，亦甚通达。""通达"用在一个老搓背工的身上，我觉得很有意思，这比一般的表扬信有意思得多。从这句话里亦可想见叶老之为人。因此至今不忘。

"通达"是对世事看得很清楚，很透澈，不太容易着急生气发牢骚。

但"通达"往往和冷漠相混。鲁迅是反对这种通达的。《祝福》里鲁迅的本家叔叔堂上的对联的下联写的便是"事理通达心气和平"，鲁迅是对这位讲理学的老爷存讽刺之意的。

通达又常和恬淡，悠闲联在一起。

这几年不知道怎么提倡起悠闲小品来，出版社争着出周作人、林语堂、梁实秋的书，这说明什么问题呢？

周作人早年的文章并不是那样悠闲的，他是个人道主义者，思想是相当激进的。直到《四十自寿》"请到寒斋吃苦茶"的时候，鲁迅还说他是有感慨的。后来才真的闲得无聊了。我以为林语堂、梁实秋的文章和周作人早期的散文是不能相比的。

提倡悠闲文学有一定的背景，大概是因为大家生活得太紧张，需要休息，前些年的文章政治性又太强，过于严肃，需要轻松轻松。但我以为一窝蜂似的出悠闲小品，不是什么好事。

可是偏偏有人（而且不少人）把我的作品算在悠闲文学一类里，而且算是悠闲文学的一个代表人物。

我是写过一些谈风俗，记食物，写草木虫鱼的文章，说是“悠闲”，并不冤枉。但我也写过一些并不悠闲的作品。我写的《陈小手》，是很沉痛的。《城隍·土地·灶王爷》，也不是全无感慨。只是表面看来，写得比较平静，不那么激昂慷慨罢了。

我不是不食人间烟火，不动感情的人。我不喜欢那种口不臧否人物，绝不议论朝政，无爱无憎，无是无非，胆小怕事，除了猪肉白菜的价钱什么也不关心的离退休干部。这种人有的是。

中国人有一种哲学，叫做“忍”。我小时候听过“百忍堂”张家的故事，就非常讨厌。现在一些名胜古迹卖碑帖的文物商店卖的书法拓本最多的一是郑板桥的“难得糊涂”，二是一个大字：“忍”。这是一种非常庸俗的人生哲学。

周作人很欣赏杜牧的一句诗：“忍过事堪喜”，以为这不像杜牧说的话。杜牧是凡事都忍么？请看《阿房宫赋》：“使天下之人，不敢言而敢怒。”

一九九三年十一月三日

看画

上初中的时候，每天放学回家，一路上只要有可以看看的画，我都要走过去看看。

中市口街东有一个画画的，叫张长之，年纪不大，才二十多岁，是个小胖子。小胖子很聪明。他没有学过画，他画画是看会的。画册、画报、裱画店里挂着的画，他看了一会就能默记在心。背临出来，大致不差。他的画不中不西，用色很鲜明，所以有人愿意买。他什么都画。人物、花卉、翎毛、草虫都画。只是不画山水。他不只是临摹，有时也“创作”。有一次他画了一个斗方，画一棵芭蕉，一只五彩大公鸡，挂在他的画室里（他的画室是敞开的）。这张画只能自己画着玩玩，买是不会有人买的，谁家会在家里挂一张“鸡巴图”?

他擅长的画体叫做“断简残篇”。一条旧碑帖的拓片（多半是汉隶或魏碑），半张烧糊一角的宋版书的残页、一个裂了缝的扇面、一方端匋斋的印谱……七拼八凑，构成一个画面。画法近似“颖拓”，但是颖拓一般不画这种破破烂烂的东西。他画得很逼真，乍看像是剪贴在纸上的。这种画好像很“雅”，而且这种画只有他画，所以有人买。

这个家伙写信不贴邮票，信封上的邮票是他自己画的。

有一阵子，他每天骑了一匹大马在城里兜一圈，郭答郭答，神气得很。这马是一个营长的。城里只要驻兵，他很快就和军官混得很熟。办法很简单，每人送一套春宫。

1947年，我在上海先施公司二楼卖字画的陈列室看到四条“断简残篇”，一看署名，正是“张长之”！这家伙混得能到上海来卖画，真不简单。

北门里街东有一个专门画像的画工，此人名叫管又萍。走进他的画室，左边墙上挂着一幅非常醒目的朱元璋八分脸的半身画，高四尺，装在镜框里。朱洪武紫棠色脸，额头、颧骨、下巴，都很突出。这种面相，叫做“五岳朝天”。双眼奕奕，威风内敛，很像一个开国之君。朱皇帝头戴纱帽，著圆领团花织金大红龙袍。这张画不但皮肤、皱纹、眼神画得很“真”，纱帽、织金团龙，都画得极其工致。这张画大概是画工平生得意之作，他在画的一角用掺揉篆隶笔意的草书写了自己的名字：管又萍。若干年后，我才体会到管又萍的署名后面所揾注的画工的辛酸。画像的画工是从来不署名的。

若干年后，我才认识到管又萍是一个优秀的肖像画家，并认识到中国的肖像画有一套自成体系的肖像画理论和技法。

我的二伯父和我的生母的像都是管又萍画的。二伯父端坐在椅子上，穿著却是明朝的服装，头戴方巾，身著湖蓝色的斜领道袍。这可能是尊重二伯父的遗志，他是反满的。我没有见过二伯父，但是据说是画得很像的。我母亲去世时我才三岁，记不得她的样子，但我相信也是画得很像的，因为画得像我的姐姐，家里人说我姐姐长得很像我母亲。画工画像并不参照照片，是死人断气后，在床前直接勾描的。

然后还得起一个初稿。初稿只画出颜面，画在熟宣纸上，上面蒙了一张单宣，剪出一个椭圆形的洞，像主的面形从椭圆形的洞里露出。要请亲人家属来审查，提意见，胖了，瘦了，颧骨太高，眉毛离得远了……管又萍按照这些意见，修改之后，再请亲属看过，如无意见，即可完稿。然后再画衣服。

画像是要讲价的，讲的不是工钱，而是用多少朱砂，多少石绿，贴多少金箔。

为了给我的二伯母画像，管又萍到我家里和我的父亲谈了几次，所以我知道这些手续。

管又萍的“生意”是很好的，因为他画人很像，全县第一。

这是一个谦恭谨慎的人，说话小声，走路低头。

出北门，有一家卖画的。因为要下一个坡，而且这家的门总是关着，我没有进去看过。这家的特点是每年端午节前在门前柳树上拉两根绳子，挂出几十张钟馗。饮酒、醉眠、簪花、骑驴、仗剑叱鬼、从鸡笼里掏鸡、往胆瓶里插菖蒲、嫁妹、坐着山轿出巡……大概这家藏有不少种钟馗的画稿，每年只要照描一遍。钟馗在中国人物画里是个很有人性，很有幽默感的可爱的形象。我觉得美术出版社可以把历代画家画的钟馗收集起来出一本《钟馗画谱》，这将是一本非常有趣的画册。这不仅有美术意义，对了解中国文化也是很有意义的。

新巷口有一家“画匠店”，这是画画的作坊。所生产的主要是“家神菩萨”。家神菩萨是几个本不相干的家族的混合集体。最上一层是南海观音和善财龙女。当中是关云长和关平、周仓。下面是财神。他们画画是流水作业，“开脸”的是一个人，画衣纹的是另一个人，最后加彩贴金的又是一个人。开脸的是老画匠，做下手活的是小徒弟。画匠店七八个人同时做活，却听不到声音，原来学画匠的大都是哑巴。这不是什么艺术作品，但是也还值得看看。他们画得很熟练，不会有败笔。有些画法也使我得到启发。比如他们画衣纹是先用淡墨勾线，然后在必要的地方用较深的墨加几道，这样就有立体感，不是平面的，我在画匠店里常常能站着看一个小时。

这家画匠店还画“玻璃油画”。在玻璃的反面用油漆画福禄寿或老寿星。这种画是反过来画的，作画程序和正面画完全不同。比如画脸，是先画眉眼五官，后涂肉色；衣服先画图案，后涂底子。这种玻璃油画是作插屏用的。

我们县里有几家裱画店，我每一家都要走进去看看。但所裱的画很少好的。人家有古一点的好画都送到苏州去裱。本地裱工不行，只有一次在北市口的裱画店里看到一幅王匋民写的八尺长的对子，给我留下深刻的印象。我认为王匋民是我们县的第一画家。他的字也很有特点，我到现在还说不准他的字的来源，有章草，又有王铎、倪瓒。他用侧锋写那样大的草书对联，这种风格我还没有见过。

一九九三年六月一日

自得其乐

孙犁同志说写作是他的最好的休息。是这样。一个人在写作的时候是最充实的时候，也是最快乐的时候。凝眸既久（我在构思一篇作品时，我的孩子都说我在翻白眼），欣然命笔，人在一种甜美的兴奋和平时没有的敏锐之中，这样的时候，真是虽南面王不与易也。写成之后，觉得不错，提刀却立，四顾踌躇，对自己说："你小子还真有两下子！"此乐非局外人所能想象。但是一个人不能从早写到晚，那样就成了一架写作机器，总得岔乎岔乎，找点事情消遣消遣，通常说，得有点业余爱好。

我年轻时爱唱戏。起初唱青衣，梅派；后来改唱余派老生。大学三四年级唱了一阵昆曲，吹了一阵笛子。后来到剧团工作，就不再唱戏吹笛子了，因为剧团有许多专业名角，在他们面前吹唱，真成了班门弄斧，还是以藏拙为好。笛子本来还可以吹吹，我的笛风甚好，是"满口笛"，但是后来没法再吹，因为我的牙齿陆续掉光了，撒风漏气。

这些年来我的业余爱好，只有：写写字、画画画、做做菜。

我的字照说是有些基本功的。当然从描红模子开始。我记得我描的红模子是："暮春三月，江南草長，雜花生樹，群鶯亂飛。"这十六个字其实是很难写的，也许是写红模子的先生故意用这些结体复杂的字来折磨小孩子，而且红模子底子是欧字，这就更难落笔了。不过这也有好处，可以让孩子略窥笔意，知道字是不可以乱写的。大概在我十一二岁的时候，那年暑假，我的祖父忽然高了兴，要亲自教我《论语》，并日课大字一张，小字二十行。大字写《圭峰碑》、小字写《闲邪公家传》，这两本帖都是祖父从他的藏帖中选出来的。祖父认为我的字有点才分，奖了我一块猪肝紫端砚，是圆的，并且拿了几本初拓的字帖给我，让我常看看。我记得有小字《麻姑仙坛》、虞世南的《夫子庙堂碑》、褚遂良的《圣教序》。小学毕业的暑假，我在三姑父家从一个姓韦的先生读桐城派古文，并跟他学写字。韦先生是写魏碑的，但他让我临的却是《多宝塔》。初一暑假，我父亲拿了一本影印的《张猛龙碑》，说："你最好写写魏碑，这样字才有骨力。"我于是写了相当长时期《张猛龙》。用的是我父亲选购来的特殊的纸。这种纸是用稻草做的，纸质较粗，也厚，写魏碑很合适，用笔须沉着，不能浮滑。这种纸一张有二尺高，尺半宽，我每天写满一张。写《张猛龙》使我终身受益，到现在我的字的间架用笔还能看出痕迹。这以后，我没有认真临过帖，平常只是读帖而已。我于二王书未窥门径。写过一个很短时期的《乐毅论》，放下了，因为我很懒。《行穰》《丧乱》等帖我很欣赏，但我知道我写不来那样的字。我觉得王大令的字的确比王右军写得好。读颜真卿的《祭侄文》，觉得这才是真正的颜字，并且对颜书从二王来之说很信服。大学时，喜读宋四家。有人说中国书法一坏于颜真卿，二坏于宋四家，这话有道理。但我觉得宋人书是书法的一次解放，宋人字的特点是少拘束，有个性，我比较喜欢蔡京和米芾的字（苏东坡字太俗，黄山谷字做作）。有人说米字不可多看，多看则终身摆脱不开，想要升入晋唐，就不可能了。一点不错。但是有什么办法呢！打一个不太好听的比方，一写米字，犹如寡妇失了身，无法挽回了。我现在写的字有点《张猛龙》的底子、米字的意思，还加上一点乱七八糟的影响，形成我自己的那么一种体，格韵不高。

我也爱看汉碑。临过一遍《张迁碑》，《石门铭》《西狭颂》看看而已。我不喜欢《曹全碑》。盖汉碑好处全在筋骨开张，意态从容，《曹全碑》则过于整饬了。

我平日写字，多是小条幅，四尺宣纸一裁为四。这样把书桌上书籍信函往边上推推，摊开纸就能写了。正儿八经地拉开案子，铺了画毡，着意写字，好像练了一趟气功，是很累人的。我都是写行书。写真书，太吃力了。偶尔也写对联。曾在大理写了一副对子：

苍山负雪

洱海流云

字大径尺。字少，只能体兼隶篆。那天喝了一点酒，字写得飞扬霸悍，亦是快事。对联字稍多，则可写行书。为武夷山一招待所写过一副对子：

四围山色临窗秀

一夜溪声入梦清

字颇清秀，似明朝人书。

我画画，没有真正的师承。我父亲是个画家，画写意花卉，我小时爱看他画画，看他怎样布局（用指甲或笔杆的一头划几道印子），画花头，定枝梗，布叶，钩筋，收拾，题款，盖印。这样，我对用墨，用水，用色，略有领会。我从小学到初中，都“以画名”。初二的时候，画了一幅墨荷，裱出后挂在成绩展览室里。这大概是我的画第一次上裱。我读的高中重数理化，功课很紧，就不再画画。大学四年，也极少画画。工作之后，更是久废画笔了。当了右派，下放到一个农业科学研究所，结束劳动后，倒画了不少画，主要的“作品”是两套植物图谱、一套《中国马铃薯图谱》、一套《口蘑图谱》，一是淡水彩，一是钢笔画。摘了帽子回京，到剧团写剧本，没有人知道我能画两笔。重拈画笔，是运动促成的。运动中没完没了地写交待，实在是烦人，于是买了一刀元书纸，于写交待之空隙，瞎抹一气，少抒郁闷。这样就一发而不可收，重新拾起旧营生。有的朋友看见，要了去，挂在屋里，被人发现了，于是求画的人渐多。我的画其实没有什么看头，只是因为是作家的画，比较别致而已。

我也是画花卉的。我很喜欢徐青藤、陈白阳，喜欢李复堂，但受他们的影响不大。我的画不中不西，不今不古，真正是“写意”，带有很大的随意性。曾画了一幅紫藤，满纸淋漓，水气很足，几乎不辨花形。这幅画现在挂在我的家里。我的一个同乡来，问：“这画画的是什么？”我说是：“骤雨初晴。”他端详了一会，说：“哝，经你一说，是有点那个意思！”他还能看出彩墨之间的一些小块空白，是阳光。我常把后期印象派方法融入国画。我觉得中国画本来都是印象派，只是我这样做，更是有意识的而已。

画中国画还有一种乐趣，是可以在画上题诗，可寄一时意兴，抒感慨，也可以发一点牢骚，曾用干笔焦墨在浙江皮纸上画冬日菊花，题诗代简，寄给一个老朋友，诗是：

新沏清茶饭后烟，
自搔短发负晴暄，
枝头残菊开还好，
留得秋光过小年。

为宗璞画牡丹，只占纸的一角，题曰：

人间存一角，
聊放侧枝花，
欣然亦自得，
不共赤城霞。

宗璞把这首诗念给冯友兰先生听了，冯先生说："诗中有人"。

今年洛阳春寒，牡丹至期不开。张抗抗在洛阳等了几天，败兴而归，写了一篇散文《牡丹的拒绝》。我给她画了一幅画，红叶绿花，并题一诗：

看朱成碧且由他，
大道从来直似斜。
见说洛阳春索寞，
牡丹拒绝著繁花。

我的画，遣兴而已，只能自己玩玩，送人是不够格的。最近请人刻一闲章："只可自怡悦"，用以押角，是实在话。

体力充沛，材料凑手，做几个菜，是很有意思的。做菜，必须自己去买菜。提一菜筐，逛逛菜市，比空着手遛弯儿要"好白相"。到一个新地方，我不爱逛百货商场，却爱逛菜市，菜市更有生活气息一些。买菜的过程，也是构思的过程。想炒一盘雪里蕻冬笋，菜市场冬笋卖完了，却有新到的荷兰豌豆，只好临时"改戏"。做菜，也是一种轻量的运动。洗菜，切菜，炒菜，都得站着（没有人坐着炒菜的），这样对成天伏案的人，可以改换一下身体的姿势，是有好处的。

做菜待客，须看对象。聂华苓和保罗·安格尔夫妇到北京来，中国作协不知是哪一位，忽发奇想，在宴请几次后，让我在家里做几个菜招待他们，说是这样别致一点。我给做了几道菜，其中有一道煮干丝。这是淮扬菜。华苓是湖北人，年轻时是吃过的。但在美国不易吃到。她吃得非常惬意，连最后剩的一点汤都端起碗来喝掉了。不是这道菜如何稀罕，我只是有意逗引她的故国乡情耳。台湾女作家陈怡真（我在美国认识她），到北京来，指名要我给她做一回饭。我给她做了几个菜。一个是干烧小萝卜。我知道台湾没有"杨花萝卜"（只有白萝卜）。那几天正是北京小萝卜长得最足最嫩的时候。这个菜连我自己吃了都很惊诧：味道鲜甜如此！我还给她炒了一盘云南的干巴菌。台湾咋会有干巴菌呢？她吃了，还剩下一点，用一个塑料袋包起，说带到宾馆去吃。如果我给云南人炒一盘干巴菌，给扬州人煮一碗干丝，那就成了鲁迅请曹靖华吃柿霜糖了。

做菜要实践。要多吃，多问，多看（看菜谱），多做。一个菜点得试烧几回，才能掌握咸淡火候。冰糖肘子、乳腐肉，何时炬软入味，只有神而明之，但是更重要的是要富于想象。想得到，才能做得出。我曾用家乡拌荠菜法凉拌菠菜。半大菠菜（太老太嫩都不行），入开水锅焯至断生，捞出，去根切碎，入少盐，挤去汁，与香干（北京无香干，以熏干代）细丁、虾米、蒜末、姜末一起，在盘中抟成宝塔状，上桌后淋以麻油酱醋，推倒拌匀。有余姚作家尝后，说是“很像马兰头”。这道菜成了我家待不速之客的应急的保留节目。有一道菜，敢称是我的发明：塞肉回锅油条。油条切段，寸半许长，肉馅剁至成泥，入细葱花、少量榨菜或酱瓜末拌匀，塞入油条段中，入半开油锅重炸。嚼之酥碎，真可声动十里人。

我很欣赏《杨恽报孙会宗书》：“田彼南山，芜秽不治。种一顷豆，落而为萁。人生行乐耳，须富贵何时。”“人生行乐耳，须富贵何时”，说得何等潇洒。不知道为什么，汉宣帝竟因此把他腰斩了，我一直想不透。这样的话，也不许说么？

辑三 汤和天气好

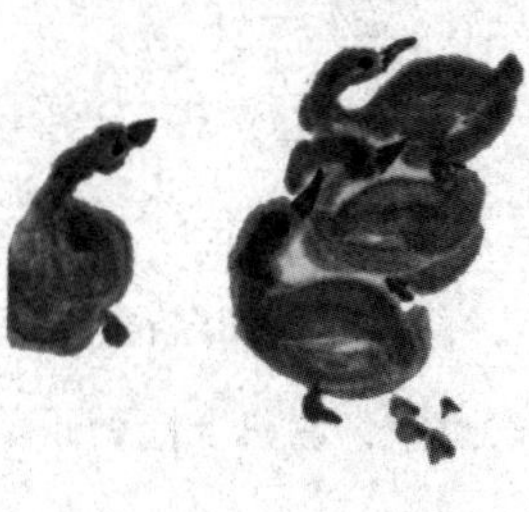

寻常茶话

我对茶实在是个外行。茶是喝的，而且喝得很勤，一天换三次叶子。每天起来第一件事，便是坐水，沏茶。但是毫不讲究。对茶叶不挑剔。青茶、绿茶、花茶、红茶、沱茶、乌龙茶，但有便喝。茶叶多是别人送的，喝完了一筒，再开一筒。喝完了碧螺春，第二天就可以喝蟹爪水仙。但是不论什么茶，总得是好一点的。太次的茶叶，便只好留着煮茶叶蛋。《北京人》里的江泰认为喝茶只是"止渴生津利小便"，我以为还有一种功能，是：提神。《陶庵梦忆》记闵老子茶，说得神乎其神。我则有点像董日铸，以为"浓、热、满三字尽茶理"。我不喜欢喝太烫的茶，沏茶也不爱满杯。我的家乡论为客人斟茶斟酒："酒要满，茶要浅"，茶斟得太满是对客人不敬，甚至是骂人。于是就只剩下一个字：浓。我喝茶是喝得很酽的。曾在机关开会，有女同志尝了我的一口茶，说是"跟药一样"。

我读小学五年级那年暑假，我的祖父不知怎么忽然高了兴，要教我读书。"穿堂"的右侧有两间空屋。里间是佛堂，挂了一幅丁云鹏画的佛像，佛的袈裟是朱红的。佛像下，是一尊乌斯藏铜佛。我的祖母每天早晚来烧一炷香。外间本是个贮藏室，房梁上挂着干菜，干的粽叶，靠墙有一坛“臭卤”，面筋、百叶、笋头、苋菜秸都放在里面臭。临窗设一方桌，便是我的书桌。祖父每天早晨来讲《论语》一章，剩下的时间由我自己写大小字各一张。大字写《圭峰碑》，小字写《闲邪公家传》，都是祖父从他的藏帖里拿来给我的。隔日作文一篇，还不是正式的八股，是一种叫做“义”的文体，只是解释《论语》的内容。题目是祖父出的。我共做了多少篇“义”，已经不记得了。只记得有一题是“孟子反不伐义”。

祖父生活俭省，喝茶却颇考究。他是喝龙井的，泡在一个深栗色的扁肚子的宜兴砂壶里，用一个细瓷小杯倒出来喝。他喝茶喝得很酽，一次要放多半壶茶叶。喝得很慢，喝一口，还得回味一下。

他看看我的字、我的“义”；有时会另拿一个杯子，让我喝一杯他的茶。真香。从此我知道龙井好喝，我的喝茶浓酽，跟小时候的熏陶也有点关系。

后来我到了外面，有时喝到龙井茶，会想起我的祖父，想起孟子反。

我的家乡有“喝早茶”的习惯，或者叫做“上茶馆”。上茶馆其实是吃点心，包子、蒸饺、烧麦、千层糕……茶自然是要喝的。在点心未端来之前，先上一碗干丝。我们那里原先没有煮干丝，只有烫干丝。干丝在一个敞口的碗里堆成塔状，临吃，堂倌把装在一个茶杯里的佐料——酱油、醋、麻油浇入。喝热茶、吃干丝，一绝！

抗日战争时期，我在昆明住了七年，几乎天天泡茶馆。“泡茶馆”是西南联大学生特有的说法。本地人叫做“坐茶馆”，“坐”，本有消磨时间的意思，“泡”则更胜一筹。这是从北京带过去的一个字，“泡”者，长时间地沉溺其中也，与“穷泡”“泡蘑菇”的“泡”是同一语源。联大学生在茶馆里往往一泡就是半天。干什么的都有。聊天、看书、写文章。有一位教授在茶馆里读梵文。有一位研究生，可称泡茶馆的冠军。此人姓陆，是一怪人。他曾经徒步旅行了半个中国，读书甚多，而无所著述，不爱说话。他简直是“长”在茶馆里。上午、下午、晚上，要一杯茶，独自坐着看书。他连漱洗用具都放在一家茶馆里，一起来就到茶馆里洗脸刷牙。听说他后来流落在四川，穷困潦倒而死，悲夫！

昆明茶馆里卖的都是青茶，茶叶不分等次，泡在盖碗里。文林街后来开了一家“摩登”茶馆，用玻璃杯卖绿茶、红茶——滇红、滇绿。滇绿色如生青豆，滇红色似“中国红”葡萄酒，茶味都很厚。滇红尤其经泡，三开之后，还有茶色。我觉得滇红比祁（门）红、英（德）红都好，这也许是我的偏见。当然比斯里兰卡的“利普顿”要差一些——有人喝不来“利普顿”，说是味道很怪。人之好恶，不能勉强。

我在昆明喝过烤茶。把茶叶放在粗陶的烤茶罐里，放在炭火上烤得半焦，倾入滚水，茶香扑人。几年前在大理街头看到有烤茶罐卖，犹豫一下，没有买。买了，放在煤气灶上烤，也不会有那样的味道。

1946年冬，开明书店在绿杨邨请客。饭后，我们到巴金先生家喝功夫茶。几个人围着浅黄色的老式圆桌，看陈蕴珍（萧珊）“表演”：濯器、炽炭、注水、淋壶、筛茶。每人喝了三小杯。我第一次喝功夫茶，印象深刻。这茶太酽了，只能喝三小杯。在座的除巴先生夫妇，有靳以、黄裳。一转眼，43年了。靳以、萧珊都不在了。巴老衰病，大概没有喝一次功夫茶的兴致了。那套紫砂茶具大概也不在了。

我在杭州喝过一杯好茶。

1947年春，我和几个在一个中学教书的同事到杭州去玩。除了“西湖景”，使我难忘的有两样方物，一是醋鱼带把。所谓“带把”，是把活草鱼的脊肉剔下来，快刀切为薄片，其薄如纸，浇上好秋油，生吃。鱼肉发甜，鲜脆无比。我想这就是中国古代的“切脍”。一是在虎跑喝的一杯龙井。真正的狮峰龙井雨前新芽，每蕾皆一旗一枪，泡在玻璃杯里，茶叶皆直立不倒，载浮载沉，茶色颇淡，但入口香浓，直透脏腑，真是好茶！只是太贵了。一杯茶，一块大洋，比吃一顿饭还贵。狮峰茶名不虚传，但不得虎跑水不可能有这样的味道。我自此方知道，喝茶，水是至关重要的。

我喝过的好水有昆明的黑龙潭泉水。骑马到黑龙潭，疾驰之后，下马到茶馆里喝一杯泉水泡的茶，真是过瘾。泉就在茶馆檐外地面，一个正方的小池子，看得见泉水咕嘟咕嘟往上冒。井冈山的水也很好，水清而滑。有的水是“滑”的，“温泉水滑洗凝脂”并非虚语。井冈山水洗被单，越洗越白；以泡“狗古〔牯〕脑”茶，色味俱发，不知道水里含了什么物质。天下第一泉、第二泉的水，我没有喝出什么道理。济南号称泉城，但泉水只能供观赏，以泡茶，不觉得有什么特点。

有些地方的水真不好。比如盐城。盐城真是“盐城”，水是咸的。中产以上人家都吃“天落水”。下雨天，在天井上方张了布幕，以接雨水，存在缸里，备烹茶用。最不好吃的水是菏泽，菏泽牡丹甲天下，因为菏泽土中含碱，牡丹喜碱性土。我们到菏泽看牡丹，牡丹极好，但茶没法喝。不论是青茶、绿茶，沏出来一会儿就变成红茶了，颜色深如酱油，入口咸涩。由菏泽往梁山，住进招待所后，第一件事便是赶紧用不带碱味的甜水沏一杯茶。

老北京早起都要喝茶，得把茶喝“通”了，这一天才舒服。无论贫富，皆如此。1948年我在午门历史博物馆工作。馆里有几位看守员，岁数都很大了。他们上班后，都是先把带来的窝头片在炉盘上烤上，然后轮流用水氽坐水沏茶。茶喝足了，才到午门城楼的展览室里去坐着。他们喝的都是花茶。

北京人爱喝花茶，以为只有花茶才算是茶（北京很多人把茉莉花叫做“茶叶花”）。我不太喜欢花茶，但好的花茶例外，比如老舍先生家的花茶。

老舍先生一天离不开茶。他到莫斯科开会，苏联人知道中国人爱喝茶，倒是特意给他预备了一个热水壶。可是，他刚沏了一杯茶，还没喝几口，一转脸，服务员就给倒了。老舍先生很愤慨地说：“他妈的！他不知道中国人喝茶是一天喝到晚的！”一天喝茶喝到晚，也许只有中国人如此。外国人喝茶都是论“顿”的，难怪那位服务员看到多半杯茶放在那里，以为老先生已经喝完了，不要了。

龚定庵以为碧螺春天下第一。我曾在苏州东山的“雕花楼”喝过一次新采的碧螺春。“雕花楼”原是一个华侨富商的住宅，楼是进口的硬木造的，到处都雕了花，八仙庆寿、福禄寿三星、龙、凤、牡丹……真是集恶俗之大成。但碧螺春真是好。不过茶是泡在大碗里的，我觉得这有点煞风景。后来问陆文夫，文夫说碧螺春就是讲究用大碗喝的。茶极细，器极粗，亦怪！

我还在湖南桃源喝过一次擂茶。茶叶、老姜、芝麻、米、加盐放在一个擂钵里，用硬木的擂棒“擂”成细末，用开水冲开，便是擂茶。

茶可入馔，制为食品。杭州有龙井虾仁，想不恶。裘盛戎曾用龙井茶包饺子，可谓别出心裁。日本有茶粥。《俳人的食物》说俳人小聚，食物极简单，但“唯茶粥一品，万不可少”。茶粥是啥样的呢？我曾用粗茶叶煎汁，加大米熬粥，自以为这便是“茶粥”了。有一阵子，我每天早起喝我所发明的茶粥，自以为很好喝。四川的樟茶鸭子乃以柏树枝、樟树叶及茶叶为薰料，吃起来有茶香而无茶味。曾吃过一块龙井茶心的巧克力，这简直是恶作剧！用上海人的话说：巧克力与龙井茶实在完全“弗搭界”。

一九八九年九月十六日

泡茶馆

“泡茶馆”是联大学生特有的语言。本地原来似无此说法，本地人只说“坐茶馆”。“泡”是北京话。其含义很难准确地解释清楚。勉强解释，只能说是持续长久地沉浸其中，像泡泡菜似的泡在里面。“泡蘑菇”“穷泡”，都有长久的意思。北京的学生把北京的“泡”字带到了昆明，和现实生活结合起来，便创造出一个新的语汇。“泡茶馆”，即长时间地在茶馆里坐着。本地的“坐茶馆”也含有时间较长的意思。到茶馆里去，首先是坐，其次才是喝茶（云南叫吃茶）。不过联大的学生在茶馆里坐的时间往往比本地人长，长得多，故谓之“泡”。

有一个姓陆的同学，是一怪人，曾经骑自行车旅行半个中国。这人真是一个泡茶馆的冠军。他有一个时期，整天在一家熟识的茶馆里泡着。他的盥洗用具就放在这家茶馆里。一起来就到茶馆里去洗脸刷牙，然后坐下来，泡一碗茶，吃两个烧饼，看书。一直到中午，起身出去吃午饭。吃了饭，又是一碗茶，直到吃晚饭。晚饭后，又是一碗，直到街上灯火阑珊，才夹着一本很厚的书回宿舍睡觉。

昆明的茶馆共分几类，我不知道。大别起来，只能分为两类，一类是大茶馆，一类是小茶馆。

正义路原先有一家很大的茶馆，楼上楼下，有几十张桌子。都是荸荠紫漆的八仙桌，很鲜亮。因为在热闹地区，坐客常满，人声嘈杂。所有的柱子上都贴着一张很醒目的字条："莫谈国事"。时常进来一个看相的术士，一手捧一个六寸来高的硬纸片，上书该术士的大名（只能叫做大名，因为往往不带姓，不能叫"姓名"；又不能叫"法名""艺名"，因为他并未出家，也不唱戏），一只手捏着一根纸媒子，在茶桌间绕来绕去，嘴里念说着"送看手相不要钱！""送看手相不要钱"——他手里这根媒子即是看手相时用来指示手纹的。

这种大茶馆有时唱围鼓。围鼓即由演员或票友清唱。我很喜欢"围鼓"这个词。唱围鼓的演员、票友好像是不取报酬的。只是一群有同好的闲人聚拢来唱着玩。但茶馆却可借来招揽顾客，所以茶馆便于闹市张贴告条："某 月 日 围鼓"。到这样的茶馆里来一边听围鼓，一边吃茶，也就叫做"吃围鼓茶"。"围鼓"这个词大概是从四川来的，但昆明的围鼓似多唱滇剧。我在昆明七年，对滇剧始终没有入门。只记得不知什么戏里有一句唱词"孤王头上长青苔"。孤王的头上如何会长青苔呢？这个设想实在是奇绝，因此一听就永不能忘。

我要说的不是那种"大茶馆"。这类大茶馆我很少涉足，而且有些大茶馆，包括正义路那家兴隆鼎盛的大茶馆，后来大都陆续停闭了。我所说的是联大附近的茶馆。

从西南联大新校舍出来，有两条街，凤翥街和文林街，都不长。这两条街上至少有不下十家茶馆。

从联大新校舍，往东，折向南，进一座砖砌的小牌楼式的街门，便是凤翥街。街头右手第一家便是一家茶馆。这是一家小茶馆，只有三张茶桌，而且大小不等，形状不一的茶具也是比较粗糙的，随意画了几笔蓝花的盖碗。除了卖茶，檐下挂着大串大串的草鞋和地瓜（即湖南人所谓的凉薯），这也是卖的。张罗茶座的是一个女人。这女人长得很强壮，皮色也颇白净。她生了好些孩子。身边常有两个孩子围着她转，手里还抱着一个。她经常敞着怀，一边奶着那个早该断奶的孩子，一边为客人冲茶。她的丈夫，比她大得多，状如猿猴，而目光锐利如鹰。他什么事情也不管，但是每天下午却捧了一个大碗喝牛奶。这个男人是一头种畜。这情况使我们颇为不解。这个白皙强壮的妇人，只凭一天卖几碗茶，卖一点草鞋、地瓜，怎么能喂饱了这么多张嘴，还能供应一个懒惰的丈夫每天喝牛奶呢？怪事！中国的妇女似乎有一种天授的惊人的耐力，多大的负担也压不垮。

由这家往前走几步，斜对面，曾经开过一家专门招徕大学生的新式茶馆。这家茶馆的桌椅都是新打的，涂了黑漆。堂倌系着白围裙。卖茶用细白瓷壶，不用盖碗（昆明茶馆卖茶一般都用盖碗）。除了清茶，还卖沱茶、香片、龙井。本地茶客从门外过，伸头看看这茶馆的局面，再看看里面坐得满满的大学生，就会挪步另走一家了。这家茶馆没有什么值得一记的事，而且开了不久就关了。联大学生至今还记得这家茶馆是因为隔壁有一家卖花生米的。这家似乎没有男人，站柜卖货是姑嫂两人，都还年轻，成天涂脂抹粉。尤其是那个小姑子，见人走过，辄作媚笑。联大学生叫她花生西施。这西施卖花生米是看人行事的。好看的来买，就给得多。难看的给得少。

因此我们每次买花生米都推选一个挺拔英俊的“小生”去。

再往前几步，路东，是一个绍兴人开的茶馆。这位绍兴老板不知怎么会跑到昆明来，又不知为什么在这条小小的凤翥街上来开一爿茶馆。他至今乡音未改。大概他有一种独在异乡为异客的情绪，所以对待从外地来的联大学生异常亲热。他这茶馆里除了卖清茶，还卖一点芙蓉糕、萨其马、月饼、桃酥，都装在一个玻璃匣子里。我们有时觉得肚子里有点缺空而又不到吃饭的时候，便到他这里一边喝茶一边吃两块点心。有一个善于吹口琴的姓王的同学经常在绍兴人茶馆喝茶。他喝茶，可以欠账。不但喝茶可以欠账，我们有时想看电影而没有钱，就由这位口琴专家出面向绍兴老板借一点。绍兴老板每次都是欣然地打开钱柜，拿出我们需要的数目。我们于是欢欣鼓舞，兴高采烈，迈开大步，直奔南屏电影院。

再往前，走过十来家店铺，便是凤翥街口，路东路西各有一家茶馆。

路东一家较小，很干净，茶桌不多。街西那家又脏又乱，地面坑洼不平，一地的烟头、火柴棍、瓜子皮。茶桌也是七大八小，摇摇晃晃，但是生意却特别好。从早到晚，人坐得满满的。也许是因为风水好。这家茶馆正在凤翥街和龙翔街交接处，门面一边对着凤翥街，一边对着龙翔街，坐在茶馆两条街上的热闹都看得见。到这家吃茶的全部是本地人，本街的闲人、赶马的“马锅头”，卖柴的、卖菜的。他们都抽叶子烟。要了茶以后，便从怀里掏出一个烟盒——圆形，皮制的，外面涂着一层黑漆，打开来，揭开覆盖着的菜叶，拿出剪好的金堂叶子，一支一支地卷起来。茶馆的墙壁上张贴、涂抹得乱七八糟。但我却于西墙上发现了一首诗，一首真正的诗：

记得旧时好，
跟随爹爹去吃茶。
门前磨螺壳，
巷口弄泥沙。

是用墨笔题写在墙上的。这使我大为惊异了。这是什么人写的呢？

每天下午，有一个盲人到这家茶馆来卖唱。他打着扬琴，说唱着。照现在的说法，这应是一种曲艺，但这种曲艺该叫什么名称，我一直没有打听着。我问过“主任儿子”，他说是“唱扬琴的”，我想不是。他唱的是什么？我有一次特意站下来听了一会，是：

…………
良田美地卖了，
高楼大厦拆了，
娇妻美妾跑了，
狐皮袍子当了……

我想了想，哦，这是一首劝戒鸦片的歌，他这唱的是鸦片烟之为害。这是什么时候传下来的呢？说不定是林则徐时代某一忧国之士的作品。但是这个盲人只管唱他的，茶客们似乎都没有在听，他们仍然在说话，各人想自己的心事。到了天黑，这个盲人背着扬琴，点着马杆，蹁蹁地走回家去。我常常想：他今天能吃饱么？

进大西门，是文林街，挨着城门口就是一家茶馆。这是一家最无趣味的茶馆。茶馆墙上的镜框里装的是美国电影明星的照片，蓓蒂·黛维丝、奥丽薇·德·哈茀兰、克拉克盖博、泰伦宝华……除了卖茶，还卖咖啡、可可。这家的特点是：进进出出的除了穿西服和麂皮夹克的比较有钱的男同学外，还有把头发卷成一根一根香肠似的女同学。有时到了星期六，还开舞会。茶馆的门关了，从里面传出《蓝色的多瑙河》和《风流寡妇》舞曲，里面正在"嘣嚓嚓"。

和这家斜对着的一家，跟这家截然不同。这家茶馆除卖茶，还卖煎血肠。这种血肠是牦牛肠子灌的，煎起来一街都闻见一种极其强烈的气味，说不清是异香还是奇臭。这种西藏食品，那些把头发卷成香肠一样的女同学是绝对不敢问津的。

由这两家茶馆，往东，不远几步，面南，便可折向钱局街。街上有一家老式的茶馆，楼上楼下，茶座不少。说这家茶馆是"老式"的，是因为茶馆备有烟筒，可以租用。一段青竹，旁安一个粗如小指半尺长的竹管，一头装一个带爪的莲蓬嘴，这便是"烟筒"。在莲蓬嘴里装了烟丝，点以纸媒，把整个嘴埋在筒口内，尽力猛吸，筒内的水咚咚作响，浓烟便直灌肺腑，顿时觉得浑身通泰。吸烟筒要有点功夫，不会吸的吸不出烟来。茶馆的烟筒比家用的粗得多，高齐桌面，吸完就靠在桌腿边，吸时尤需底气充足。这家茶馆门前，有一个小摊，卖酸角（不知什么树上结的，形状有点像皂荚，极酸，入口使人攒眉）、拐枣（也是树上结的，应该算是果子，状如鸡爪，一疙瘩一疙瘩的，有的地方即叫做鸡脚爪，味道很怪，像红糖，又有点像甘草），和泡梨（糖梨泡在盐水里，梨味本是酸甜的，昆明人却偏于盐水内泡而食之。泡梨仍有梨香，而梨肉极脆嫩）。过了春节则有人于门前卖葛根。葛根是药，我过去只在中药铺见过，切成四方的棋子块儿，是已经经过加工的了，原物是什么样子，我是在昆明才见到的。这种东西可以当零食来吃，我也是在昆明才知道。一截葛根，粗如手臂，横放在一块板上，外包一块湿布。给很少的钱，卖葛根的便操起有点像北京切涮羊肉的肉片用的那种薄刃长刀，切下薄薄的几片给你。雪白的。嚼起来有点像干瓤的生白薯片，而有极重的药味。据说葛根能清火。联大的同学大概很少人吃过葛根。我是什么奇奇怪怪的东西都要买一点尝一尝的。

大学二年级那一年，我和两个外文系的同学经常一早就坐在这家茶馆靠窗的一张桌边，各自看自己的书，有时整整坐一上午，彼此不交一语。我这时才开始学写作，我的最初几篇小说，即是在这家茶馆里写的。茶馆离翠湖很近，从翠湖吹来的风里，时时带有水浮莲的气味。

回到文林街。文林街中，正对府甬道，后来新开了一家茶馆。这家茶馆的特点一是卖茶用玻璃杯，不用盖碗，也不用壶。不卖清茶，卖绿茶和红茶。红茶色如玫瑰，绿茶苦如猪胆。第二是茶桌较少，且覆有玻璃桌面。在这样桌子上打桥牌实在是再适合不过了，因此到这家茶馆来喝茶的，大都是来打桥牌的，这茶馆实在是一个桥牌俱乐部。联大打桥牌之风很盛。有一个姓马的同学每天到这里打桥牌。解放后，我才知道他是老地下党员，昆明学生运动的领导人之一。学生运动搞得那样热火朝天，他每天都只是很闲在，很热衷地在打桥牌，谁也看不出他和学生运动有什么关系。

文林街的东头，有一家茶馆，是一个广东人开的，字号就叫“广发茶社”，——昆明的茶馆我记得字号的只有这一家，原因之一，是我后来住在民强巷，离广发很近，经常到这家去。原因之二是——经常聚在这家茶馆里的，有几个助教、研究生和高年级的学生。这些人多多少少有一点玩世不恭。那时联大同学常组织什么学会，我们对这些俨乎其然的学会微存嘲讽之意。有一天，广发的茶友之一说：“咱们这也是一个学会，——广发学会！”这本是一句茶余的笑话。不料广发的茶友之一，解放后，在一次运动中被整得不可开交，胡乱交待问题，说他曾参加过“广发学会”。这就惹下了麻烦。几次有人专程到北京来外调“广发学会”问题。被调查的人心里想笑，又笑不出来，因为来外调的政工人员态度非常严肃。广发茶馆代卖广东点心。所谓广东点心，其实只是包了不同味道的甜馅的小小的酥饼，面上却一律贴了几片香菜叶子，这大概是这一家饼师的特有的手艺。我在别处吃过广东点心，就没有见过面上贴有香菜叶子的——至少不是每一块都贴。

或问：泡茶馆对联大学生有些什么影响？答曰：第一，可以养其浩然之气。联大的学生自然也是贤愚不等，但多数是比较正派的。那是一个污浊而混乱的时代，学生生活又穷困得近乎潦倒，但是很多人却能自许清高，鄙视庸俗，并能保持绿意葱茏的幽默感，用来对付恶浊和穷困，并不颓丧灰心，这跟泡茶馆是有些关系的。第二，茶馆出人才。联大学生上茶馆，并不只是穷泡，除了瞎聊，大部分时间都是用来读书的。联大图书馆座位不多，宿舍里没有桌凳，看书多半在茶馆里。联大同学上茶馆很少不夹着一本乃至几本书的。不少人的论文、读书报告，都是在茶馆写的。有一年一位姓石的讲师的《哲学概论》期终考试，我就是把考卷拿到茶馆里去答好了再交上去的。联大八年，出了很多人才。研究联大校史，搞“人才学”，不能不了解了解联大附近的茶馆。第三，泡茶馆可以接触社会。我对各种各样的人、各种各样的生活都发生兴趣，都想了解了解，跟泡茶馆有一定关系。如果我现在还算一个写小说的人，那么我这个小说家是在昆明的茶馆里泡出来的。

一九八四年五月十三日

花园

在任何情形之下，那座小花园是我们家最亮的地方。虽然它的动人处不是，至少不仅在于这点。

每当家像一个概念一样浮现于我的记忆之上，它的颜色是深沉的。

祖父年青时建造的几进，是灰青色与褐色的。我自小养育于这种安定与寂寞里。报春花开放在这种背景前是好的。它不至被晒得那么多粉。固然报春花在我们那儿很少见，也许没有，不像昆明。

曾祖留下的则几乎是黑色的，一种类似眼圈上的黑色（不要说它是青的），里面充满了影子。这些影子足以使供在神龛前的花消失。晚间点上灯，我们常觉那些布灰布漆的大柱子一直伸拔到无穷高处。神堂屋里总挂一只鸟笼，我相信即是现在也挂一只的。那只青裆子永远眯着眼假寐，（我想它做个哲学家，似乎身子太小了。）只有巳时将尽，它唱一会，洗个澡，抖下一团小雾在伸展到廊内片刻的夕阳光影里。

一下雨，什么颜色都重郁起来，屋顶，墙，壁上花纸的图案，甚至鸽子：铁青子，瓦灰，点子，霞白。宝石眼的好处这时才显出来。于是我们，等斑鸠叫单声，在我们那个园里叫。等着一棵榆梅稍经一触，落下碎碎的瓣子，等着重新着色后的草。

我的脸上若有从童年带来的红色，它的来源是那座花园。

我的记忆有菖蒲的味道。然而我们的园里可没有菖蒲呵？它是哪儿来的，是那些草？这是一个无法解决的问题。但是我此刻把它们没有理由的纠在一起。

“巴根草，绿阴阴，唱个唱，把狗听。”每个小孩子都这么唱过吧。有时什么也不做，我躺着，用手指绕住它的根，用一种不露锋芒的力量拉，听顽强的根胡一处一处断了。这种声音只有拔草的人自己才能听得见。当然我嘴里是含着一根草了。草根的甜味和它的似有若无的水红色是一种自然的巧合。

草被压倒了。有时我的头动一动，倒下的草又慢慢站起来。我静静的注视它，很久很久，看它的努力快要成功时，又把头枕上去，嘴里叫一声“嗯！”有时，不在意，怜惜它的苦心，就算了。这种性格呀！那些草有时会吓我一跳的，它在我的耳根伸起腰来了，当我看天上的云。

我的鞋底是滑的，草磨得它发了光。

莫碰臭芝麻，沾惹一身，嗐，难闻死人。沾上身了，不要用手指去拈。用刷子刷。这种籽儿有带钩儿的毛，讨嫌死了。至今我不能忘记它：因为我急于要捉住那个“都溜”（一种蝉，叫得最好听），我举着我的网，蹑手蹑脚，抄近路过去，循它的声音找着时，拍，得了。可是回去，我一身都是那种臭玩意。想想我捉过多少“都溜”！

我觉得虎耳草有一种腥味。

紫苏的叶子上的红色呵，暑假快过去了。

那棵大垂柳上常常有天牛，有时一个，两个的时候更多。它们总像有一桩事情要做，六只脚不停的运动，有时停下来，那动着的便是两根有节的触须了。我们以为天牛触须有一节它就有一岁。捉天牛用手，不是如何困难工作，即使它在树枝上转来转去，你等一个合适地点动手。常把脖子弄累了，但是失望的时候很少。这小小生物完全如一个有教养惜身份的绅士，行动从容不迫，虽有翅膀可从不想到飞；即是飞，也不远。一捉住，它便吱吱扭扭地叫，表示不同意，然而行为依然是温文尔雅的。黑地白斑的天牛最多，也有极瑰丽颜色的。有一种还似乎带点玫瑰香味。天牛的玩法是用线扣在脖子上看它走。令人想起……不说也好。

蟋蟀已经变成大人玩意了。但是大人的兴趣在斗，而我们对于捉蟋蟀的兴趣恐怕要更大些。我看过一本秋虫谱，上面除了苏东坡米南宫，还有许多济颠和尚说的话，都神乎其神的不大好懂。捉到一个蟋蟀，我不能看出它颈子上的细毛是瓦青还是朱砂，它的牙是米牙还是菜牙，但我仍然是那么欢喜。听，瞿瞿瞿瞿，哪里？这儿是的，这儿了！用草掏，手扒，水灌，嚯，蹦出来了。顾不得螺螺藤拉了手，扑，追着扑。有时正在外面玩得很好，忽然想起我的蟋蟀还没喂呐，于是赶紧回家。我每吃一个梨，一段藕，吃石榴吃菱，都要分给它一点。正吃着晚饭，我的蟋蟀叫了。我会举着筷子听半天，听完了对父亲笑笑，得意极了。一捉蟋蟀，那就整个园子都得翻个身。我最怕翻出那种软软的鼻涕虫。可是堂弟有的是办法，撒一点盐，立刻它就化成一摊水了。

有的蝉不会叫，我们称之为哑巴。捉到哑巴比捉到“红娘”更坏。但哑巴也有一种玩法。用两个马齿苋的瓣子套起它的眼睛，那是刚刚合适的，仿佛马齿苋的瓣子天生就为了这种用处才长成那么个小口袋样子，一放手，哑巴就一直向上飞，决不偏斜转弯。

蜻蜓一个个选定地方息下，天就快晚了。有一种通身铁色的蜻蜓，翅膀较窄，称“鬼蜻蜓”。看它款款的飞在墙角花阴，不知什么道理，心里有一种说不出来的难过。

好些年看不到土蜂了。这种蠢头蠢脑的家伙，我觉得它也在花朵上把屁股撅来撅去的，有点不配，因此常常愚弄它。土蜂是在泥地上掘洞当作窠的。看它从洞里把个有绒毛的小脑袋钻出来（那神气像个东张西望的近视眼），嗡，飞出去了，我便用一点点湿泥把那个洞封好，在原来的旁边给它重掘一个，等着，一会儿，它拖着肚子回来了，找呀找，找到我掘的那个洞，钻进去，看看，不对，于是在四近大找一气。我会看着它那副急样笑个半天。或者，干脆看它进了洞，用一根树枝塞起来，看它从别处开了洞再出来。好容易，可重见天日了，它老先生于是坐在新大门旁边息息，吹吹风。神情中似乎是生了一点气，因为到这时已一声不响了。

祖母叫我们不要玩螳螂，说是它吃了土谷蛇的脑子，肚里会生一种铁线蛇，缠到马脚脚就断，什么东西一穿就过去了，穿到皮肉里怎么办？

它的眼睛如金甲虫，飞在花丛里五月的夜。

故乡的鸟呵。

我每天醒在鸟声里。我从梦里就听到鸟叫，直到我醒来。我听得出几种极熟悉的叫声，那是每天都叫的，似乎每天都在那个固定的枝头。

有时一只鸟冒冒失失飞进那个花厅里，于是大家赶紧关门，关窗子，吆喝，拍手，用书扔，竹竿打，甚至把自己帽子向空中摔去。可怜的东西这一来完全没了主意，只是横冲直撞的乱飞，碰在玻璃上，弄得一身蜘蛛网，最后大概都是从两椽之间空隙脱走。

园子里时时晒米粉，晒灶饭，晒碗儿糕。怕鸟来吃，都放一片红纸。为了这个警告，鸟儿照例就不来，我有时把红纸拿掉让它们大吃一阵，到觉得它们太不知足时，便大喝一声赶去。

我为一只鸟哭过一次。那是一只麻雀或是癞花。也不知从什么人处得来的，欢喜的了不得，把父亲不用的细篾笼子挑出一个最好的来给它住，配一个最好的雀碗，在插架上放了一个荸荠，安了两根风藤跳棍，整整忙了一半天。第二天起得格外早，把它挂在紫藤架下。正是花开的时候，我想是那全园最好的地方了。一切弄得妥妥当当后，独自还欣赏了好半天，我上学去了。一放学，急急回来，带着书便去看我的鸟。笼子掉在地下，碎了，雀碗里还有半碗水，“我的鸟，我的鸟呐！”父亲正在给碧桃花接枝，听见我的声音，忙走过来，把笼子拿起来看看，说“你挂得太低了，鸟在大伯的玳瑁猫肚子里了。”哇的一声，我哭了。父亲推着我的头回去，一面说“不害羞，这么大人了。”

有一年，园里忽然来了许多夜哇子。这是一种鹭鸶属的鸟，灰白色，据说它们头上那根毛能破天风。所以有那么一种名，大概是因为它的叫声如此吧。故乡古话说这种鸟常带来幸运。我见它们吃吃喳喳做窠了，我去告诉祖母，祖母去看了看，没有说什么话。我想起它们来了，也有一天会像来了一样又去了的。我尽想，从来处来，从去处去，一路走，一路望着祖母的脸。

园里什么花开了，常常是我第一个发现。祖母的佛堂里那个铜瓶里的花常常是我换新。对于这个孝心的报酬是有须掐花供奉时总让我去，父亲一醒来，一股香气透进帐子，知道桂花开了，他常是坐起来，抽支烟，看着花，很深远的想着什么。冬天，下雪的冬天，一早上，家里谁也还没有起来，我常去园里摘一些冰心腊梅的朵子，再掺着鲜红的天竺果，用花丝穿成几柄，清水养在白磁碟子里放在妈（我的第一个继母）和二伯母妆台上，再去上学。我穿花时，服伺我的女佣人小莲子，常拿着掸帚在旁边看，她头上也常戴着我的花。

我们那里有这么个风俗，谁拿着掐来的花在街上走，是可以抢的，表姐姐们每带了花回去，必是坐车。她们一来，都得上园里看看，有什么花开的正好，有时竟是特地为花来的。掐花的自然又是我。我乐于干这项差事。爬在海棠树上，梅树上，碧桃树上，丁香树上，听她们在下面说“这枝，唉，这枝这枝，再过来一点，弯过去的，喏，唉，对了对了！”冒一点险，用一点力，总给办到。有时我也贡献一点意见，以为某枝已经盛开，不两天就全落在台布上了，某枝花虽不多，样子却好。有时我陪花跟她们一道回去，路上看见有人看过这些花一眼，心里非常高兴。碰到熟人同学，路上也会分一点给她们。

想起绣球花，必连带想起一双白缎子绣花的小拖鞋，这是一个小姑姑房中东西。那时候我们在一处玩，从来只叫名字，不叫姑姑。只有时写字条时如此称呼，而且写到这两个字时心里颇有种近于滑稽的感觉。我轻轻揭开门帘，她自己若是不在，我便看到这两样东西了。太阳照进来，令人明白感觉到花在吸着水，仿佛自己真分享到吸水的快乐。我可以坐在她常坐的椅子上，随便找一本书看看，找一张纸写点什么，或有心无意的画一个枕头花样，把一切再恢复原来样子不留什么痕迹，又自去了。但她大都能发觉谁来过了。到第二天碰到，必指着手说“还当我不知道呢。你在我绷子上戳了两针，我要拆下重来了！”那自然是吓人的话。那些绣球花，我差不多看见它们一点一点的开，在我看书作事时，它会无声的落两片在花梨木桌上。绣球花可由人工着色。在瓶里加一点颜色，它便会吸到花瓣里。除了大红的之外，别种颜色看上去都极自然。我们常以骗人说是新得的异种。这只是一种游戏，姑姑房里常供的仍是白的。为什么我把花跟拖鞋画在一起呢？真不可解。——姑姑已经嫁了，听说日子极不如意。绣球快开花了，昆明渐渐暖起来。

花园里旧有一间花房，由一个花匠管理。那个花匠仿佛姓夏。关于他的机伶促狭，和女人方面的恩怨，有些故事常为旧日佣仆谈起，但我只看到他常来要钱，样子十分狼狈，局局促促，躲避人的眼睛，尤其是说他的故事的人的。花匠离去后，花房也跟着改造园内房屋而拆掉了。那时我认识花名极少，只记得黄昏时，夹竹桃特别红，我忽然又害怕起来，急急走回去。

我爱逗弄含羞草。触遍所有叶子，看都合起来了，我自低头看我的书，偷眼瞧它一片片的开张了，再猝然又来一下。他们都说这是不好的，有什么不好呢。

荷花像是清明栽种。我们吃吃螺蛳，抹抹柳球，便可看佃户把马粪倒在几口大缸里盘上藕秧，再盖上河泥。我们在泥里找蚬子，小虾，觉得这些东西搬了这么一次家，是非常奇怪有趣的事。缸里泥晒干了，便加点水，一次又一次，有一天，紫红色的小觜子冒出来了水面，夏天就来了。赞美第一朵花。荷叶上花拉花响了，母亲便把雨伞寻出来，小莲子会给我送去。

大雨忽然来了。一个青色的闪照在枫树上，我赶紧跑到柴草房里去。那是距我所在处最近的房屋。我爬上堆近屋顶的芦柴上，听水从高处流下来，响极了，訇——，空心的老桑树倒了，葡萄架塌了，我的四近越来越黑了，雨点在我头上乱跳。忽然一转身，墙角两个碧绿的东西在发光！哦，那是我常看见的老猫。老猫又生了一群小猫了。原来它每次生养都在这里。我看它们攒着吃奶，听着雨，雨慢慢小了。

那棵龙爪槐是我一个人的。我熟悉它的一切好处，知道哪个枝子适合哪种姿势。云从树叶间过去。壁虎在葡萄上爬。杏子熟了。何首乌的藤爬上石笋了，石笋那么黑。蜘蛛网上一只苍蝇。蜘蛛呢？花天牛半天吃了一片叶子，这叶子有点甜么，那么嫩。金雀花那儿好热闹，多少蜜蜂！波——，金鱼吐出一个泡，破了，下午我们去捞金鱼虫。香橼花蒂的黄色仿佛有点忧郁，别的花是飘下，香橼花是掉下的，花落在草叶上，草稍微低头又弹起。大伯母掐了枝珠兰戴上，回去了。大伯母的女儿，堂姐姐看金鱼，看见了自己。石榴花开，玉兰花开，祖母来了，"莫掐了，回去看看，瓶里是什么？""我下来了，下来扶您。"

槐树种在土山上，坐在树上可看见隔壁佛院。看不见房子，看到的是关着的那两扇门，关在门外的一片叶园。门里是什么岁月呢？钟鼓整日敲，那么悠徐，那么单调，门开时，小尼姑来抱一捆草，打两桶水，随即又关上了。水东东的滴回井里。那边有人看我，我忙把书放在眼前。

家里宴客，晚上小方厅和花厅有人吃酒打牌。（我记得有个人吹得极好的笛子。）灯光照到花上，树上，令人极欢喜也十分忧愁。点一个纱灯，从家里到园里，又从园里到家里，我一晚上总不知走了无数趟。有亲戚来去，多是我照路，说哪里高，哪里低，哪里上阶，哪里下坎。若是姑妈舅母，则多是扶着我肩膀走。人影人声都如在梦中。但这样的时候并不多。平日夜晚园子是锁上的。

小时候胆小害怕，黑魆魆的，树影风声，令人却步。而且相信园里有个"白胡子老头子"，一个土地花神，晚上会出来，在那个土山后面，花树下，冉冉的转圈子，见人也不避让。

有一年夏天，我已经像个大人了，天气郁闷，心上另外又有一点小事使我睡不着，半夜到园里去。一进门，我就停住了。我看见一个火星。咳嗽一声，招我前去，原来是我的父亲。他也正因为睡不着觉在园中徘徊。他让我抽一支烟（我刚会抽烟），我搬了一张藤椅坐下，我们一直没有说话。那一次，我感觉我跟父亲靠得近极了。

四月二日。月光清极。夜气大凉。似乎该再写一段作为收尾，但又似无须了。便这样吧，日后再说。逝者如斯。

北京的秋花

桂花

桂花以多为胜。《红楼梦》薛蟠的老婆夏金桂家“单有几十顷地种桂花”，人称“桂花夏家”。“几十顷地种桂花”，真是一个大观！四川新都桂花甚多。杨升庵祠在桂湖，环湖植桂花，自山坡至水湄，层层叠叠，都是桂花。我到新都谒升庵祠，曾作诗：

桂湖老桂发新枝，
湖上升庵旧有祠。
一种风流谁得似，
状元词曲罪臣诗。

杨升庵是才子，以一甲一名中进士，著作有七十种。他因“议大礼”获罪，充军云南，七十余岁，客死于永昌。陈老莲曾画过他的像，“醉则簪花满头”，面色酡红，是喝醉了的样子。从陈老莲的画像看，升庵是个高个儿的胖子。但陈老莲恐怕是凭想象画的，未必即像升庵。新都人为他在桂湖建祠，升庵死者有知，亦当欣慰。

北京桂花不多，且无大树。颐和园有几棵，没有什么人注意。我曾在藻鉴堂小住，楼道里有两棵桂花，是种在盆里的，不到一人高！

我建议北京多种一点桂花。桂花美荫，叶坚厚，入冬不凋。开花极香浓，干制可以做元宵馅、年糕。既有观赏价值，也有经济价值，何乐而不为呢？

菊花

秋季广交会上摆了很多盆菊花。广交会结束了，菊花还没有完全开残。有一个日本商人问管理人员："这些花你们打算怎么处理？"答云："扔了！"——"别扔，我买。"他给了一点钱，把开得还正盛的菊花全部包了，订了一架飞机，把菊花从广州空运到日本，张贴了很大的海报："中国菊展"。卖门票，参观的人很多。他捞了一大笔钱。这件事叫我有两点感想：一是日本商人真有商业头脑，任何赚钱的机会都不放过，我们的管理人员是老爷，到手的钱也抓不住。二是中国的菊花好，能得到日本人的赞赏。

中国人长于艺菊，不知始于何年，全国有几个城市的菊花都负盛名，如扬州、镇江、合肥，黄河以北，当以北京为最。

菊花品种甚多，在众多的花卉中也许是最多的。

首先，有各种颜色。最初的菊大概只有黄色的。"鞠有黄华""零落黄花满地金"，"黄华"和菊花是同义词。后来就发展到什么颜色都有了。黄色的、白色的、紫的、红的、粉的，都有。挪威的散文家别伦·别尔生说各种花里只有菊花有绿色的，也不尽然，牡丹、芍药、月季都有绿的，但像绿菊那样绿得像初新的嫩蚕豆那样，确乎是没有。我几年前回乡，在公园里看到一盆绿菊，花大盈尺。

其次，花瓣形状多样，有平瓣的、卷瓣的、管状瓣的。在镇江焦山见过一盆“十丈珠帘”，细长的管瓣下垂到地，说“十丈”当然不会，但三四尺是有的。

北京菊花和南方的差不多，狮子头、蟹爪、小鹅、金背大红……南北皆相似，有的连名字也相同。如一种浅红的瓣，极细而卷曲如一头乱发的，上海人叫它“懒梳妆”，北京人也叫它“懒梳妆”，因为得其神韵。

有些南方菊种北京少见。扬州人重“晓色”，谓其色如初日晓云，北京似没有。“十丈珠帘”，我在北京没见过。“枫叶芦花”，紫平瓣，有白色斑点，也没有见过。

我在北京见过的最好的菊花是在老舍先生家里。老舍先生每年要请北京市文联、文化局的干部到他家聚聚，一次是腊月，老舍先生的生日（我记得是腊月二十三）；一次是重阳节左右，赏菊。老舍先生的哥哥很会莳弄菊花。花很鲜艳；菜有北京特点（如芝麻酱炖黄花鱼、“盒子菜”）；酒“敞开供应”，既醉既饱，至今不忘。

我不赞成搞菊山菊海，让菊花都按部就班，排排坐，或挤成一堆，闹闹嚷嚷。菊花还是得一棵一棵地看，一朵一朵地看。更不赞成把菊花缚扎成龙、成狮子，这简直是糟蹋了菊花。

秋葵、鸡冠、凤仙、秋海棠

秋葵我在北京没有见过，想来是有的。秋葵是很好种的，在篱落、石缝间随便丢几个种子，即可开花。或不烦人种，也能自己开落。花瓣大、花浅黄，淡得近乎没有颜色，瓣有细脉，瓣内侧近花心处有紫色斑。秋葵风致楚楚，自甘寂寞。不知道为什么，秋葵让我想起女道士。秋葵亦名鸡脚葵，以其叶似鸡爪。

我在家乡县委招待所见一大丛鸡冠花，高过人头，花大如扫地笤帚，颜色深得吓人一跳。北京鸡冠花未见有如此之粗野者。

凤仙花可染指甲，故又名指甲花。凤仙花捣烂，少入矾，敷于指尖，即以凤仙叶裹之，隔一夜，指甲即红。凤仙花茎可长得很粗，湖南人或以入臭坛腌渍，以佐粥，味似臭苋菜秆。

秋海棠北京甚多，齐白石喜画之。齐白石所画，花梗颇长，这在我家那里叫做“灵芝海棠”。诸花多为五瓣，惟秋海棠为四瓣。北京有银星海棠，大叶甚坚厚，上洒银星，秆亦高壮，简直近似木本。我对这种孙二娘似的海棠不大感兴趣。我所不忘的秋海棠总是伶仃瘦弱的。我的生母得了肺病，怕“过人”——传染别人，独自卧病，在一座偏房里，我们都叫那间小屋为“小房”。她不让人去看她，我的保姆要抱我去让她看看，她也不同意。因此我对我的母亲毫无印象。她死后，这间“小房”成了堆放她的嫁妆的储藏室，成年锁着。我的继母偶尔打开，取一两件东西，我也跟了进去。“小房”外面有一个小天井，靠墙有一个秋叶形的小花坛，不知道是谁种了两三棵秋海棠，也没有人管它，它到秋天竟也开花。花色苍白，样子很可怜。不论在哪里，我每看到秋海棠，总要想起我的母亲。

黄栌、爬山虎

霜叶红于二月花。

西山红叶是黄栌，不是枫树。我觉得不妨种一点枫树，这样颜色更丰富些。日本枫娇红可爱，可以引进。

近年北京种了很多爬山虎，入秋，爬山虎叶转红。

沿街的爬山虎红了。

北京的秋意浓了。

一九九六年中秋

夏天的昆虫

蝈蝈

蝈蝈我们那里叫做“叫蚰子”。因为它长得粗壮结实，样子也不大好看，还特别在前面加一个“侉”字，叫做“侉叫蚰子”。这东西就是会呱呱的叫。有时嫌它叫得太吵人了，在它的笼子上拍一下，它就大叫一声：“呱——”停止了。它什么都吃。据说吃了辣椒更爱叫，我就挑顶辣的辣椒喂它。早晨，掐了南瓜花（谎花）喂它，只是取其好看而已。这东西是咬人的。有时捏住笼子，它会从竹篾的洞里咬你的指头肚子一口！

另有一种秋叫蚰子，较晚出，体小，通身碧绿如玻璃料，叫声清脆。秋叫蚰子养在牛角做的圆盒中，顶面有一块玻璃。我能自己做这种牛角盒子，要紧的是弄出一块大小合适的圆玻璃。把玻璃放在水盆里，用剪子剪，则不碎裂。秋叫蚰子价钱比侉叫蚰子贵得多。养好了，可以越冬。

叫蚰子是可以吃的。得是三尾的，腹大多子。扔在枯树枝火中，一会就熟了。味极似虾。

蝉

蝉大别有三类。一种是“海溜”，最大，色黑，叫声宏亮。这是蝉里的楚霸王，生命力很强。我曾捉了一只，养在一个断了发条的旧座钟里，活了好多天。一种是“嘟溜”，体较小，绿色而有点银光，样子最好看，叫声也好听：“嘟溜——嘟溜——嘟溜”。一种叫“叽溜”，最小，暗赭色，也是因其叫声而得名。

蝉喜欢栖息在柳树上。古人常画“高柳鸣蝉”，是有道理的。

北京的孩子捉蝉用粘竿——竹竿头上涂了粘胶。我们小时候则用蜘蛛网。选一根结实的长芦苇，一头撅成三角形，用线缚住，看见有大蜘蛛网就一绞，三角里络满了蜘蛛网，很粘。瞅准了一只蝉，轻轻一捂，蝉的翅膀就被粘住了。

佝偻丈人承蜩，不知道用的是什么工具。

蜻蜓

家乡的蜻蜓有三种。

一种极大，头胸浓绿色，腹部有黑色的环纹，尾部两侧有革质的小圆片，叫做“绿豆钢”。这家伙利害得很，飞时巨大的翅膀磨得嚓嚓地响。或捉之置室内，它会对着窗玻璃猛撞。

一种极常见的蜻蜓，有灰蓝色和绿色的。蜻蜓的眼睛很尖，但到黄昏后眼力就有点不济。他们栖息着不动，从后面轻轻伸手，一捏就能捏住。玩蜻蜓有一种恶作剧的玩法：掐一根狗尾巴草，把草茎插进蜻蜓的屁股，一撒手，蜻蜓就带着狗尾巴草的穗子飞了。

一种是红蜻蜓。不知道什么道理，说这是灶王爷的马。

另有一种纯黑的蜻蜓。身上、翅膀都是深黑色，我们叫它鬼蜻蜓，因为它有点鬼气。也叫“寡妇”。

刀螂

刀螂即螳螂。螳螂是很好看的。螳螂的头可以四面转动。螳螂翅膀嫩绿，颜色和脉纹都很美。昆虫翅膀好看的，为螳螂，为纺织娘。

或问：你写这些昆虫什么意思？答曰：我只是希望现在的孩子也能玩玩这些昆虫，对自然发生兴趣。现在的孩子大都只在电子玩具包围中长大，未必是好事。

人间草木

山丹丹

我在大青山挖到一棵山丹丹。这棵山丹丹的花真多。招待我们的老堡垒户看了看，说："这棵山丹丹有十三年了。"

"十三年了？咋知道？"

"山丹丹长一年，多开一朵花。你看，十三朵。"

山丹丹记得自己的岁数。

我本想把这棵山丹丹带回呼和浩特，想了想，找了把铁锹，在老堡垒户的开满了蓝色党参花的土台上刨了个坑，把这棵山丹丹种上了。问老堡垒户：

"能活？"

"能活。这东西，皮实。"

大青山到处是山丹丹，开七朵花、八朵花的，多的是。

> 山丹丹花开花又落，
>
> 一年又一年……

这支流行歌曲的作者未必知道，山丹丹过一年多开一朵花。唱歌的歌星就更不会知道了。

枸杞

枸杞到处都有。枸杞头是春天的野菜。采摘枸杞的嫩头，略焯过，切碎，与香干丁同拌，浇酱油醋香油；或入油锅爆炒，皆极清香。夏末秋初，开淡紫色小花，谁也不注意。随即结出小小的红色的卵形浆果，即枸杞子。我的家乡叫做狗奶子。

我在玉渊潭散步，在一个山包下的草丛里看见一对老夫妻弯着腰在找什么。他们一边走，一边搜索。走几步，停一停，弯腰。

“您二位找什么？”

“枸杞子。”

“有吗？”

老同志把手里一个罐头玻璃瓶举起来给我看，已经有半瓶了。

“不少！”

“不少！”

他解嘲似的哈哈笑了几声。

“您慢慢捡着！”

“慢慢捡着！”

看样子这对老夫妻是离休干部，穿得很整齐干净，气色很好。

他们捡枸杞子干什么？是配药？泡酒？看来都不完全是。真要是需要，可以托熟人从宁夏捎一点或寄一点来。——听口音，老同志是西北人，那边肯定会有熟人。

他们捡枸杞子其实只是玩！一边走着，一边捡枸杞子，这比单纯的散步要有意思。这是两个童心未泯的老人，两个老孩子！

人老了，是得学会这样的生活。看来，这二位中年时也是很会生活，会从生活中寻找乐趣的。他们为人一定很好，很厚道。他们还一定不贪权势，甘于淡泊。夫妻间一定不会为柴米油盐、儿女婚嫁而吵嘴。

从钓鱼台到甘家口商场的路上，路西，有一家的门头上种了很大的一丛枸杞，秋天结了很多枸杞子，通红通红的，礼花似的，喷泉似的垂挂下来，一个珊瑚珠穿成的华盖，好看极了。这丛枸杞可以拿到花会上去展览。这家怎么会想起在门头上种一丛枸杞？

槐花

玉渊潭洋槐花盛开，像下了一场大雪，白得耀眼。来了放蜂的人。蜂箱都放好了，他的“家”也安顿了。一个刷了涂料的很厚的黑色的帆布篷子。里面打了两道土堰，上面架起几块木板，是床。床上一卷铺盖。地上排着油瓶、酱油瓶、醋瓶。一个白铁桶里已经有多半桶蜜。外面一个蜂窝煤炉子上坐着锅。一个女人在案板上切青蒜。锅开了，她往锅里下了一把干切面。不大会儿，面熟了，她把面捞在碗里，加了作料、撒上青蒜，在一个碗里舀了半勺豆瓣。一人一碗。她吃的是加了豆瓣的。

蜜蜂忙着采蜜，进进出出，飞满一天。

我跟养蜂人买过两次蜜，绕玉渊潭散步回来，经过他的棚子，大都要在他门前的树墩上坐一坐，抽一枝烟，看他收蜜，刮蜡，跟他聊两句，彼此都熟了。

这是一个五十岁上下的中年人，高高瘦瘦的，身体像是不太好，他做事总是那么从容不迫，慢条斯理的。样子不像个农民，倒有点像一个农村小学校长。听口音，是石家庄一带的。他到过很多省，哪里有鲜花，就到哪里去。菜花开的地方，玫瑰花开的地方，苹果花开的地方，枣花开的地方。每年都到南方去过冬，广西，贵州。到了春暖，再往北翻。我问他是不是枣花蜜最好，他说是荆条花的蜜最好。这很出乎我的意外。荆条是个不起眼的东西，而且我从来没有见过荆条开花，想不到荆条花蜜却是最好的蜜。我想他每年收入应当不错，他说比一般农民要好一些，但是也落不下多少：蜂具，路费；而且每年要赔几十斤白糖，——蜜蜂冬天不采蜜，得喂它糖。

女人显然是他的老婆。不过他们岁数相差太大了。他五十了，女人也就是三十出头。而且，她是四川人，说四川话。我问他：你们是怎么认识的？他说：她是新繁县人。那年他到新繁放蜂，认识了。她说北方的大米好吃，就跟来了。

有那么简单？也许她看中了他的脾气好，喜欢这样安静平和的性格？也许她觉得这种放蜂生活，东南西北到处跑，好耍？这是一种农村式的浪漫主义。四川女孩子做事往往很洒脱，想咋个就咋个，不像北方女孩子有那么多考虑。他们结婚已经几年了。丈夫对她好，她对丈夫也很体贴。她觉得她的选择没有错，很满意，不后悔。我问养蜂人：她回去过没有？他说：回去过一次，一个人。他让她带了两千块钱，她买了好些礼物送人，风风光光地回了一趟新繁。

一天，我没有看见女人，问养蜂人，她到哪里去了。养蜂人说：到我那大儿子家去了，去接我那大儿子的孩子。他有个大儿子，在北京工作，在汽车修配厂当工人。

她抱回来一个四岁多的男孩，带着他在棚子里住了几天。她带他到甘家口商场买衣服，买鞋，买饼干，买冰糖葫芦。男孩子在床上玩鸡啄米，她靠着被窝用勾针给他勾一顶大红的毛线帽子。她很爱这个孩子。这种爱是完全非功利的，既不是讨丈夫的欢心，也不是为了和丈夫的儿子一家搞好关系。这是一颗很善良，很美的心。孩子叫她奶奶，奶奶笑了。

过了几天，她把孩子又送了回去。

过了两天，我去玉渊潭散步，养蜂人的棚子拆了，蜂箱集中在一起。等我散步回来，养蜂人的大儿子开来一辆卡车，把棚柱、木板、煤炉、锅碗和蜂箱装好，养蜂人两口子坐上车，卡车开走了。

玉渊潭的槐花落了。

果蔬秋浓

中国人吃东西讲究色香味。关于色味，我已经写过一些话，今只说香。

水果店

江阴有几家水果店，最大的是正街正对寿山公园的一家，水果多，个大，饱满，新鲜。一进门，扑鼻而来的是浓浓的水果香。最突出的是香蕉的甜香。这香味不是时有时无，时浓时淡，一阵一阵的，而是从早到晚都是这么香，一种长在的、永恒的香。香透肺腑，令人欲醉。

我后来到过很多地方，走进过很多水果店，都没有这家水果店的浓厚的果香。这家水果店的香味使我常常想起，永远不忘。

那年我正在恋爱，初恋。

果蔬秋浓

今天的活是收萝卜。收萝卜是可以随便吃的——有些果品不能随便吃，顶多尝两个，如二十世纪明月（梨）、柔丁香（葡萄），因为产量太少了，很金贵。萝卜起出来，堆成小山似的。农业工人很有经验，一眼就看出来，这是一般的，过了磅卖出去；这几个好，留下来自己吃。不用刀，用棒子打它一家伙，“棒打萝卜”嘛。喀嚓一声，萝卜就裂开了。萝卜香气四溢，吃起来甜、酥、脆。我们种的是心里美。张家口这地方的水土好像特别宜于萝卜之类作物生长，茶蓝有篮球大，疙瘩白（圆白菜）像一个小铜盆。萝卜多汁，不艮，不辣。

红皮小水萝卜，生吃也很好（有萝卜我不吃水果），我的家乡叫作“杨花萝卜”，因为杨树开花时卖。过了那几天就老了。小红萝卜气味清香。

江青一辈子只说过一句正确的话：“小萝卜去皮，真是煞风景！”我们有时陪她看电影，开座谈会，听她东一句西一句地漫谈。开会都是半夜（她白天睡觉，夜里办公），会后有一点夜宵。有时有凉拌小萝卜。人民大会堂的厨师特别巴结，小萝卜都是削皮的。萝卜去皮，吃起来不香。

南方的黄瓜不如北方的黄瓜，水叽叽的，吃起来没有黄瓜香。

都爱吃夏初出的顶花带刺的嫩黄瓜，那是很好吃，一咬满口香。嫩黄瓜最好攥在手里整咬，不必拍，更不宜切成细丝。但也有人爱吃二茬黄瓜——秋黄瓜。

呼和浩特有一位老八路，官称“老李森”。此人保留了很多农民的习惯，说起话来满嘴粗话。我们请他到宾馆里来介绍情况，他脱下一只袜子来，一边摇着这只袜子，一边谈，嘴里隔三句就要加一个“我操你妈！”他到一个老朋友曹文玉家来看我们。曹家院里有几架自种的黄瓜，他进门就摘了两条嚼起来。曹文玉说："你洗一洗！"——"洗它做啥！"

我老是想起这两句话："宁吃一斗葱，莫逢屈突通。"这两句话大概出自杨升庵的《古谣谚》。屈突通不知是什么人，印象中好像是北朝的一个很凶恶的武人。读书不随手作点笔记，到要用时就想不起来了。我为什么老是要想起这两句话呢？因为我每天都要吃葱，爱吃葱。

"小葱拌豆腐——一青（清）二白"，每年小葱下来时我都要吃几次小葱拌豆腐。盐，香油，少量味精。

羊角葱蘸酱卷煎饼。

再过几天，新葱——新鲜的大葱就下来了。

我在1958年定为右派，尚未下放，曾在西山八大处干了一阵活，为大葱装箱。是山东大葱，出口的，可能是出口到东南亚的。这样好的大葱我真没有见过，葱白够一尺长，粗如擀面杖。我们的任务是把大葱在木箱里码整齐，钉上木板。闻得出来，这大葱味甜不辣，很香。

新山药（土豆，马铃薯）快下山来了，新山药入大笼蒸熟，一揭屉盖，喷香！山药说不上有什么味道，可是就是有那么一种新山药气。羊肉卤蘸莜面卷，新山药，塞外美食。

苤蓝，茄子，口外都可生吃。

逐臭

"臭豆腐、酱豆腐，王致和的臭豆腐！"过去卖臭豆腐、酱豆腐是由小贩担子沿街串巷吆喝着卖的。王致和据说是有这么个人的。皖南屯溪人，到北京来赶考，不中，穷困落魄，流落在北京，百无聊赖，想起家乡的臭豆腐，遂依法炮制，沿街叫卖，生意很好，干脆放弃功名，以此为生。这个传说恐怕不可靠，一个皖南人跑到北京来赶考，考的是什么功名？无此道理。王致和臭豆腐家喻户晓，世代相传，现在成了什么“集团”，厂房很大，但是商标仍是“王致和”。王致和臭豆腐过去卖得很便宜，是北京最便宜的一种贫民食品，都是用筷子夹了卖，现在改用方瓶码装，卖得很贵，成了奢侈品。有一个侨居美国的老人，晚年不断地想北京的臭豆腐，再来一碗热汤面，此生足矣。这个愿望本不难达到，但是臭豆腐很臭，上飞机前检查，绝对通不过，老华人恐怕将带着他的怀乡病，抱恨以终。

臭豆腐闻起来臭，吃起来香。有一位女同志，南京人。爱人到南京出差，问她要带什么东西。——“臭豆腐”。她爱人买了一些，带到火车上。一车厢都大叫：“这是什么味道？什么味道！”我们在长沙，想尝尝毛泽东在火宫殿吃过的臭豆腐，循味跟踪，臭味渐浓，“快了，快到了，闻到臭味了嘛！”到了跟前，是一个公共厕所！据说毛泽东曾特意到火宫殿去吃了一次臭豆腐，说了一句话：“火宫殿的臭豆腐还是好吃！”“文化大革命”中，这就成了一条“最新指示”，用油漆写在火宫殿的照壁上。

其实油炸臭豆腐干不只长沙有。我在武汉、上海、南京，都吃过。昆明的是烤臭豆腐，把臭油豆干放在下置炭火的铁篦子上烤。南京夫子庙卖油炸臭豆腐干用竹签子串起来，十个一串，像北京的冰糖葫芦似的。穿了薄纱的旗袍或连衣裙的女郎，描眉画眼，一人手里拿了两三串臭豆腐，边走边吃，也是一种景观，他处所无。

吃臭，不只中国有，外国也有，我曾在美国吃过北欧的臭启司。招待我们的诗人保罗·安格尔，以为我吃不来这种东西。我连王致和臭豆腐都能整块整块地吃，还在乎什么臭启司！待老夫吃一个样儿叫你们见识见识！

不臭不好吃，越臭越好吃，口之于味并不都是“有同嗜焉”。

一九九六年三月二十七日

葡萄月令

一月，下大雪。

雪静静地下着。果园一片白。听不到一点声音。

葡萄睡在铺着白雪的窖里。

二月里刮春风。

立春后，要刮四十八天“摆条风”。风摆动树的枝条，树醒了，忙忙地把汁液送到全身。树枝软了。树绿了。

雪化了，土地是黑的。

黑色的土地里，长出了茵陈蒿。碧绿。

葡萄出窖。

把葡萄窖一锹一锹挖开。挖下的土，堆在四面。葡萄藤露出来了，乌黑的。有的梢头已经绽开了芽苞，吐出指甲大的苍白的小叶。它已经等不及了。

把葡萄藤拉出来，放在松松的湿土上。

不大一会，小叶就变了颜色，叶边发红；——又不大一会，绿了。

三月，葡萄上架。

先得备料。把立柱、横梁、小棍，槐木的、柳木的、杨木的、桦木的，按照树棵大小，分别堆放在旁边。立柱有汤碗口粗的、饭碗口粗的、茶杯口粗的。一棵大葡萄得用八根、十根，乃至十二根立柱。中等的，六根、四根。

先刨坑，竖柱。然后搭横梁，用粗铁丝摽紧。然后搭小棍，用细铁丝缚住。

然后，请葡萄上架。把在土里趴了一冬的老藤扛起来，得费一点劲。大的，得四五个人一起来。“起！——起！”哎，它起来了。把它放在葡萄架上，把枝条向三面伸开，像五个指头一样的伸开，扇面似的伸开。然后，用麻筋在小棍上固定住。葡萄藤舒舒展展，凉凉快快地在上面呆着。

上了架，就施肥。在葡萄根的后面，距主干一尺，挖一道半月形的沟，把大粪倒在里面。葡萄上大粪，不用稀释，就这样把原汁大粪倒下去。大棵的，得三四桶。小葡萄，一桶也就够了。

四月，浇水。

挖窖挖出的土，堆在四面，筑成垄，就成一个池子。池里放满了水。葡萄园里水气泱泱，沁人心肺。

葡萄喝起水来是惊人的。它真是在喝哝！葡萄藤的组织跟别的果树不一样，它里面是一根一根细小的导管。这一点，中国的古人早就发现了。《图经》云：“根苗中空相通。圃人将货之，欲得厚利，暮溉其根，而晨朝水浸子中矣，故俗呼其苗为木通。”“暮溉其根，而晨朝水浸子中矣”，是不对的。葡萄成熟了，就不能再浇水了。再浇，果粒就会涨破。“中空相通”却是很准确的。浇了水，不大一会，它就从根直吸到梢，简直是小孩嘬奶似的拼命往上嘬。浇过了水，你再回来看看吧：梢头切断过的破口，就嗒嗒地往下滴水了。

是一种什么力量使葡萄拼命地往上吸水呢？

施了肥，浇了水，葡萄就使劲抽条、长叶子。真快！原来是几根根枯藤，几天工夫，就变成青枝绿叶的一大片。

五月，浇水，喷药，打梢，掐须。

葡萄一年不知道要喝多少水，别的果树都不这样。别的果树都是刨一个“树碗”，往里浇几担水就得了，没有像它这样的："漫灌"，整池子地喝。

喷波尔多液。从抽条长叶，一直到坐果成熟，不知道要喷多少次。喷了波尔多液，太阳一晒，葡萄叶子就都变成蓝的了。

葡萄抽条，丝毫不知节制，它简直是瞎长！几天工夫，就抽出好长的一节的新条。这样长法还行呀，还结不结果呀？因此，过几天就得给它打一次条。葡萄打条，也用不着什么技巧，是个人就能干，拿起树剪，劈劈啪啪，把新抽出来的一截都给它铰了就得了。一铰，一地的长着新叶的条。

葡萄的卷须，在它还是野生的时候是有用的，好攀附在别的什么树木上。现在，已经有人给它好好地固定在架上了，就一点用也没有了。卷须这东西最耗养分，——凡是作物，都是优先把养分输送到顶端，因此，长出来就给它掐了，长出来就给它掐了。

葡萄的卷须有一点淡淡的甜味。这东西如果腌成咸菜，大概不难吃。

五月中下旬，果树开花了。果园，美极了。梨树开花了，苹果树开花了，葡萄也开花了。

都说梨花像雪，其实苹果花才像雪。雪是厚重的，不是透明的。梨花像什么呢？——梨花的瓣子是月亮做的。

有人说葡萄不开花，哪能呢？只是葡萄花很小，颜色淡黄微绿，不钻进葡萄架是看不出的。而且它开花期很短。很快，就结出了绿豆大的葡萄粒。

六月，浇水，喷药，打条，掐须。

葡萄粒长了一点了，一颗一颗，像绿玻璃料做的纽子。硬的。

葡萄不招虫。葡萄会生病，所以要经常喷波尔多液。但是它不像桃，桃有桃食心虫；梨，梨有梨食心虫。葡萄不用疏虫果。——果园每年疏虫果是要费很多工的。虫果没有用，黑黑的一个半干的球，可是它耗养分呀！所以，要把它“疏”掉。

七月，葡萄“膨大”了。

掐须、打条、喷药，大大地浇一次水。

追一次肥。追硫铵。在原来施粪肥的沟里撒上硫铵。然后，就把沟填平了，把硫铵封在里面。

汉朝是不会追这次肥的。汉朝没有硫铵。

八月，葡萄“著色”。

你别以为我这里是把画家的术语借用来了。不是的。这是果农的语言，他们就叫“著色”。

下过大雨，你来看看葡萄园吧，那叫好看！白的像白玛瑙，红的像红宝石，紫的像紫水晶，黑的像黑玉。一串一串，饱满、磁棒、挺括，璀璨琳琅。你就把《说文解字》里的玉字偏旁的字都搬了来吧，那也不够用呀！

可是你得快来！明天，对不起，你全看不到了。我们要喷波尔多液了。一喷波尔多液，它们的晶莹鲜艳全都没有了，它们蒙上一层蓝兮兮、白糊糊的东西，成了磨砂玻璃。我们不得不这样干。葡萄是吃的，不是看的。我们得保护它。

过不两天，就下葡萄了。

一串一串剪下来，把病果、瘪果去掉，妥妥地放在果筐里。果筐满了，盖上盖，要一个棒小伙子跳上去蹦两下、用麻筋缝的筐盖。——新下的果子，不怕压，它很结实，压不坏。倒怕是装不紧，逛里逛当的。那，来回一晃悠，全得烂！

葡萄装上车，走了。

去吧，葡萄，让人们吃去吧！

九月的果园像一个生过孩子的少妇，宁静、幸福，而慵懒。

我们还给葡萄喷一次波尔多液。哦，下了果子，就不管了？人，总不能这样无情无义吧。

十月，我们有别的农活。我们要去割稻子。葡萄，你愿意怎么长，就怎么长着吧。

十一月，葡萄下架。

把葡萄架拆下来。检查一下，还能再用的，搁在一边。糟朽了的，只好烧火。立柱、横梁、小棍，分别堆垛起来。

剪葡萄条。干脆得很，除了老条，一概剪光。葡萄又成了一个大秃子。

剪下的葡萄条，挑有三个芽眼的，剪成二尺多长的一截，捆起来，放在屋里，准备明春插条。

其余的，连枝带叶，都用竹笤帚扫成一堆，装走了。

葡萄园光秃秃。

十一月下旬，十二月上旬，葡萄入窖。

这是个重活。把老本放倒，挖土把它埋起来。要埋得很厚实。外面要用铁锹拍平。这个活不能马虎。都要经过验收，才给记工。

葡萄窖，一个一个长方形的土墩墩。一行一行，整整齐齐的排列着。风一吹，土色发了白。

这真是一年的冬景了。热热闹闹的果园，现在什么颜色都没有了。眼界空阔，一览无余，只剩下发白的黄土。

下雪了。我们踏着碎玻璃碴似的雪，检查葡萄窖，扛着铁锹。

一冬天，要检查几次。不是怕别的，怕老鼠打了洞。葡萄窖里很暖和，老鼠爱往这里面钻。它倒是暖和了，咱们的葡萄可就受了冷啦！

昆明的雨

宁坤要我给他画一张画，要有昆明的特点。我想了一些时候，画了一幅：右上角画了一片倒挂着的浓绿的仙人掌，末端开出一朵金黄色的花；左下画了几朵青头菌和牛肝菌。题了这样几行字：

昆明人家常于门头挂仙人掌一片以辟邪，仙人掌悬空倒挂，尚能存活开花。于此可见仙人掌生命之顽强，亦可见昆明雨季空气之湿润。雨季则有青头菌、牛肝菌，味极鲜腴。

我想念昆明的雨。

我以前不知道有所谓雨季。“雨季”，是到昆明以后才有了具体感受的。

我不记得昆明的雨季有多长，从几月到几月，好像是相当长的。但是并不使人厌烦。因为是下下停停、停停下下，不是连绵不断，下起来没完。而且并不使人气闷。我觉得昆明雨季气压不低，人很舒服。

昆明的雨季是明亮的、丰满的，使人动情的。城春草木深，孟夏草木长。昆明的雨季，是浓绿的。草木的枝叶里的水分都到了饱和状态，显示出过分的、近于夸张的旺盛。

我的那张画是写实的。我确实亲眼看见过倒挂着还能开花的仙人掌。旧日昆明人家门头上用以辟邪的多是这样一些东西：一面小镜子，周围画着八卦，下面便是一片仙人掌，——在仙人掌上扎一个洞，用麻线穿了，挂在钉子上。昆明仙人掌多，且极肥大。有些人家在菜园的周围种了一圈仙人掌以代替篱笆。——种了仙人掌，猪羊便不敢进园吃菜了。仙人掌有刺，猪和羊怕扎。

昆明菌子极多。雨季逛菜市场，随时可以看到各种菌子。最多，也最便宜的是牛肝菌。牛肝菌下来的时候，家家饭馆卖炒牛肝菌，连西南联大食堂的桌子上都可以有一碗。牛肝菌色如牛肝，滑，嫩，鲜，香，很好吃。炒牛肝菌须多放蒜，否则容易使人晕倒。青头菌比牛肝菌略贵。这种菌子炒熟了也还是浅绿色的，格调比牛肝菌高。菌中之王是鸡㙡，味道鲜浓，无可方比。鸡㙡是名贵的山珍，但并不真的贵得惊人。一盘红烧鸡㙡的价钱和一碗黄焖鸡不相上下，因为这东西在云南并不难得。有一个笑话：有人从昆明坐火车到呈贡，在车上看到地上有一棵鸡㙡，他跳下去把鸡㙡捡了，紧赶两步，还能爬上火车。这笑话用意在说明昆明到呈贡的火车之慢，但也说明鸡㙡随处可见。有一种菌子，中吃不中看，叫做干巴菌。乍一看那样子，真叫人怀疑：这种东西也能吃?！颜色深褐带绿，有点像一堆半干的牛粪或一个被踩破了的马蜂窝。里头还有许多草茎、松毛，乱七八糟！可是下点功夫，把草茎松毛择净，撕成蟹腿肉粗细的丝，和青辣椒同炒，入口便会使你张目结舌：这东西这么好吃?！还有一种菌子，中看不中吃，叫鸡油菌。都是一般大小，有一块银圆那样大，滴溜圆，颜色浅黄，恰似鸡油一样。这种菌子只能做菜时配色用，没甚味道。

雨季的果子，是杨梅。卖杨梅的都是苗族女孩子，戴一顶小花帽子，穿着扳尖的绣了满帮花的鞋，坐在人家阶石的一角，不时吆唤一声："卖杨梅——"声音娇娇的。她们的声音使得昆明雨季的空气更加柔和了。昆明的杨梅很大，有一个乒乓球那样大，颜色黑红黑红的，叫做"火炭梅"。这个名字起得真好，真是像一球烧得炽红的火炭！一点都不酸！我吃过苏州洞庭山的杨梅、井冈山的杨梅，好像都比不上昆明的火炭梅。

雨季的花是缅桂花。缅桂花即白兰花，北京叫做"把儿兰"（这个名字真不好听）。云南把这种花叫做缅桂花，可能最初这种花是从缅甸传入的，而花的香味又有点像桂花，其实这跟桂花实在没有什么关系。——不过话又说回来，别处叫它白兰、把儿兰，它和兰花也挨不上呀，也不过是因为它很香，香得像兰花。我在家乡看到的白兰多是一人高，昆明的缅桂是大树！我在若园巷二号住过，院里有一棵大缅桂，密密的叶子，把四周房间都映绿了。缅桂盛开的时候，房东（是一个五十多岁的寡妇）和她的一个养女，搭了梯子上去摘，每天要摘下来好些，拿到花市上去卖。她大概是怕房客们乱摘她的花，时常给各家送去一些。有时送来一个七寸盘子，里面摆得满满的缅桂花！带着雨珠的缅桂花使我的心软软的，不是怀人，不是思乡。

雨，有时是会引起人一点淡淡的乡愁的。李商隐的《夜雨寄北》是为许多久客的游子而写的。我有一天在积雨少住的早晨和德熙从联大新校舍到莲花池去。看了池里的满池清水，看了作比丘尼装的陈圆圆的石像（传说陈圆圆随吴三桂到云南后出家，暮年投莲花池而死），雨又下起来了。莲花池边有一条小街，有一个小酒店，我们走进去，要了一碟猪头肉，半斤市酒（装在上了绿釉的土瓷杯里），坐了下来。雨下大了。酒店有几只鸡，都把脑袋反插在翅膀下面，一只脚着地，一动也不动地在檐下站着。酒店院子里有一架大木香花。昆明木香花很多。有的小河沿岸都是木香。但是这样大的木香却不多见。一棵木香，爬在架上，把院子遮得严严的。密匝匝的细碎的绿叶，数不清的半开的白花和饱涨的花骨朵，都被雨水淋得湿透了。我们走不了，就这样一直坐到午后。四十年后，我还忘不了那天的情味。写了一首诗：

莲花池外少行人，
野店苔痕一寸深。
浊酒一杯天过午，
木香花湿雨沉沉。

我想念昆明的雨。

一九八四年五月十九日

辑四

日日有小暖
至味在人间

四方食事

（一）口味

“口之于味，有同嗜焉。”好吃的东西大家都爱吃。宴会上有烹大虾（得是极新鲜的），大都剩不下。但是也不尽然。羊肉是很好吃的，“羊大为美”。中国人吃羊肉的历史大概和这个民族的历史同样久远。中国羊肉的吃法很多，不能列举。我以为最好吃的是手把羊肉。维吾尔、哈萨克都有手把肉，但似以内蒙古为最好。内蒙古很多盟旗都说他们那里的羊肉不膻，因为羊吃了草原上的野葱，生前已经自己把膻味解了。我以为不膻固好，膻亦无妨。我曾在达茂旗吃过“羊贝子”，即白煮全羊。整只羊放在锅里只煮45分钟（为了照顾远来的汉人客人，多煮了15分钟，他们自己吃，只煮半小时），各人用刀割取自己中意的部位，蘸一点作料（原来只备一碗盐水，近年有了较多的作料）吃。羊肉带生，一刀切下去，会汪出一点血，但是鲜嫩无比。内蒙古人说，羊肉越煮越老，半熟的，才易消化，也能多吃。我几次到内蒙古，吃羊肉吃得非常过瘾。同行有一位女同志，不但不吃，连闻都不能闻。一走进食堂，闻到羊肉气味就想吐。她只好每顿用开水泡饭，吃咸菜，真是苦煞。全国不吃羊肉的人，不在少数。

“鱼羊为鲜”，有一位老同志是获鹿县人，是回民，他倒是吃羊肉的，但是一生不解何所谓鲜。他的爱人是南京人，动辄说：“这个菜很鲜。”他说：“什么叫‘鲜’？我只知道什么东西吃着‘香’。”

要解释什么是“鲜”，是困难的。我的家乡以为最能代表鲜味的是虾子。虾子冬笋、虾子豆腐羹，都很鲜。虾子放得太多，就会“鲜得连眉毛都掉了”的。我有个小孙女，很爱吃我配料煮的龙须挂面。有一次我放了虾子，她尝了一口，说“有股什么味”，不吃。

中国不少省份的人都爱吃辣椒。云、贵、川、湘、赣。延边朝鲜族也极能吃辣。人说吃辣椒爱上火。井冈山人说：“辣子冇补（没有营养），两头受苦。”我认识一个演员，他一天不吃辣椒，就会便秘！我认识一个干部，他每天在机关吃午饭，什么菜也不吃，只带了一小饭盒油炸辣椒来，吃辣椒下饭。顿顿如此。此人真是个吃辣椒专家，全国各地的辣椒，都设法弄了来吃。据他的品评，认为土家族的最好。有一次他带了一饭盒来，让我尝尝，真是又辣又香。然而有人是不吃辣的。我曾随剧团到重庆体验生活。四川无菜不辣，有人实在受不了。有一个演员带了几个年轻的女演员去吃汤圆，一个唱老旦的演员进门就嚷嚷：“不要辣椒！”

卖汤圆的白了她一眼：“汤圆没有放辣椒的！”

北方人爱吃生葱生蒜。山东人特爱吃葱，吃煎饼、锅盔，没有葱是不行的。有一个笑话：婆媳吵嘴，儿媳妇跳了井。儿子回来，婆婆说：“可了不得啦，你媳妇跳井啦！”儿子说：“不咋！”拿了一根葱在井口逛了一下，媳妇就上来了。山东大葱的确很好吃，葱白长至半尺，是甜的。江浙人不吃生葱蒜，做鱼肉时放葱，谓之“香葱”，实即北方的小葱，几根小葱，挽成一个疙瘩，叫做“葱结”。他们把大葱叫做“胡葱”，即做菜时也不大用。有一个著名女演员，不吃葱，她和大家一同去体验生活，菜都得给她单做。北方人吃炸酱面，必须有几瓣蒜。在长影拍片时，有一天我起晚了，早饭已经开过，我到厨房里和几位炊事员一块吃。那天吃的是炸油饼，他们吃油饼就蒜。我说：“吃油饼哪有就蒜的！”一个河南籍的炊事员说：“嘿！你试试！”果然，“另一个味儿”。我前几年回家乡，接连吃了几天鸡鸭鱼虾，吃腻了，我跟家里人说：“给我下一碗阳春面，弄一碟葱，两头蒜来。”家里人看我生吃葱蒜，大为惊骇。

有些东西，本来不吃，吃吃也就习惯了。我曾经夸口，说我什么都吃，为此挨了两次捉弄。一次在家乡。我原来不吃芫荽（香菜），以为有臭虫味。一次，我家所开的中药铺请我去吃面——那天是药王生日，铺中管事弄了一大碗凉拌芫荽，说：“你不是什么都吃吗？”我一咬牙，吃了。从此我就吃芫荽了。比来北地，每吃涮羊肉，调料里总要撒上大量芫荽。一次在昆明。苦瓜，我原来也是不吃的——没有吃过。我们家乡有苦瓜，叫做癞葡萄，是放在瓷盘里看着玩，不吃的。有一位诗人请我下小馆子，他要了三个菜：凉拌苦瓜、炒苦瓜、苦瓜汤。他说：“你不是什么都吃吗？”从此，我就吃苦瓜了。北京人原来是不吃苦瓜的，近年也学会吃了。不过他们用凉水连“拔”三次，基本上不苦了，那还有什么意思！

有些东西，自己尽可不吃，但不要反对旁人吃。不要以为自己不吃的东西，谁吃，就是岂有此理。比如广东人吃蛇，吃龙虱；傣族人爱吃苦肠，即牛肠里没有完全消化的粪汁，蘸肉吃。这在广东人、傣族人，是没有什么奇怪的。他们爱吃，你管得着吗？不过有些东西，我也以为不吃为宜，比如炒肉芽——腐肉所生之蛆。

总之，一个人的口味要宽一点、杂一点，“南甜北咸东辣西酸”，都去尝尝。对食物如此，对文化也应该这样。

（二）切脍

《论语·乡党》：“食不厌精，脍不厌细”，中国的切脍不知始于何时。孔子以“食”“脍”对举，可见当时是相当普遍的。北魏贾思勰《齐民要术》提到切脍。唐人特重切脍，杜甫诗累见。宋代切脍之风亦盛。《东京梦华录·三月一日开金明池琼林苑》：“多垂钓之士，必于池苑所买牌子，方许捕鱼。游人得鱼，倍其价买之。临水斫脍，以荐芳樽，乃一时佳味也”。元代，关汉卿曾写过《望江亭中秋切脍》。明代切脍，也还是有的，但《金瓶梅》中未提及，很奇怪。《红楼梦》也没有提到。到了近代，很多人对切脍是怎么回事，都茫然了。

脍是什么？杜诗邵注：“鲙，即今之鱼生、肉生。”更多指鱼生，脍的繁体字是“鱠”，可知。

杜甫《阌乡姜七少府设鲙戏赠长歌》对切脍有较详细的描写。脍要切得极细，“脍不厌细”，杜诗亦云：“无声细下飞碎雪。”脍是切片还是切丝呢？段成式《酉阳杂俎·物革》云：“进士段硕常识南孝廉者，善斫脍，縠薄丝缕，轻可吹起。”看起来是片和丝都有的。

切脍的鱼不能洗。杜诗云："落砧何曾白纸湿"，邵注："凡作鲙，以灰去血水，用纸以隔之。"大概是隔着一层纸用灰吸去鱼的血水。《齐民要术》："切鲙不得洗，洗手则鲙湿。"加什么作料？一般是加葱的，杜诗："有骨已剁觜春葱。"《内则》："鲙，春用葱，夏用芥。"葱是葱花，不会是葱段。至于下不下盐或酱油，乃至酒、酢，则无从臆测，想来总得有点咸味，不会是淡吃。

切脍今无实物可验。杭州楼外楼解放前有名菜醋鱼带靶。所谓"带靶"，即将活草鱼的脊背上的肉剔下，切成极薄的片，浇好酱油，生吃。我以为这很近乎切脍。我在1947年春天曾吃过，极鲜美。这道菜听说现在已经没有了，不知是因为有碍卫生，还是厨师无此手艺了。

日本鱼生我未吃过。北京西四牌楼的朝鲜冷面馆卖过鱼生、肉生。鱼生乃切成一寸见方、厚约二分的鱼片，蘸极辣的作料吃。这与"縠薄丝缕"的切脍似不是一回事。

与切脍有关联的，是"生吃螃蟹活吃虾"。生螃蟹我未吃过，想来一定非常好吃。活虾我可吃得多了。前几年回乡，家乡人知道我爱吃"呛虾"，于是餐餐有呛虾。我们家乡的呛虾是用酒把白虾（青虾不宜生吃）"醉"死了的。解放前杭州楼外楼呛虾，是酒醉而不待其死，活虾盛于大盘中，上覆大碗，上桌揭碗，虾蹦得满桌，客人捉而食之。用广东话说，这才真是"生猛"。听说楼外楼现在也不卖呛虾了，惜哉！

下生蟹活虾一等的，是将虾蟹之属稍加腌制。宁波的梭子蟹是用盐腌过的，醉蟹、醉泥螺、醉蚶子、醉蛏鼻，都是用高粱酒"醉"

过的，但这些都还是生的。因此，都很好吃。

我以为醉蟹是天下第一美味。家乡人贻我醉蟹一小坛。有天津客人来，特地为他剁了几只。他吃了一小块，问："是生的？"就不敢再吃。

"生的"，为什么就不敢吃呢？法国人、俄罗斯人，吃牡蛎，都是生吃。我在纽约南海岸吃过鲜蚌，那绝对是生的，刚打上来的，而且什么作料都不搁，经我要求，服务员才给了一点胡椒粉。好吃么？好吃极了！

为什么"切脍"、生鱼活虾好吃？曰：存其本味。

我以为切脍之风，可以恢复。如果觉得这不卫生，可以仿照纽约南海岸的办法：用"远红外"或什么东西处理一下，这样既不失本味，又无致病之虞。如果这样还觉得"膈应"、吞不下，吞下要反出来，那完全是观念上的问题。当然，我也不主张普遍推广，可以满足少数老饕的欲望，"内部发行"。

（三）河豚

阅报，江阴有人食河豚中毒，经解救，幸得不死。杨花扑面，节近清明，这使我想起，正是吃河豚的时候了。苏东坡诗：

竹外桃花三两枝，
春江水暖鸭先知。
蒌蒿满地芦芽短，
正是河豚欲上时。

梅圣俞诗：

> 河豚当此时，
> 贵不数鱼虾。

宋朝人是很爱吃河豚的，没有真河豚，就用了不知什么东西做出河豚的样子和味道，谓之“假河豚”，聊以过瘾，《东京梦华录》等书都有记载。

江阴当长江入海处不远，产河豚最多，也最好。每年春天，鱼市上有很多河豚卖。河豚的脾气很大，用小木棍捅捅它，它就把肚子鼓起来，再捅，再鼓，终至成了一个圆球。江阴河豚品种极多。我所就读的南菁中学的生物实验室里搜集了各种河豚，浸在装了福尔马林的玻璃器内。有的很大，有的小如金钱龟。颜色也各异，有带青绿色的，有白的，还有紫红的。这样齐全的河豚标本，大概只有江阴的中学才能搜集得到。

河豚有剧毒。我在读高中一年级时，江阴乡下出了一件命案，“谋杀亲夫”。“奸夫”“淫妇”在游街示众后，同时枪决。毒死亲夫的东西，即是一条煮熟的河豚。因为是“花案”，那天街的两旁有很多人鹄立伫观。但是实在没有什么好看，奸夫淫妇都蠢而且丑，奸夫还是个黑脸的麻子。这样的命案，也只能出在江阴。

但是河豚很好吃，江南谚云：“拼死吃河豚”，豁出命去，也要吃，可见其味美。据说整治得法，是不会中毒的。我的几个同学都曾约定请我上家里吃一次河豚，说是“保证不会出问题”。江阴正街上有一饭馆，是卖河豚的。这家饭馆有一块祖传的木板，刷印保单，内容是如果在他家铺里吃河豚中毒致死，主人可以偿命。

河豚之毒在肝脏、生殖腺和血，这些可以小心地去掉。这种办法有例可援，即“洁本金瓶梅”是。

我在江阴读书两年，竟未吃过河豚，至今引为憾事。

（四）野菜

春天了，是挖野菜的时候了。踏青挑菜，是很好的风俗。人在屋里闷了一冬天，尤其是妇女，到野地里活动活动，呼吸一点新鲜空气，看看新鲜的绿色，身心一快。

南方的野菜，有枸杞、荠菜、马兰头……北方野菜则主要的是苣荬菜。枸杞、荠菜、马兰头用开水焯过，加酱油、醋、香油凉拌。苣荬菜则是洗净，去根，蘸甜面酱生吃。或曰吃野菜可以“清火”，有一定道理。野菜多半带一点苦味，凡苦味菜，皆可清火。但是更重要的是吃个新鲜。有诗人说：“这是吃春天”，这话说得有点做作，但也还说得过去。

敦煌变文、《云谣集杂曲子》、打枣杆、挂枝儿、吴歌，乃至《白雪遗音》等等，是野菜。因为它新鲜。

一九八九年四月十八日

五味

山西人真能吃醋！几个山西人在北京下饭馆，坐定之后，还没有点菜，先把醋瓶子拿过来，每人喝了三调羹醋。邻座的客人直瞪眼。有一年我到太原去，快过春节了。别处过春节，都供应一点好酒，太原的油盐店却都贴出一个条子："供应老陈醋，每户一斤。"这在山西人是大事。

山西人还爱吃酸菜，雁北尤甚。什么都拿来酸，除了萝卜白菜，还包括杨树叶子，榆树钱儿。有人来给姑娘说亲，当妈的先问，那家有几口酸菜缸。酸菜缸多，说明家底子厚。

辽宁人爱吃酸菜白肉火锅。

北京人吃羊肉酸菜汤下杂面。

福建人、广西人爱吃酸笋。我和贾平凹在南宁，不爱吃招待所的饭，到外面瞎吃。平凹一进门，就叫："老友面！""老友面"煮酸笋肉丝汆汤下面也，不知道为什么叫做"老友"。

傣族人也爱吃酸。酸笋炖鸡是名菜。

延庆山里夏天爱吃酸饭。把好好的饭焐酸了，用井拔凉水一和，呼呼地就下去了三碗。

都说苏州菜甜，其实苏州菜只是淡，真正甜的是无锡。无锡炒鳝糊放那么多糖！包子的肉馅里也放很多糖，没法吃！

四川夹沙肉用大片肥猪肉夹了洗沙蒸，广西芋头扣肉用大片肥猪肉夹芋泥蒸，都极甜，很好吃，但我最多只能吃两片。

广东人爱吃甜食。昆明金碧路有一家广东人开的甜食店，卖芝麻糊、绿豆沙，广东同学趋之若鹜。“番薯糖水”即用白薯切块熬的汤，这有什么好喝的呢？广东同学曰：“好也！”

北方人不是不爱吃甜，只是过去糖难得。我家曾有老保姆，正定乡下人，六十多岁了。她还有个婆婆，八十几了。她有一次要回乡探亲，临行称了二斤白糖，说她的婆婆就爱喝个白糖水。

北京人很保守，过去不知苦瓜为何物，近年有人学会吃了。菜农也有种的了。农贸市场上有很好的苦瓜卖，属于“细菜”，价颇昂。

北京人过去不吃蕹菜，不吃木耳菜，近年也有人爱吃了。

北京人在口味上开放了！

北京人过去就知道吃大白菜。由此可见，大白菜主义是可以被打倒的。

北方人初春吃苣荬菜。苣荬菜分甜荬、苦荬，苦荬相当的苦。

有一个贵州的年轻女演员在我们剧团学戏，她的妈妈远迢迢给她寄来一包东西，是“者耳根”，或名“则尔根”，即鱼腥草。她让我尝了几根。这是什么东西？苦倒不要紧，有一股强烈的生鱼腥味，实在招架不了！

剧团有一干部，是写字幕的，有时也管杂务。此人是个吃辣的专家。他每天中午饭不吃菜，吃辣椒下饭。全国各地的、少数民族的，各种辣椒，他都千方百计地弄来吃。剧团到上海演出，他帮助搞伙食，这下好，不会缺辣椒吃。原以为上海辣椒不好买，他下车第二天就找到一家专卖各种辣椒的铺子。上海人有一些是能吃辣的。

我的吃辣是在昆明练出来的，曾跟几个贵州同学在一起用青辣椒在火上烧烧，蘸盐水下酒。平生所吃辣椒亦多矣，什么朝天椒、野山椒，都不在话下。我吃过最辣的辣椒是在越南。1946年，由越南转道往上海，在海防街头吃牛肉粉。牛肉极嫩，汤极鲜，辣椒极辣。一碗汤粉，放三四丝辣椒就辣得不行。这种辣椒的颜色是橘黄色的。在川北，听说有一种辣椒，本身不能吃，用一根线吊在灶上，汤做得了，把辣椒在汤里涮涮，就辣得不得了。云南佧佤族有一种辣椒，叫“涮涮辣”，与川北吊在灶上的辣椒大概不相上下。

四川可说是最能吃辣的省份。川菜的特点是辣而且麻，——搁很多花椒。四川的小面馆的墙壁上黑漆大书三个字：麻辣烫。麻婆豆腐，干煸牛肉丝、棒棒鸡，不放花椒不行。花椒得是川椒，捣碎，菜做好了，最后再放。

周作人说他的家乡整年吃咸极了的咸菜和咸极了的咸鱼。浙东人确是吃得很咸。有个同学，是台州人，到铺子里吃包子，掰开包子就往里倒酱油。口味的咸淡和地域是有关系的。北京人说南甜北咸东辣西酸，大体不错。河北、东北人口重，福建菜多很淡。但这与个人的性格习惯也有关。湖北菜并不咸，但闻一多先生却嫌云南蒙自的菜太淡。

中国人过去对吃盐很讲究，如桃花盐、水晶盐，“吴盐胜雪”，现在则全国都吃再制精盐。只有四川人腌咸菜还用自流井的井盐。

我不知世上还有什么国家的人爱吃臭。

过去上海、南京、汉口都卖油炸臭豆腐干。长沙火宫殿的臭豆腐因为一个大人物年轻时常吃而出了名。这位大人物后来还去吃过，说了一句话："火宫殿的臭豆腐还是好吃。""文化大革命"中火宫殿的影壁上就出现了两行大字：

最高指示：

火宫殿的臭豆腐还是好吃。

我们一个同志到南京出差，他的爱人是南京人，嘱咐他带一点臭豆腐干回来。他千方百计，居然办到了。带在火车上，引起一车厢的人强烈抗议。

除豆腐干外，面筋、百叶（千张）亦可臭。蔬菜里的苋菜、冬瓜、豇豆皆可臭。冬笋的老根咬不动，切下来随手就扔进臭坛子里。——我们那里很多人家都有个臭坛子，一坛子"臭卤"。腌芥菜挤下的汁放几天即成"臭卤"。臭物中最特殊的是臭苋菜秆。苋菜长老了，主茎可粗如拇指，高三四尺。截成二寸许小段，入臭坛。臭熟后，外皮是硬的，里面的芯成果冻状。噙住一夹，一吸，芯肉即入口中。这是佐粥的无上妙品。我们那里叫做"苋菜秸子"，湖南人谓之"苋菜咕"，因为吸起来"咕"的一声。

北京人说的臭豆腐指臭豆腐乳。过去是小贩沿街叫卖的：

"臭豆腐，酱豆腐，王致和的臭豆腐。"臭豆腐就贴饼子，熬一锅虾米皮白菜汤，好饭！现在王致和的臭豆腐用很大的玻璃方瓶装，很不方便，一瓶一百块，得很长时间才能吃完，而且卖得很贵，成了奢侈品。

我在美国吃过最臭的“气死”（干酪），洋人多闻之掩鼻，对我说起来实在没有什么，比臭豆腐差远了。

甚矣，中国人口味之杂也，敢说堪为世界之冠。

故乡的食物

炒米和焦屑

小时读《板桥家书》，“天寒冰冻时暮，穷亲戚朋友到门，先泡一大碗炒米送手中，佐以酱姜一小碟，最是××××（此四字失记，待查）之具”，觉得很亲切。郑板桥是兴化人，我的家乡是高邮，风气相似。这样的感情，是外地人们不易领会的。炒米是各地都有的。但是很多地方都做成了炒米糖。这是很便宜的食品。孩子买了，咯咯地嚼着。四川有“炒米糖开水”，车站码头都有得卖，那是泡着吃的。但四川的炒米糖似也是专业的作坊做的，不像我们那里。我们那里也有炒米糖，像别处一样，切成长方形的一块一块。也有搓成圆球的，叫做“欢喜团”。那也是作坊里做的。但通常所说的炒米，是不加糖粘结的，是“散装”的；而且不是作坊里做出来，是自己家里炒的。

说是自己家里炒，其实是请了人来炒的。炒炒米也要点手艺，并不是人人都会的。入了冬，大概是过了冬至吧，有人背了一面大筛子，手执长柄的铁铲，大街小巷地走，这就是炒炒米的。有时带一个助手，多半是个半大孩子，是帮他烧火的。请到家里来，管一顿饭，给几个钱，炒一天。或二斗，或半石；像我们家人口多，一次得炒一石糯米。炒炒米都是把一年所需一次炒齐，没有零零碎碎炒的。过了这个季节，再找炒炒米的也找不着。一炒炒米，就让人觉得，快要过年了。

装炒米的坛子是固定的，这个坛子就叫“炒米坛子”，不作别的用途。舀炒米的东西也是固定的，一般人家大都是用一个香烟罐头。我的祖母用的是一个“柚子壳”。柚子，——我们那里柚子不多见，从顶上开一个洞，把里面的瓤掏出来，再塞上米糠，风干，就成了一个硬壳的钵状的东西。她用这个柚子壳用了一辈子。

我父亲有一个很怪的朋友，叫张仲陶。他很有学问，曾教我读过《项羽本纪》。他薄有田产，不治生业，整天在家研究易经，算卦。他算卦用蓍草。全城只有他一个人用蓍草算卦。据说他有几卦算得极灵。有一家，丢了一只金戒指，怀疑是女佣偷了。这女佣人蒙了冤枉，来求张先生算一卦。张先生算了，说戒指没有丢，在你们家炒米坛盖子上。一找，果然。我小时就不大相信，算卦怎么能算得这样准，怎么能算得出在炒米坛盖子上呢？不过他的这一卦说明了一件事，即我们那里炒米坛子是几乎家家都有的。

炒米这东西实在说不上有什么好吃。家常预备，不过取其方便。用开水一泡，马上就可以吃。在没有什么东西好吃的时候，泡一碗，可代早晚茶。来了平常的客人，泡一碗，也算是点心。郑板桥说“穷亲戚朋友到门，先泡一大碗炒米送手中”，也是说其省事，比下一碗挂面还要简单。炒米是吃不饱人的。一大碗，其实没有多少东西。我们那里吃泡炒米，一般是抓上一把白糖，如板桥所说，“佐以酱姜一小碟”，也有，少。我现在岁数大了，如有人请我吃泡炒米，我倒宁愿来一小碟酱生姜，——最好滴几滴香油，那倒是还有点意思的。另外还有一种吃法，用猪油煎两个嫩荷包蛋——我们那里叫做“蛋瘪子”，抓一把炒米和在一起吃。这种食品是只有“惯宝宝”才能吃得到的。谁家要是老给孩子吃这种东西，街坊就会有议论的。

我们那里还有一种可以急就的食品，叫做“焦屑”。糊锅巴磨成碎末，就是焦屑。我们那里，餐餐吃米饭，顿顿有锅巴。把饭铲出来，锅巴用小火烘焦，起出来，卷成一卷，存着。锅巴是不会坏的，不发馊，不长霉。攒够一定的数量，就用一具小石磨磨碎，放起来。焦屑也像炒米一样。用开水冲冲，就能吃了。焦屑调匀后成糊状，有点像北方的炒面，但比炒面爽口。

我们那里的人家预备炒米和焦屑，除了方便，原来还有一层意思，是应急。在不能正常煮饭时，可以用来充饥。这很有点像古代行军用的“糒”。有一年，记不得是哪一年，总之是我还小，还在上小学，党军（国民革命军）和联军（孙传芳的军队）在我们县境内开了仗，很多人都躲进了红十字会。不知道出于一种什么信念，大家都以为红十字会是哪一方的军队都不能打进去的，进了红十字会就安全了。红十字会设在炼阳观，这是一个道士观。我们一家带了一点行李进了炼阳观。祖母指挥着，特别关照，把一坛炒米和一坛焦屑带了去。我对这种打破常规的生活极感兴趣。晚上，爬到吕祖楼上去，看双方军队枪炮的火光在东北面不知什么地方一阵一阵地亮着，觉得有点紧张，也觉得好玩。很多人家住在一起，不能煮饭，这一晚上，我们是冲炒米、泡焦屑度过的。没有床铺，我把几个道士诵经用的蒲团拼起来，在上面睡了一夜。这实在是我小时候度过的一个浪漫主义的夜晚。

第二天，没事了，大家就都回家了。

炒米和焦屑和我家乡的贫穷和长期的动乱是有关系的。

端午的鸭蛋

家乡的端午，很多风俗和外地一样。系百索子。五色的丝线拧成小绳，系在手腕上。丝线是掉色的，洗脸时沾了水，手腕上就印得红一道绿一道的。做香角子。丝线缠成小粽子，里头装了香面，一个一个串起来，挂在帐钩上。贴五毒。红纸剪成五毒，贴在门槛上。贴符。这符是城隍庙送来的。城隍庙的老道士还是我的寄名干爹，他每年端午节前就派小道士送符来，还有两把小纸扇。符送来了，就贴在堂屋的门楣上。一尺来长的黄色、蓝色的纸条，上面用朱笔画些莫名其妙的道道，这就能辟邪么？喝雄黄酒。用酒和的雄黄在孩子的额头上画一个王字，这是很多地方都有的。有一个风俗不知别处有不：放黄烟子。黄烟子是大小如北方的麻雷子的炮仗，只是里面灌的不是硝药，而是雄黄。点着后不响，只是冒出一股黄烟，能冒好一会。把点着的黄烟子丢在橱柜下面，说是可以熏五毒。小孩子点了黄烟子，常把它的一头抵在板壁上写虎字。写黄烟虎字笔画不能断，所以我们那里的孩子都会写草书的“一笔虎”。还有一个风俗，是端午节的午饭要吃“十二红”，就是十二道红颜色的菜。十二红里我只记得有炒红苋菜、油爆虾、咸鸭蛋，其余的都记不清，数不出了。也许十二红只是一个名目，不一定真凑足十二样。不过午饭的菜都是红的，这一点是我没有记错的，而且，苋菜、虾、鸭蛋，一定是有的。这三样，在我的家乡，都不贵，多数人家是吃得起的。

我的家乡是水乡，出鸭。高邮大麻鸭是著名的鸭种。鸭多，鸭蛋也多。高邮人也善于腌鸭蛋。高邮咸鸭蛋于是出了名。我在苏南、浙江，每逢有人问起我的籍贯，回答之后，对方就会肃然起敬："哦！你们那里出咸鸭蛋！"上海的卖腌腊的店铺里也卖咸鸭蛋，必用纸条特别标明："高邮咸蛋"。高邮还出双黄鸭蛋。别处鸭蛋也偶有双黄的，但不如高邮的多，可以成批输出。双黄鸭蛋味道其实无特别处。还不就是个鸭蛋！只是切开之后，里面圆圆的两个黄，使人惊奇不已。我对异乡人称道高邮鸭蛋，是不大高兴的，好像我们那穷地方就出鸭蛋似的！不过高邮的咸鸭蛋，确实是好，我走的地方不少，所食鸭蛋多矣，但和我家乡的完全不能相比！曾经沧海难为水，他乡咸鸭蛋，我实在瞧不上。袁枚的《随园食单·小菜单》有"腌蛋"一条。袁子才这个人我不喜欢，他的《食单》好些菜的做法是听来的，他自己并不会做菜。但是《腌蛋》这一条我看后却觉得很亲切，而且"餐有荣焉"。文不长，录如下：

> 腌蛋以高邮为佳，颜色红而油多，高文端公最喜食之。席间先夹取以敬客，放盘中，总宜切开带壳，黄白兼用；不可存黄去白，使味不全，油亦走散。

高邮咸蛋的特点是质细而油多。蛋白柔嫩，不似别处的发干、发粉，入口如嚼石灰。油多尤为别处所不及。鸭蛋的吃法，如袁子才所说，带壳切开，是一种，那是席间待客的办法。平常食用，一般都是敲破“空头”，用筷子挖着吃。筷子头一扎下去，吱——红油就冒出来了。高邮咸蛋的黄是通红的。苏北有一道名菜，叫做“硃砂豆腐”，就是用高邮鸭蛋黄炒的豆腐。我在北京吃的咸鸭蛋，蛋黄是浅黄色的，这叫什么咸鸭蛋呢！

端午节，我们那里的孩子兴挂“鸭蛋络子”。头一天，就由姑姑或姐姐用彩色丝线打好了络子。端午一早，鸭蛋煮熟了，由孩子自己去挑一个，鸭蛋有什么可挑的呢？有！一要挑淡青壳的。鸭蛋壳有白的和淡青的两种。二要挑形状好看的。别说鸭蛋都是一样的，细看却不同。有的样子蠢，有的秀气。挑好了，装在络子里，挂在大襟的纽扣上。这有什么好看呢？然而它是孩子心爱的饰物。鸭蛋络子挂了多半天，什么时候孩子一高兴，就把络子里的鸭蛋掏出来，吃了。端午的鸭蛋，新腌不久，只有一点淡淡的咸味，白嘴吃也可以。

孩子吃鸭蛋是很小心的，除了敲去空头，不把蛋壳碰破。蛋黄蛋白吃光了，用清水把鸭蛋里面洗净，晚上捉了萤火虫来，装在蛋壳里，空头的地方糊一层薄罗。萤火虫在鸭蛋壳里一闪一闪地亮，好看极了！

小时读囊萤映雪故事，觉得东晋的车胤用练囊盛了几十只萤火虫，照了读书，还不如用鸭蛋壳来装萤火虫。不过用萤火虫照亮来读书，而且一夜读到天亮，这能行么？车胤读的是手写的卷子；字大；若是读现在的新五号字，大概是不行的。

咸菜茨菰汤

一到下雪天，我们家就喝咸菜汤，不知是什么道理。是因为雪天买不到青菜？那也不见得。除非大雪三日，卖菜的出不了门，否则他们总还会上市卖菜的。这大概只是一种习惯。一早起来，看见飘雪花了，我就知道：今天中午是咸菜汤！

咸菜是青菜腌的。我们那里过去不种白菜，偶有卖的，叫做“黄芽菜”，是外地运去的，很名贵。一般黄芽菜炒肉丝，是上等菜。平常吃的，都是青菜，青菜似油菜，但高大得多。入秋，腌菜，这时青菜正肥。把青菜成担的买来，洗净，晾去水气，下缸。一层菜，一层盐，码实，即成。随吃随取，可以一直吃到第二年春天。

腌了四五天的新咸菜很好吃，不咸，细、嫩、脆、甜，难可比拟。

咸菜汤是咸菜切碎了煮成的。到了下雪的天气，咸菜已经腌得很咸了，而且已经发酸，咸菜汤的颜色是暗绿的。没有吃惯的人，是不容易引起食欲的。

咸菜汤里有时加了茨菰片，那就是咸菜茨菰汤。或者叫茨菰咸菜汤，都可以。

我小时候对茨菰实在没有好感。这东西有一种苦味。民国二十年，我们家乡闹大水，各种作物减产，只有茨菰却丰收。那一年我吃了很多茨菰，而且是不去茨菰的嘴子的，真难吃。我十九岁离乡，辗转漂流，三四十年没有吃到茨菰，并不想。

前好几年，春节后数日，我到沈从文老师家去拜年，他留我吃饭，师母张兆和炒了一盘茨菰肉片。沈先生吃了两片茨菰，说：“这个好！格比土豆高。”我承认他这话。吃菜讲究“格”的高低，这种语言正是沈老师的语言。他是对什么事物都讲“格”的，包括对于茨菰、土豆。

因为久违，我对茨菰有了感情。前几年，北京的菜市场在春节前后有卖茨菰的。我见到，必要买一点回来加肉炒了。家里人都不怎么爱吃。所有的茨菰，都由我一个人“包圆儿”了。

北方人不识茨菰。我买茨菰，总要有人问我：“这是什么？”——“茨菰。”——“茨菰是什么？”这可不好回答。

北京的茨菰卖得很贵，价钱和“洞子货”（温室所产）的西红柿、野鸡脖韭菜差不多。

我很想喝一碗咸菜茨菰汤。

我想念家乡的雪。

虎头鲨、昂嗤鱼、砗螯、螺蛳、蚬子

苏州人特重塘鳢鱼。上海人也是，一提起塘鳢鱼，眉飞色舞。塘鳢鱼是什么鱼？我向往之久矣。到苏州，曾想尝尝塘鳢鱼，未能如愿。后来我知道：塘鳢鱼就是虎头鲨，嗐！

塘鳢鱼亦称土步鱼。《随园食单》：“杭州以土步鱼为上品，而金陵人贱之，目为虎头蛇，可发一笑。”虎头蛇即虎头鲨。这种鱼样子不好看，而且有点凶恶。浑身紫褐色，有细碎黑斑，头大而多骨，鳍如蝶翅。这种鱼在我们那里也是贱鱼，是不能上席的。苏州人做塘鳢鱼有清炒、椒盐多法。我们家乡通常的吃法是氽汤，加醋、胡椒。虎头鲨氽汤，鱼肉极细嫩，松而不散，汤味极鲜，开胃。

嗯嗤鱼的样子也很怪，头扁嘴阔，有点像鲇鱼，无鳞，皮色黄，有浅黑色的不规整的大斑。无背鳍，而背上有一根很硬的尖锐的骨刺。用手捏起这根骨刺，它就发出昂嗤昂嗤小小的声音。这声音是怎么发出来的，我一直没弄明白。这种鱼是由这种声音得名的。它的学名是什么，只有去问鱼类学专家了。这种鱼没有很大的，七八寸长的，就算难得的了。这种鱼也很贱，连乡下人也看不起。我的一个亲戚在农村插队，见到嗯嗤鱼，买了一些，农民都笑他："买这种鱼干什么！"嗯嗤鱼其实是很好吃的。嗯嗤鱼通常也是氽汤。虎头鲨是醋汤，嗯嗤鱼不加醋，汤白如牛乳，是所谓"奶汤。"嗯嗤鱼也极细嫩，鳃边的两块蒜瓣肉有大拇指大，堪称至味。有一年，北京一家鱼店不知从哪里运来一些嗯嗤鱼，无人问津。顾客都不识这是啥鱼。有一位卖鱼的老师傅倒知道："这是嗯嗤。"我看到，高兴极了，买了十来条。回家一做，满不是那么一回事！嗯嗤要吃活的（虎头鲨也是活杀）。长途转运，又在冷库里冰了一些日子，肉质变硬，鲜味全失，一点意思都没有！

砗螯我的家乡叫馋螯，砗螯是扬州人的叫法。我在大连见到花蛤，我以为就是砗螯，不是。形状很相似，入口全不同。花蛤肉粗而硬，咬不动。砗螯极柔软细嫩。砗螯好像是淡水里产的，但味道却似海鲜。有点像蛎黄，但比蛎黄味道清爽。比青蛤、蚶子味厚。砗螯可清炒，烧豆腐，或与咸肉同煮。砗螯烧乌青菜（江南人叫塌苦菜），风味绝佳。乌青菜如是经霜而现拔的，尤美。我不食砗螯四十五年矣。

砗螯壳稍呈三角形，质坚，白如细瓷，而有各种颜色的弧形花斑，有浅紫的，有暗红的，有赭石，墨蓝的，很好看。家里买了砗螯，挖出砗螯肉，我们就从一堆砗螯壳里去挑选，挑到好的，洗净了留起来玩。砗螯壳的铰合部有两个突出的尖嘴子，把尖嘴子在糙石上磨磨，不一会儿就磨出两个小圆洞，含在嘴里吹，呜呜地响，且有细细颤音，如风吹窗纸。

螺蛳处处有之。我们家乡清明吃螺蛳，谓可以明目。用五香煮熟螺蛳，分给孩子，一人半碗，由他们自己用竹签挑着吃，孩子吃了螺蛳，用小竹弓把螺蛳壳射到屋顶上，喀拉喀拉地响。夏天“检漏”，瓦匠总要扫下好些螺蛳壳。这种小弓不作别的用处，就叫做螺蛳弓，我在小说《戴车匠》里对螺蛳弓有较详细的描写。

蚬子是我所见过的贝类里最小的了，只有一粒瓜子大。蚬子是剥了壳卖的。剥蚬子的人家附近堆了好多蚬子壳，像一个坟头。蚬子炒韭菜，很下饭。这种东西非常便宜，为小户人家的恩物。

有一年修运河堤。按工程规定，有一段堤面应铺碎石，包工的贪污了款子，在堤面铺了一层蚬子壳。前来检收的委员，坐在汽车里，向外一看，白花花的一片，还抽着雪茄烟，连说：“很好！很好！”

我的家乡富水产。鱼之中名贵的是鳊鱼、白鱼（尤重翘嘴白）、鳜花鱼（即桂鱼），谓之“鳊、白、鳜”。虾有青虾、白虾。蟹极肥。以无特点。故不及。

野鸭、鹌鹑、斑鸠、鵽

过去我们那里野鸭子很多。水乡，野鸭子自然多。秋冬之际，天上有时“过”野鸭子，黑乎乎的一大片，在地上可以听到它们鼓翅的声音，呼呼的，好像刮大风。野鸭子是枪打的（野鸭肉里常常有很细的铁砂子，吃时要小心），但打野鸭子的人自己不进城来卖。卖野鸭子有专门的摊子。有时卖鱼的也卖野鸭子，把一个养活鱼的木盆翻过来，野鸭一对一对地摆在盆底，卖野鸭子是不用秤约的，都是一对一对地卖。野鸭子是有一定分量的。依分量大小，有一定的名称，如“对鸭”“八鸭”。哪一种有多大分量，我现在已经记不清了。卖野鸭子都是带毛的。卖野鸭子的可以代客当场去毛，拔野鸭毛是不能用开水烫的。野鸭子皮薄，一烫，皮就破了。干拔。卖野鸭子的把一只鸭子放入一个麻袋里，一手提鸭，一手拔毛，一会儿就拔净了。——放在麻袋里拔，是防止鸭毛飞散。代客拔毛，不另收费，卖野鸭子的只要那一点鸭毛。——野鸭毛是值钱的。

野鸭的吃法通常是切块红烧。清炖大概也可以吧，我没有吃过。野鸭子肉的特点是细、“酥”，不像家鸭每每肉老。野鸭烧咸菜是我们那里的家常菜。里面的咸菜尤其是佐粥的妙品。

现在我们那里的野鸭子很少了。前几年我回乡一次，偶有，卖得很贵。原因据说是因为县里对各乡水利作了全面综合治理，过去的水荡子、荒滩少了，野鸭子无处栖息。而且，野鸭子过去是吃收割后遗撒在田里的谷粒的，现在收割得很干净，颗粒归仓，野鸭子没有什么可吃的，不来了。

鹌鹑是网捕的。我们那里吃鹌鹑的人家少，因为这东西只有由乡下的亲戚送来，市面上没有卖的。鹌鹑大都是用五香卤了吃。也有用油炸了的。鹌鹑能斗，但我们那里无斗鹌鹑的风气。

我看见过猎人打斑鸠。我在读初中的时候。午饭后，我到学校后面的野地里去玩。野地里有小河，有野蔷薇，有金黄色的茼蒿花，有苍耳（苍耳子有小钩刺，能挂在衣裤上，我们管它叫“万把钩”），有才抽穗的芦荻。在一片树林里，我发现一个猎人。我们那里猎人很少，我从来没有见过猎人，但是我一看见他，就知道：他是一个猎人。这个猎人给我一个非常猛厉的印象。他穿了一身黑，下面却缠了鲜红的绑腿。他很瘦。他的眼睛黑，而冷。他握着枪。他在干什么？树林上面飞过一只斑鸠。他在追逐这只斑鸠。斑鸠分明已经发现猎人了。它想逃脱。斑鸠飞到北面，在树上落一落，猎人一步一步往北走。斑鸠连忙往南面飞，猎人扬头看了一眼，斑鸠落定了，猎人又一步一步往南走，非常冷静。这是一场无声的，然而非常紧张的、坚持的较量。斑鸠来回飞，猎人来回走。我很奇怪，为什么斑鸠不往树林外面飞。这样几个来回，斑鸠慌了神了，它飞得不稳了，歪歪倒倒的，失去了原来均匀的节奏。忽然，砰，——枪声一响，斑鸠应声而落。猎人走过去，拾起斑鸠，看了看，装在猎袋里。他的眼睛很黑，很冷。

我在小说《异秉》里提到王二的熏烧摊子上，春天，卖一种叫做“鵽”的野味。鵽这种东西我在别处没看见过。“鵽”这个字很多人也不认得。多数字典里不收。《辞海》里倒有这个字，标音为（duo又读zhua）。zhua与我乡读音较近，但我们那里是读入声的，这只有用国际音标才标得出来。即使用国际音标标出，在不知道“短促急收藏”的北方人也是读不出来的。《辞海》“鵽”字条下注云“见鵽鸠”，似以为“鵽”即“鵽鸠”。而在“鵽鸠”条下注云：“鸟名。雉属。即‘沙鸡’。”这就不对了。沙鸡我是见过的，吃过的。内蒙古、张家口多出沙鸡。《尔雅·释鸟》郭璞注："出北方沙漠地"，不错。北京冬季偶尔也有卖的。沙鸡嘴短而红，腿也短。我们那里的鵽却是水鸟，嘴长，腿也长。鵽的滋味和沙鸡有天渊之别。沙鸡肉较粗，略有酸味；鵽肉极细，非常香。我一辈子没有吃过比鵽更香的野味。

蒌蒿、枸杞、荠菜、马齿苋

小说《大淖记事》："春初水暖，沙洲上冒出很多紫红色的芦芽和灰绿色的蒌蒿，很快就是一片翠绿了。"我在书页下方加了一条注："蒌蒿是生于水边的野草，粗如笔管，有节，生狭长的小叶，初生二寸来高，叫做'蒌蒿薹子'，加肉炒食极清香。……"蒌蒿的蒌字，我小时不知怎么写，后来偶然看了一本什么书，才知道的。这个字音"吕"。我小学有一个同班同学，姓吕，我们就给他起了个外号，叫"蒌蒿薹子"（蒌蒿薹子家开了一爿糖坊，小学毕业后未升学，我们看见他坐在糖坊里当小老板，觉得很滑稽）。但我查了几本字典，"蒌"都音"楼"，我有点恍惚了。"楼""吕"一声之转。许多从"娄"的字都读"吕"，如"屡""缕""褛"……这本来无所谓，读"楼"读"吕"，关系不大。但字典上都说蒌蒿是蒿之一种，即白蒿，我却有点不以为然了。我小说里写的蒌蒿和蒿其实不相干。读苏东坡《惠崇春江晚景》诗："竹外桃花三两枝，春江水暖鸭先知。蒌蒿满地芦芽短，正是河豚欲上时。"此蒌蒿生于水边，与芦芽为伴，分明是我的家乡人所吃的蒌蒿，非白蒿。或者"即白蒿"的蒌蒿别是一种，未可知矣。深望懂诗、懂植物学，也懂吃的博雅君子有以教我。

我的小说注文中所说的“极清香”，很不具体。嗅觉和味觉是很难比方，无法具体的。昔人以为荔枝味似软枣，实在是风马牛不相及。我所谓“清香”，即食时如坐在河边闻到新涨的春水的气味。这是实话，并非故作玄言。

枸杞到处都有。开花后结长圆形的小浆果，即枸杞子。我们叫它“狗奶子”，形状颇像。本地产的枸杞子没有入药的，大概不如宁夏产的好。枸杞是多年生植物。春天，冒出嫩叶，即枸杞头。枸杞头是容易采到的。偶尔也有近城的乡村的女孩子采了，放在竹篮里叫卖：“枸杞头来！……”枸杞头可下油盐炒食；或用开水焯了，切碎，加香油、酱油、醋，凉拌了吃。那滋味，也只能说“极清香”。春天吃枸杞头，云可以清火，如北方人吃莴苣菜一样。

“三月三，荠菜花赛牡丹”，俗谓是日以荠菜花置灶上，则蚂蚁不上锅台。

北京也偶有荠菜卖。菜市上卖的是园子里种的，茎白叶大，颜色较野生者浅淡，无香气。农贸市场间有南方的老太太挑了野生的来卖，则又过于细瘦，如一团乱发，制熟后强硬扎嘴。总不如南方野生的有味。

江南人惯用荠菜包春卷，包馄饨，甚佳。我们家乡有用来包春卷的，用来包馄饨的没有，——我们家乡没有“菜肉馄饨”。一般是凉拌。荠菜焯熟剁碎，界首茶干切细丁，入虾米，同拌。这道菜是可以上酒席作凉菜的。酒席上的凉拌荠菜都用手抟成一座尖塔，临吃推倒。

马齿苋现在很少有人吃。古代这是相当重要的菜蔬。苋分人苋、马苋。人苋即今苋菜，马苋即马齿苋。我们祖母每于夏天摘肥嫩的马齿苋晾干，过年时作馅包包子。她是吃长斋的，这种包子只有她一个人吃。我有时从她的盘子里拿一个，蘸了香油吃，挺香。马齿苋有点淡淡的酸味。马齿苋开花，花瓣如一小囊。我们有时捉了一个哑巴知了——知了是应该会叫的，捉住一个哑巴，多么扫兴！于是就摘了两个马齿苋的花瓣套住它的眼睛——马齿苋花瓣套知了眼睛正合适，一撒手，这知了就拼命往高处飞，一直飞到看不见！

三年自然灾害，我在张家口沙岭子吃过不少马齿苋。那时候，这是宝物！

葵·薤

小时读汉乐府《十五从军征》，非常感动。

> 十五从军征，八十始得归。道逢乡里人：“里中有阿谁？”——“遥望是君家，松柏冢累累。”兔从狗窦入，雉从梁上飞，中庭生旅谷，井上生旅葵。舂谷持作饭，采葵持作羹，羹饭一时熟，不知贻阿谁。出门东向望，泪落沾我衣。

诗写得平淡而真实，没有一句迸出呼天抢地的激情，但是惨切沉痛，触目惊心。词句也明白如话，不事雕饰，真不像是两千多年前的人写出的作品，一个十来岁的孩子也完全能读懂。我未从过军，接触这首诗的时候，也还没有经过长久的乱离，但是不止一次为这首诗流了泪。

然而有一句我不明白，“采葵持作羹”。葵如何可以为羹呢？我的家乡人只知道向日葵，我们那里叫做“葵花”。这东西怎么能做羹呢？用它的叶子？向日葵的叶子我是很熟悉的，很大，叶面很粗，有毛，即使是把它切碎了，加了油盐，煮熟之后也还是很难下咽的。另外有一种秋葵，开淡黄色薄瓣的大花，叶如鸡脚，又名鸡爪葵。这东西也似不能做羹。还有一种蜀葵，又名锦葵，内蒙古，山西一带叫做“蜀蓟”。我们那里叫做端午花，因为在端午节前后盛开。我从来也没听说过端午花能吃，——包括它的叶、茎和花。后来我在济南的山东博物馆的庭院里看到一种戎葵，样子有点像秋葵，开着耀眼的朱红的大花，红得简直吓人一跳。我想，这种葵大概也不能吃。那么，持以作羹的葵究竟是一种什么东西呢？

后来我读到吴其濬的《植物名实图考长编》和《植物名实图考》。吴其濬是个很值得叫人佩服的读书人。他是嘉庆进士，自翰林院修撰官至湖南等省巡抚。但他并没有只是做官，他留意各地物产丰瘠与民生的关系，依据耳闻目见，辑录古籍中有关植物的文献，写成了《长编》和《图考》这样两部巨著。他的著作是我国十九世纪植物学极重要的专著。直到现在，西方的植物学家还认为他绘的画十分精确。吴其濬在《图考》中把葵列为蔬类的第一品。他用很激动的语气，几乎是大声疾呼，说葵就是冬苋菜。

然而冬苋菜又是什么呢？我到了四川、江西、湖南等省，才见到。我有一回住在武昌的招待所里，几乎餐餐都有一碗绿色的叶菜做的汤。这种菜吃到嘴是滑的，有点像莼菜。但我知道这不是莼菜，因为我知道湖北不出莼菜，而且样子也不像。我问服务员：“这是什么菜？”——“冬苋菜！”第二天我过到一个巷子，看到有一个年轻的妇女在井边洗菜。这种菜我没有见过。叶片圆如猪耳，颜色正绿，叶梗也是绿的。我走过去问她洗的这是什么菜——“冬苋菜！”我这才明白：这就是冬苋菜，这就是葵！那么，这种菜作羹正合适——即使是旅生的。从此，我才算把《十五从军征》真正读懂了。

吴其濬为什么那样激动呢？因为在他成书的时候，已经几乎没有人知道葵是什么了。

蔬菜的命运，也和世间一切事物一样，有其兴盛和衰微，提起来也可叫人生一点感慨，葵本来是中国的主要蔬菜。《诗·邠风·七月》："七月烹葵及菽。"可见其普遍。后魏《齐民要术》以《种葵》列为蔬菜第一篇。"采葵莫伤根"，"松下清斋折露葵"，时时见于篇咏。元代王祯的《农书》还称葵为"百菜之主"。不知怎么一来，它就变得不行了。明代的《本草纲目》中已经将它列入草类，压根儿不承认它是菜了！葵的遭遇真够惨的！到底是什么原因呢？我想是因为后来全国普遍种植了大白菜。大白菜取代了葵。齐白石题画中曾提出"牡丹为花之王，荔枝为果之王，独不论白菜为菜中之王，何也？"其实大白菜实际上已经成"菜之王"了。

幸亏南方几省还有冬苋菜，否则吴其濬就死无对证，好像葵已经绝了种似的。吴其濬是河南固始人，他的家乡大概早已经没有葵了，都种了白菜了。他要是不到湖南当巡抚，大概也弄不清葵是啥。吴其濬那样激动，是为葵鸣不平。其意若曰：葵本是菜中之王，是很好的东西；它并没有绝种！它就是冬苋菜！您到南方来尝尝这种菜，就知道了！

北方似乎见不到葵了。不过近几年北京忽然卖起一种过去没见过的菜：木耳菜。你可以买一把来，做个汤，尝尝。就是那样的味道，滑的。木耳菜本名落葵，是葵之一种，只是葵叶为绿色，而木耳菜则带紫色，且叶较尖而小。

由葵我又想到薤。

我到内蒙古去调查抗日战争时期游击队的材料，准备写一个戏。看了好多份资料，都提到部队当时很苦，时常没有粮食吃，吃“荄荄”，下面多于括号中注明“音害害”。我想“荄荄”是什么东西？再说“荄”读gài，也不读“害”呀！后来在草原上有人给我找了一棵实物，我一看，明白了：这是薤。薤音xie。内蒙古、山西人每把声母为X的字读成H母，又好用叠字，所以把“薤”念成了“害害”。

薤叶极细。我捏着一棵薤，不禁想到汉代的挽歌《薤露》，“薤上露，何易晞，露晞明朝更复落，人死一去何时归？”不说葱上露、韭上露，是很有道理的。薤叶上实在挂不住多少露水，太易“晞”掉了。用此来比喻人命的短促，非常贴切。同时我又想到汉代的人一定是常常食薤的，故尔能近取譬。

北方人现在极少食薤了。南方人还是常吃的。湖南、湖北、江西、云南、四川都有。这几省都把这东西的鳞茎叫做“藠头”。“藠”音“叫”。南方的年轻人现在也有很多不认识这个藠字的。我在韶山参观，看到说明材料中提到当时用的一种土造的手榴弹，叫做“洋藠古”，一个讲解员就老实不客气地读成“洋晶古”。湖南等省人吃的藠头大都是腌制的，或入醋，味道酸甜；或加辣椒，则酸甜而极辣，皆极能开胃。

南方人很少知道藠头即是薤的。

北方城里人则连藠头也不认识。北京的食品商场偶尔从南方运了藠头来卖，趋之若鹜的都是南方几省的人。北京人则多用不信任的眼光端详半天，然后望望然而去之。我曾买了一些，请几位北方同志尝尝，他们闭着眼睛嚼了一口，皱着眉头说：“不好吃——这哪有糖蒜好哇！”我本想长篇大论地宣传一下藠头的妙处，只好咽回去了。

哀哉，人之成见之难于动摇也！

我写这篇随笔，用意是很清楚的。

第一，我希望年轻人多积累一点生活知识。古人说诗的作用：可以观，可以群，可以怨，还可以多识于草木虫鱼之名。这最后一点似乎和前面几点不能相提并论，其实这是很重要的。草木虫鱼，多是与人的生活密切相关。对于草木虫鱼有兴趣，说明对人也有广泛的兴趣。

第二，我劝大家口味不要太窄，什么都要尝尝，不管是古代的还是异地的食物，比如葵和薤，都吃一点。一个一年到头吃大白菜的人是没有口福的。许多大家都已经习以为常的蔬菜，比如菠菜和莴笋，其实原来都是外国菜。西红柿、洋葱，几十年前中国还没有，很多人吃不惯，现在不是也都很爱吃了么？许多东西，乍一吃，吃不惯，吃吃，就吃出味儿来了。

你当然知道，我这里说的，都是与文艺创作有点关系的问题。

一九八四年六月二十七日

肉食者不鄙

狮子头

狮子头是淮安菜。猪肉肥瘦各半，爱吃肥的亦可肥七瘦三，要“细切粗斩”，如石榴米大小（绞肉机绞的肉末不行），荸荠切碎，与肉末同拌，用手抟成招柑大的球，入油锅略炸，至外结薄壳，捞出，放进水锅中，加酱油、糖，慢火煮，煮至透味，收汤放入深腹大盘。

狮子头松而不散，入口即化，北方的“四喜丸子”不能与之相比。

周总理在淮安住过，会做狮子头，曾在重庆红岩八路军办事处做过一次，说：“多年不做了，来来来，尝尝！”想必做得很成功，因为语气中流露出得意。

我在淮安中学读过一个学期，食堂里有一次做狮子头，一大锅油，狮子头像炸麻团似的在油里翻滚，捞出，放在碗里上笼蒸，下衬白菜。一般狮子头多是红烧，食堂所做却是白汤，我觉最能存其本味。

镇江肴蹄

镇江肴蹄，盐渍，加硝，放大盆中，以巨大石块压之，至肥瘦肉都已板实，取出，煮熟，晾去水气，切厚片，装盘。瘦肉颜色殷红，肥肉白如羊脂玉，入口不腻。

吃肴肉，要蘸镇江醋，加嫩姜丝。

乳腐肉

乳腐肉是苏州松鹤楼的名菜，制法未详。我所做乳腐肉乃以意为之。猪肋肉一块，煮至六七成熟，捞出，俟冷，切大片，每片须带肉皮，肥瘦肉，用煮肉原汤入锅，红乳腐碾烂，加冰糖、黄酒，小火焖。乳腐肉嫩如豆腐，颜色红亮，下饭最宜。汤汁可蘸银丝卷。

腌笃鲜

上海菜。鲜肉和咸肉同炖，加扁尖笋。

东坡肉

浙江杭州、四川眉山，全国到处都有东坡肉。苏东坡爱吃猪肉，见于诗文。东坡肉其实就是红烧肉，功夫全在火候。先用猛火攻，大滚几开，即加作料，用微火慢炖，汤汁略起小泡即可。东坡论煮肉法，云须忌水，不得已时可以浓茶烈酒代之。完全不加水是不行的，会焦糊粘锅，但水不能多。要加大量黄酒。扬州炖肉，还要加一点高粱酒。加浓茶，我试过，也吃不出有什么特殊的味道。

传东坡有一首诗：“无竹令人俗，无肉令人瘦。若要不俗与不瘦，除非天天笋烧肉。”未必可靠，但苏东坡有时是会写这种张打油体的诗的。冬笋烧肉，是很好吃。我的大姑妈善做这道菜，我每次到姑妈家，她都做。

霉干菜烧肉

这是绍兴菜，全国各处皆有，但不似绍兴人三天两头就要吃一次。鲁迅一辈子大概都离不开霉干菜。《风波》里所写的蒸得乌黑的霉干菜很诱人，那大概是不放肉的。

黄鱼鲞烧肉

宁波人爱吃黄鱼鲞（黄鱼干）烧肉，广东人爱吃咸鱼烧肉，这都是外地人所不能理解的口味，其实这种搭配是很有道理的。近几年因为违法乱捕，黄鱼产量锐减，连新鲜黄鱼都很难吃到，更不用说黄鱼鲞了。

火腿

浙江金华火腿和云南宣威火腿风格不同。金华火腿味清，宣威火腿味重。

昆明过去火腿很多，哪一家饭铺里都能吃到火腿。昆明人爱吃肘棒的部位，横切成圆片，外裹一层薄皮，里面一圈肥肉，当中是瘦肉，叫做“金钱片腿”。正义路有一家火腿庄，专卖火腿，除了整只的、零切的火腿，还可以买到火腿脚爪，火腿油。火腿油炖豆腐很好吃。护国路原来有一家本地馆子，叫“东月楼”，有一道名菜“锅贴乌鱼”，乃以乌鱼片两片，中夹火腿一片，在平底铛上烙熟，味道之鲜美，难以形容。前年我到昆明去，向本地人问起东月楼，说是早就没有了，“锅贴乌鱼”遂成《广陵散》。

华山南路吉庆祥的火腿月饼，全国第一。一个重旧秤四两，名曰“四两砣”。吉庆祥还在，而且有了分号，所制四两砣不减当年。

腊肉

湖南人爱吃腊肉。农村人家杀了猪，大部分都腌了，挂在厨灶房梁上，烟薰成腊肉。我不怎么爱吃腊肉，有一次在长沙一家大饭店吃了一回蒸腊肉，这盘腊肉真叫好。通常的腊肉是条状，切片不成形，这盘腊肉却是切成颇大的整齐的方片，而且蒸得极烂，我没有想到腊肉能蒸得这样烂！入口香糯，真是难得。

夹沙肉·芋泥肉

夹沙肉和芋泥肉都是甜的，夹沙肉是川菜，芋泥肉是广西菜。厚膘臀尖肉，煮半熟，捞出，沥去汤，过油灼肉皮起泡，候冷，切大片，两片之间不切通，夹入豆沙，装碗笼蒸，蒸至四川人所说“粑而不烂”倒扣在盘里，上桌，是为夹沙肉。芋泥肉做法与夹沙肉相似，芋泥较豆沙尤为细腻，且有芋香，味较夹沙肉更胜一筹。

白肉火锅

白肉火锅是东北菜。其特点是肉片极薄，是把大块肉冻实了，用刨子刨出来的，故入锅一涮就熟，很嫩。白肉火锅用海蛎子（蚝）作锅底，加酸菜。

烤乳猪

烤乳猪原来各地都有，清代满汉餐席上必有这道菜，后来别处渐渐没有，只有广东一直盛行，大饭店或烧腊摊上的烤乳猪都很好。烤乳猪如果抹一点甜面酱卷薄饼吃，一定不亚于北京烤鸭。可惜广东人不大懂得吃饼，一般烤乳猪只作为冷盘。

一九九二年九月九日

鱼我所欲也

石斑

我第一次吃石斑鱼是一九四六年，在越南海防一家华侨开的饭馆里。那吃法很别致。一条很大的石斑，红烧，同时上一大盘生的薄荷叶。我仿照邻座人的办法，吃一口石斑鱼，嚼几片薄荷叶。这薄荷可把口中残余的鱼味去掉，再吃第二口，则鱼味常新。这种吃法，国内似没有。越南人爱吃薄荷，华侨饭馆这样的搭配，盖受越南人之影响。

石斑鱼有红斑，青斑——即灰鼠斑。灰鼠斑尤为名贵，清蒸最好。

鳜鱼

可以和石斑相媲美的淡水鱼，其谓鳜鱼乎？张志和《渔父》词："西塞山前白鹭飞，桃花流水鳜鱼肥"，一经品题，身价十倍。我的家乡是水乡，产鱼，而以"鳊、白、鯚"为三大名鱼："鯚"是鯚花鱼，即鳜鱼。徐文长以为"鯚"字应作"罽"。"罽"是古代的花毯。鯚花鱼身上有黄黑的斑点，似"罽"。但"罽"字今人多不识，如果饭馆的菜单上出现这个字，顾客将不知道这是什么东西。鳜鱼肉细，是蒜瓣肉，刺少，清蒸、氽汤、红烧、糖醋皆宜。苏南饭馆做“松鼠鳜鱼”，甚佳。

一九三八年，我在淮安吃过干炸鯚花鱼。活鳜鱼，重三斤，加花刀，在大油锅中炸熟，外皮酥脆，鱼肉白嫩，蘸花椒盐吃，极妙。和我一同吃的有小叔父汪兰生、表弟董受申。汪兰生、董受申都去世多年了。

鲥鱼·刀鱼·鮰鱼

这都是江鱼。

鲥鱼现在卖到两百多块钱一斤，成了走后门送礼的东西，“吃的人不买，买的人不吃”。

刀鱼极鲜、肉极细，但多刺。金圣叹尝以为刀鱼刺多是人生恨事之一。不会吃刀鱼的人是很容易卡到嗓子的。镇江人以刀鱼煮至稀烂，用纱布滤去细刺，以做汤，下面，即谓“刀鱼面”，很美。

我在江阴读南菁中学时，常常吃到鮰鱼，学校食堂里常做这东西。在江阴是很便宜的。鮰鱼本名鮠鱼，但今人只叫它鮰鱼。鮰鱼大概也能红烧，但我在中学时吃的鮰鱼都是白烧。后来在汉口的璇宫饭店吃的，也是白烧。鮰鱼肉厚，切块放在碗里，没有吃过的人会以为这是鸡块。鮰鱼几乎无刺，大块入口，吃起来很过瘾，宜于馋而懒的人。或说鮰鱼是吃死人的。江里哪有那么多的死人?！鮰鱼吃鱼，是确实的。凡吃鱼的鱼都好吃，鳜鱼也是吃鱼的。养鱼的池塘里是不能有鳜鱼的，见鳜鱼，即捕去。

黄河鲤鱼

我不爱吃鲤鱼，因为肉粗，且有土腥气，但黄河鲤鱼除外。在河南开封吃过黄河鲤鱼，后来在山东水泊梁山下吃过黄河鲤鱼，名不虚传。辨黄河鲤与非黄河鲤，只需看鲤鱼剖开后内膜是白的还是黑的。白色者是真黄河鲤，黑色者是假货。梁山一带人对鲤鱼很重视，酒席上必须有鲤鱼，“无鱼不成席”。婚宴尤不可少。梁山一带人对即将结婚的青年男女，不说是“等着吃你的喜酒”，而说“等着吃你的鱼！”鲤鱼要吃三斤左右的，价也最贵。《水浒传·吴学究说三阮撞筹》中，吴用说他“在一个大财主家做门馆教学，今来要对付十数尾金色鲤鱼，要重十四五斤的”。鲤鱼大到十四五斤，不好吃了，写《水浒》的施耐庵、罗贯中对吃鲤鱼外行。

虎头鲨和昂嗤鱼

虎头鲨和昂嗤鱼原来都是贱鱼，在我的家乡是上不得席的，现在都变得名贵了。

苏州人特重塘鳢鱼，谈起来眉飞色舞。我到苏州一看：嗐，原来就是我们那里的虎头鲨。虎头鲨头大而硬，鳞色微紫，有小黑斑，样子很凶恶，而肉极嫩。我们家乡一般用来氽汤，汤里加醋。昂嗤鱼阔嘴有须，背黄腹白，无背鳍，背上有一根硬骨，捏住硬骨，它会“昂嗤昂嗤”地叫。过去也是氽汤、不放醋，汤白如牛乳。近年家乡兴起炒昂嗤鱼片，谓之“炒金银片”，亦佳。

鳝鱼

淮安人能做全鳝席，一桌子菜，全是鳝鱼。除了烤鳝背、炝虎尾等等名堂，主要的做法一是炒，二是烧。鳝鱼烫熟切丝再炒，叫做“软兜”；生炒叫炒脆鳝。红烧鳝段叫“火烧马鞍桥”，更粗的鳝段叫“闷张飞”。制鳝鱼都要下大量姜蒜，上桌后撒胡椒，不厌其多。

一九九二年九月十四日

家常酒菜

家常酒菜，一要有点新意，二要省钱，三要省事。偶有客来，酒渴思饮。主人卷袖下厨，一面切葱姜，调佐料，一面仍可陪客人聊天，显得从容不迫，若无其事，方有意思。如果主人手忙脚乱，客人坐立不安，这酒还喝个什么劲！

拌菠菜

拌菠菜是北京大酒缸最便宜的酒菜。菠菜焯熟，切为寸段，加一勺芝麻酱、蒜汁。或要芥末，随意。过去（1948年以前）才三分钱一碟。现在北京的大酒缸已经没有了。

我做的拌菠菜稍为细致。菠菜洗净，去根，在开水锅中焯至8成熟（不可盖锅煮烂），捞出，过凉水，加一点盐，剁成菜泥，挤去菜汁，以手在盘中抟成宝塔状。先碎切香干（北方无香干，可以熏干代），如米粒大，泡好虾米，切姜末、青蒜末。香干末、虾米、姜末、青蒜末，手捏紧，分层堆在菠菜泥上，如宝塔顶。好酱油、香醋、小磨香油及少许味精在小碗中调好。菠菜上桌，将调料轻轻自塔顶淋下。吃时将宝塔推倒，诸料拌匀。

这是我的家乡制拌枸杞头、拌荠菜的办法。北京枸杞头不入馔，荠菜不香。无可奈何，代以菠菜，亦佳。清馋酒客，不妨一试。

拌萝卜丝

小红水萝卜，南方叫“杨花萝卜”，因为是杨花飘时上市的。洗净，去根须，不可去皮。斜切成薄片，再切为细丝，愈细愈好。加少糖，略腌，即可装盘，轻红嫩白，颜色可爱。扬州有一种菊花，即叫“萝卜丝”。临吃，浇以三合油（酱油、醋、香油）。

或加少量海蜇皮细丝同拌，尤佳。

家乡童谣曰，“人之初，鼻涕拖，油炒饭，拌萝菠”，可见其普遍。

若无小水萝卜，可以心里美或卫青代，但不如杨花萝卜细嫩。

干丝

干丝是扬州菜。北方买不到扬州那种质地紧密，可以片薄片，切细丝的方豆腐干，可以豆腐片代。但须选色白，质紧，片薄者。切极细丝，以凉水拔二三次，去盐卤味及豆腥气。

拌干丝，拔后的豆腐片细丝入沸水中煮两三开，捞出，沥去水，置浅汤碗中。青蒜切寸段，略焯，虾米发透，并堆置豆腐丝上。五香花生米搓去皮膜，撒在周围。好酱油、小磨香油，醋（少量），淋入，拌匀。

煮干丝。鸡汤或骨头汤煮。若无鸡汤骨汤，用高压锅煮几片肥瘦肉取汤亦可，但必须有荤汤，加火腿丝、鸡丝。亦可少加冬菇丝、笋丝。或入虾仁、干贝，均无不可。欲汤白者入盐。或稍加酱油（万不可多），少量白糖，则汤色微红。拌干丝宜素，要清爽；煮干丝则不厌浓厚。

无论拌干丝，煮干丝，都要加姜丝，多多益善。

扦瓜皮

黄瓜（不太老即可）切成寸段，用水果刀从外至内旋成薄条，如带，成卷。剩下带籽的瓜心不用，酱油、糖、花椒、大料、桂皮、胡椒（破粒）、干红辣椒（整个）、味精、料酒（不可缺）调匀。将扦好的瓜皮投入料汁，不时以筷子翻动，使瓜皮沾透料汁，腌约一小时，取出瓜皮装盘。先装中心，然后以瓜皮瓜面朝外，层层码好，如一小坟头，仍以所余料汁自坟头顶淋下。扦瓜皮极脆，嚼之有声，诸味均透，仍有瓜香。此法得之海拉尔一曾治过国宴的厨师。一盘瓜皮，所费不过四五角钱耳。

炒苞谷

昆明菜。苞谷即玉米。嫩玉米剥出粒，与瘦猪肉同炒，少放盐。略用葱花煸锅亦可，但葱花不能煸得过老，如成黑色，即不美观。不宜用酱油，酱油会掩盖苞谷的清香。起锅时可稍烹水，但不能多，多则成煮苞谷矣！我到菜市买玉米，挑嫩的，别人都很奇怪：“挑嫩的干什么？”——“炒肉。”——“玉米能炒了吃？”北京人真是少见多怪。

松花蛋拌豆腐

北豆腐入开水焯过，俟冷，切为小骰子块，加少许盐。松花蛋（要腌得较老的），亦切为骰子块，与豆腐同拌。老姜在蒜臼中捣烂，加水，滗去渣，淋入。不宜用姜米，亦不加醋。

芝麻酱拌腰片

拌腰片要领：一、先不要去腰臊，只用快刀两面平片，剩下腰臊即可扔掉。如先将腰子平剖两半，剥出腰臊，再用平刀片，则腰片易残破不整。二、腰片须用凉水拔，频频换水，至腰片血水排净，方可用。三、焯腰片要锅大水多。等水大开，将腰片推下，旋即用笊篱抄出，不可等腰片复开。将第一次焯腰片的水泼去，洗净锅，再坐锅，水大开，将焯过一次的腰片投入再焯，旋即捞出，放凉水盆中。两次焯，则腰片已熟，而仍脆嫩。如一次焯，待腰片大开，即成煮矣。腰片凉透，挤去水，入盘，浇以生芝麻酱、剁碎的郫县豆瓣、葱末、姜米、蒜泥。

拌里肌片

以四川制水煮牛肉法制猪肉，亦可。里肌或通脊斜切薄片，以芡粉抓过。烧开水一锅，投入肉片，以笊篱翻拢，至肉片变色，即可捞出，加调料。

如热吃，即可倾入水煮牛肉的调料：郫县豆瓣（剁碎）炒至出香味，加酱油、少量糖、料酒。最后撒碾碎的生花椒、芝麻。

焯过肉的汤，撇去浮沫，可做一个紫菜汤。

塞馅回锅油条

油条两股拆开，切成寸半长的小段。拌好猪肉（肥瘦各半）馅。馅中加盐、葱花、姜末。如加少量榨菜末或酱瓜末、川冬菜末，亦可。用手指将油条小段的窟窿捅通，将肉馅塞入，逐段下油锅炸至油条挺硬，肉馅已熟，捞出装盘。此菜嚼之酥脆。油条中有矾，略有涩味，比炸春卷味道好。

这道菜是本人首创，为任何菜谱所不载。很多菜都是馋人瞎捉摸出来的。

其他酒菜

凤尾鱼、广东香肠，市上可以买到；茶叶蛋、油炸花生米、五香煮栗子、煮毛豆，人人会做；盐水鸭、水晶肘子，做起来太费事，皆不及。

一九八七年七月二十五日

食豆饮水斋闲笔

豌豆

在北市口卖熏烧炒货的摊子上，和我写的小说《异秉》里的王二的摊子上，都能买到炒豌豆和油炸豌豆。二十文（两枚当十的铜元）即可买一小包，撒一点盐，一路上吃着往家里走。到家门口，也就吃完了。

离我家不远的越塘旁边的空地上，经常有几副卖零吃的担子。卖花生糖的，大粒去皮的花生仁，炒熟仍是雪白的，平摊在抹了油的白石板上，冰糖熬好，均匀地浇在花生米上，候冷，铲起。这种花生糖晶亮透明，不用刀切，大片，放在玻璃匣里，要买，取出一片，现约，论价。冰糖极脆，花生很香。卖豆腐脑的，我们那里的豆腐脑不像北京浇口蘑渣羊肉卤，只倒一点酱油、醋，加一滴麻油——用一只一头缚着一枚制钱的筷子，在油壶里一蘸，滴在碗里，真正只有一滴。但是加很多样零碎作料：小虾米、葱花、蒜泥、榨菜末、药芹末——我们那里没有旱芹，只有水芹即药芹，我很喜欢药芹的气味。我觉得这样的豆腐脑清清爽爽，比北京的勾芡的黏黏糊糊的羊肉卤的要好吃。卖糖豌豆粥的。香粳晚米和豌豆一同在铜锅中熬熟，盛出后加洋糖（绵白糖）一勺。夏日于柳荫下喝一碗，风味不恶。我离乡五十多年，至今还记得豌豆粥的香味。

北京以豌豆制成的食品，最有名的是“豌豆黄”。这东西其实制法很简单，豌豆熬烂，去皮，澄出细沙，加少量白糖，摊开压扁，切成5寸×3寸的长方块，再加刀割出四方小块，分而不离，以牙签扎取而食。据说这是“宫廷小吃”，过去是小饭铺里都卖的，很便宜，现在只仿膳这样的大餐馆里有了，而且卖得很贵。

夏天连阴雨天，则有卖煮豌豆的。整粒的豌豆煮熟，加少量盐，搁两个大料瓣在浮头上，用豆绿茶碗量了卖。虎坊桥有一个傻子卖煮豌豆，给得多。虎坊桥一带流传一句歇后语：“傻子的豌豆——多给。”北京别的地区没有这样的歇后语，想起煮豌豆，就会叫人想起北京夏天的雨。

早年前有磕豌豆模子的，豌豆煮成泥，摁在雕成花样的木模子里，磕出来，就成了一个一个小玩意儿，小猫、小狗、小兔、小猪。买的都是孩子，也玩了，也吃了。

以上说的是干豌豆。新豌豆都是当菜吃。烩豌豆是应时当令的新鲜菜。加一点火腿丁或鸡茸自然很好，就是素烩，也极鲜美。烩豌豆不宜久煮，久煮则汤色发灰，不透亮。

全国兴起了吃荷兰豌豆也就近几年的事。我吃过的荷兰豆以厦门为最好，宽大而嫩。厦门的汤米粉中都要加几片荷兰豆，可以解海鲜的腥味。北京吃的荷兰豆都是从南方运来的。我在厦门郊区的田里看到正在生长着的荷兰豆，搭小架，水红色的小花，嫩绿的叶子，嫣然可爱。

豌豆的嫩头，我的家乡叫豌豆头，但将“豌”字读成“安”。云南叫豌豆尖，四川叫豌豆颠。我的家乡一般都是油盐炒食。云南、四川加在汤面上面，叫做“飘”或“青”。不要加豌豆苗，叫“免飘”；“多青重红”则是多要豌豆苗和辣椒。吃毛肚火锅，在涮了各种荤料后，浓汤之中推进一大盘豌豆颠，美不可言。

豌豆可以入画。曾在山东看到钱舜举的册页，画的是豌豆，不能忘。钱舜举的画设色娇而不俗，用笔稍细而能潇洒，我很喜欢。见过一幅日本竹内栖凤的画，豌豆花，叶颜色较钱舜举尤为鲜丽，但不知道为什么在豌豆前面画了一条赭色的长蛇，非常逼真。是不是日本人觉得蛇也很美?

一九九二年五月七日

黄豆

豆叶在古代是可以当菜吃的。吃法想必是做羹。后来就没有人吃了。没有听说过有人吃凉拌豆叶、炒豆叶、豆叶汤。

我们那里，夏天，家家都要吃几次炒毛豆，加青辣椒。中秋节煮毛豆供月，带壳煮。我父亲会做一种毛豆：毛豆剥出粒，与小青椒（不切）同煮，加酱油、糖，候豆熟收汤，摊在筛子里晾至半干，豆皮起皱，收入小坛。下酒甚妙，做一次可以吃几天。

北京的小酒馆里盐水煮毛豆，有的酒馆是整棵地煮的，不将豆荚剪下，酒客用手摘了吃，似比装了一盘吃起来更香。

香椿豆甚佳。香椿嫩头在开水中略烫，沥去水，碎切，加盐；毛豆加盐煮熟，与香椿同拌匀，候冷，贮之玻璃瓶中，隔日取食。

北京人吃炸酱面，讲究的要有十几种菜码，黄瓜丝、小萝卜、青蒜……还得有一撮毛豆或青豆。肉丁（不用副食店买的绞肉末）炸酱与青豆同嚼，相得益彰。

北京人炒麻豆腐要放几个青豆嘴儿——青豆发一点芽。

三十年前北京稻香村卖熏青豆，以佐茶甚佳。这种豆大概未必是熏的，只是加一点茴香，入轻盐煮后晾成的。皮亦微皱，不软不硬，有咬劲。现在没有了，想是因为费工而利薄，熏青豆是很便宜的。

江阴出粉盐豆。不知怎么能把黄豆发得那样大，长可半寸，盐炒，豆不收缩，皮色发白，极酥松，一嚼即成细粉，故名粉盐豆。味甚隽，远胜花生米。吃粉盐豆，喝百花酒，很相配。我那时还不怎么会喝酒，只是喝白开水。星期天，坐在自修室里，喝水，吃豆，读李清照、辛弃疾词，别是一番滋味。我在江阴南菁中学读过两年，星期天多半是这样消磨过去的。前年我到江阴寻梦，向老同学问起粉盐豆，说现在已经没有了。

稻香村、桂香村、全素斋等处过去都卖笋豆。黄豆、笋干切碎，加酱油、糖煮。现在不大见了。

三年自然灾害时，对十七级干部有一点照顾，每月发几斤黄豆、一斤白糖，叫“糖豆干部”。我用煮笋豆法煮之，没有笋干，放一点口蘑。口蘑是我在张家口坝上自己采得晒干的。我做的口蘑豆自家吃，还送人，曾给黄永玉送去过。永玉的儿子黑蛮吃了，在日记里写道：“黄豆是不好吃的东西，汪伯伯却能把它做得很好吃，汪伯伯很伟大！”

炒黄豆芽宜烹糖醋。

黄豆芽吊汤甚鲜。南方的素菜馆、供素斋的寺庙，都用豆芽汤取鲜。有一老饕在一个庙里吃了素斋，怀疑汤里放了虾子包，跑到厨房里去验看，只见一口大锅里熬着一锅黄豆芽和香菇蒂的汤。黄豆芽汤加酸雪里蕻，泡饭甚佳。此味北人不解也。

黄豆对中国人民最大的贡献是能做豆腐及各种豆制品。如果没有豆腐，中国人民的生活将会缺一大块，和尚、尼姑、素菜馆的大师傅就通通“没戏”了。素菜除了冬菇、口蘑、金针、木耳、冬笋、竹笋，主要是靠豆腐、豆制品。素这个，素那个，只是豆制品变出的花样而已。关于豆腐，应另写专文，此不及。

一九九二年五月十日

绿豆

绿豆在粮食里是最重的。一麻袋绿豆270斤，非壮劳力扛不起。

绿豆性凉，夏天喝绿豆汤、绿豆粥、绿豆水饭，可祛暑。

绿豆的最大用途是做粉丝。粉丝好像是中国的特产。外国名之曰玻璃面条。常见的粉丝的吃法是下在汤里。华侨很爱吃粉丝，大概这会引起他们的故国之思。每年国内要运销大量粉丝到东南亚各地，一律称为“龙口细粉”，华侨多称之为“山东粉”。我有个亲戚，是闽籍马来西亚归侨，我在她家吃饭，她在什么汤里都必放两样东西：粉丝和榨菜。苏南人爱吃“油豆腐线粉”，是小吃，乃以粉丝及豆腐泡下在冬菇扁尖汤里。午饭已经消化完了，晚饭还不到时候，吃一碗油豆腐线粉，蛮好。北京的镇江馆子森隆以前有一道菜，银丝牛肉：

粉丝温油炸脆，浇宽汁小炒牛肉丝，哧啦有声。不知这是不是镇江菜。做银丝牛肉的粉丝必须是纯绿豆的，否则易于焦糊。我曾在自己家里做过一次，粉丝大概掺了不知别的什么东西，炸后成了一团黑炭。“蚂蚁上树”原是四川菜，肉末炒粉丝。有一个剧团的伙食办得不好，演员意见很大。剧团的团长为了关心群众生活，深入到食堂去亲自考察，看到菜牌上写的菜名有“蚂蚁上树”，说：“啊呀，伙食是有问题，蚂蚁怎么可以吃呢？”这样的人怎么可以当团长呢？

绿豆轧的面条叫“杂面”。《红楼梦》里尤三姐说：“咱们清水下杂面，你吃我看。”或说杂面要下羊肉汤里，清水下杂面是说没有吃头的。究竟这句话是什么意思，我还不太明白。不过杂面是要有点荤汤的，素汤杂面我还没有吃过。那么，吃长斋的人是不吃杂面的？

凉粉皮原来都是绿豆的，现在纯绿豆的很少，多是杂豆的。大块凉粉则是白薯粉的。

凉粉以川北凉粉为最好，是豌豆粉，颜色是黄的。川北凉粉放很多油辣椒，吃时嘴里要嘘嘘出气。

广东人爱吃绿豆沙。昆明正义路南头近金碧路处有一家广东人开的甜品店，卖绿豆沙、芝麻糊和番薯糖水。绿豆沙、芝麻糊都好吃，番薯糖水则没有多大意思。

绿豆糕以昆明的吉庆祥和苏州采芝斋最好，油重，且加了玫瑰花。北京的绿豆糕不加油，是干的，吃起来噎人。我有一阵生胆囊炎，不宜吃油，买了一盒回来，我的孙女很爱吃，一气吃了几块，我觉得不可理解。

一九九二年五月十一日

扁豆

我们那一带的扁豆原来只有北京人所说的“宽扁豆”的那一种。郑板桥写过一副对联：“一庭春雨瓢儿菜，满架秋风扁豆花”，指的当是这种扁豆。这副对子写的是尚可温饱的寒士家的景况，有钱的阔人家是不会在庭院里种菜种扁豆的。扁豆有紫花和白花的两种，紫花的较多，白花的少。郑板桥眼中的扁豆花大概是紫的。紫花扁豆结的豆角皮色亦微带紫，白花扁豆则是浅绿色的。吃起来味道都差不多。唯入药用，则必为“白扁豆”，两种扁豆药性可能不同。扁豆初秋即开花，旋即结角，可随时摘食。板桥所说“满架秋风”，给人的感觉是已是深秋了。画扁豆花的画家喜欢画一只纺织娘，这是一个季节的东西。暑尽天凉，月色如水，听纺织娘在扁豆架上沙沙地振羽，至有情味。北京有种红扁豆的，花是大红的，豆角则是深紫红的。这种红扁豆似没人吃，只供观赏。我觉得这种扁豆红得不正常，不如紫花、白花有韵致。

北京人通常所说的扁豆，上海人叫四季豆。我的家乡原来没有，现在有种的了。北京的扁豆有几种，一般的就叫扁豆，有上架的，叫“架豆”。一种叫“棍儿扁豆”，豆角如小圆棍。“棍儿扁豆”字面自相矛盾，既似棍儿，不当叫扁。有一种豆角较宽而甚嫩的，叫“闷儿豆”，我想是“眉豆”的讹读。北京人吃扁豆无非是焯熟凉拌，炒，或焖。“焖扁豆面”挺不错。扁豆闷熟，加水，面条下在上面，面熟，将扁豆翻到上面来，再稍闷，即得。扁豆不管怎么做，总宜加蒜。

我在泰山顶上一个招待所里吃过一盘炒棍儿扁豆，非常嫩。平生所吃扁豆，此为第一。能在泰山顶上吃到，尤为难得。

一九九二年五月十二日

芸豆

我在昆明吃了几年芸豆。西南联大的食堂里有几个常吃的菜：炒猪血（云南叫“旺子”），炒莲花白（即北京的圆白菜、上海的卷心菜、张家口的疙瘩白），灰色的魔芋豆腐……几乎每天都有的是煮芸豆。府甬道菜市上有卖芸豆的，盐煮，我们有时买了当零嘴吃，因为很便宜。芸豆有红的和白的两种，我们在昆明吃的是红的。

北京小饭铺里过去有芸豆粥卖，是白芸豆。芸豆粥粥汁甚黏，好像勾了芡。

芸豆卷和豌豆黄一样，也是“宫廷小吃”，白芸豆煮成沙，入糖，制为小卷。过去北海漪澜堂茶馆里有卖，现在不知还有没有。

在乌鲁木齐逛“巴扎”，见白芸豆极大，有大拇指头顶儿那样大，很想买一点，但是数千里外带一包芸豆回北京，有点“神经”，遂作罢。

一九九二年五月十二日

红小豆

红小豆上海叫赤豆：赤豆汤，赤豆棒冰。北京叫小豆：小豆粥，小豆冰棍。我的家乡叫红饭豆，因为可掺在米里蒸成饭。

红小豆最大的用途是做豆沙。北方的豆沙有不去皮的，只是小豆煮烂而已。豆包、炸糕的馅都是这样的粗制豆沙。水滤去皮，成为细沙，北方叫“澄沙”，南方叫“洗沙”。做月饼、甜包、汤圆，都离不开豆沙。豆沙最能吸油，故宜作馅。我们家大年初一早起吃汤圆，洗沙是年前就用大量的猪油拌了，每天在饭锅头上蒸一次，沙色紫得发黑，已经吸足了油。我们家的汤圆又很大，我只能吃两三个，因为一咬一嘴油。

四川菜有夹沙肉，乃以肥多瘦少的带皮臀肩肉整块煮至六七成熟，捞出，稍凉后，切成厚二三分的大片，两片之间肉皮不切通，中夹洗沙，上笼蒸扒。这道菜是放糖的，很甜。肥肉已经脱了油，吃起来不腻。但也不能多吃，我只能来两片。我的儿子会做夹沙肉，每次都很成功。

一九九二年五月十三日

豇豆

我小时最讨厌吃豇豆，只有两层皮，味道寡淡。后来北京，岁数大了，觉得豇豆也还好吃。人的口味是可以变的，比如我小时不吃猪肺，觉得泡泡囊囊的，嚼起来很不舒服。老了，觉得肺头挺好吃，于老人牙齿甚相宜。

嫩豇豆切寸段，入开水锅焯熟，以轻盐稍腌，滗去盐水，以好酱油、镇江醋、姜、蒜末同拌，滴香油数滴，可以“渗”酒。炒食亦佳。

河北省酱菜中有酱豇豆，别处似没有。北京的六必居、天源，南方扬州酱菜中都没有。保定酱豇豆是整根酱的，甚脆嫩，而极咸。

河北人口重，酱菜无不甚咸。

豇豆米老后，表皮光洁，淡绿中泛浅紫红晕斑，瓷器中有一种“豇豆红”就是这种颜色。曾见一豇豆红小石榴瓶，莹润可爱。中国人很会为瓷器的釉色取名，如“老僧衣”“芝麻酱”“茶叶末”，都甚肖。

一九九二年五月十七日

昆明的吃食

几家老饭馆

东月楼。东月楼在护国路，这是一家地道的云南饭馆。其名菜是锅贴乌鱼。乌鱼两片，去其边皮，大小如云片糕，中夹宣威火腿一片，于平铛上文火烙熟，极香美。宜酒宜饭，也可作点心。我在别处未吃过，在昆明别家饭馆也未吃过，信是人间至味。

东月楼另一名菜是酱鸡腿。入味，而鸡肉不“柴”。

映时春。映时春在武成路东口，这是一家不大不小的饭馆。最受欢迎的菜是油淋鸡。生鸡剁为大块，以热油反复浇灼，至熟，盛以一尺二寸的大盘，蘸花椒盐吃，皮酥肉嫩。一盘上桌，顷刻无余。

映时春还有两道菜为别家所无。一是雪花蛋。乃以温油慢炒鸡蛋清，上撒火腿细末。雪花蛋比北方饭馆的芙蓉鸡片更为细嫩。然无宣腿细末则无以发其香味。如用蛋黄，以同法炒之，则名桂花蛋。

这是一个两层楼的饭馆。楼下散座，卖冷荤小菜，楼上卖热炒。楼上有两张圆桌，六张大八仙桌，座位经常总是满的。招呼那么多客人，却只有一个堂倌。这位堂倌真是能干。客人点了菜，他记得清清楚楚（从前的饭馆是不记菜单的），随即向厨房里大声报出菜名。如果两桌先后点了同一样菜，就大声追加一句："番茄炒鸡蛋一作二"（一锅炒两盘）。听到厨房里锅铲敲炒的声音，知道什么菜已经起锅，就飞快下楼（厨房在楼下，在店堂之里，菜炒得了，由墙上一方窗口递出），转眼之间，又一手托一盘菜，飞快上楼，脚踩楼梯，登登登登，麻溜之至。他这一天上楼下楼，不知道有多少趟。累计起来，他一天所走的路怕有几十里。客人吃完了，他早已在心里把账算好，大声向楼下账桌报出钱数：下来几位，几十元几角。他的手、脚、嘴、眼一刻不停，而头脑清晰灵敏，从不出错，这真是个有过人精力的堂倌。看到一个精力旺盛的人，是叫人高兴的。

过桥米线·汽锅鸡

这似乎是昆明菜的代表作，但是今不如昔了。

原来卖过桥米线最有名的一家，在正义路近文庙街拐角处，一个牌楼的西边。这一家的字号不大有人知道，但只要说去吃过桥米线，就知道指的是这一家，好像"过桥米线"成了这家的店名。这一家所以有名，一是汤好。汤面一层鸡油，看似毫无热气，而汤温在一百度以上。据说有一个"下江人"司机不懂吃过桥米线的规矩，汤上来了，他咕咚喝下去，竟烫死了。二是片料讲究，鸡片、鱼片、腰片、火腿片，都切得极薄，而又完整无残缺，推入汤碗，即时便熟，不生不老，恰到好处。

专营汽锅鸡的店铺在正义路近金碧路处。这家的字号也不大有人知道，但堂里有一块匾，写的是"培养正气"，昆明人碰在一起，想吃汽锅鸡，就说："我们去培养一下正气。"中国人吃鸡之法有多种，其最著者有广州盐焗鸡、常熟叫花鸡，而我以为应数昆明汽锅鸡为第一。汽锅鸡的好处在哪里？曰：最存鸡之本味。汽锅鸡须少放几片宣威火腿，一小块三七，则鸡味越“发”。走进“培养正气”，不似走进别家饭馆，五味混杂，只是清清纯纯，一片鸡香。

为什么现在的汽锅鸡和过桥米线不如从前了？从前用的鸡不是一般的鸡，是“武定壮鸡”。“壮”不只是肥壮而已，这是经过一种特殊的技术处理的鸡。据说是把母鸡骟了。我只听说过公鸡有骟了的，没有听说母鸡也能骟。母鸡骟了，就使劲长肉，“壮”了。这种手术只有武定人会做。武定现在会做的人也不多了，如不注意保存，可能会失传的。我对母鸡能骟，始终有点将信将疑。不过武定鸡确实很好。前年在昆明，佤族女作家董秀英的爱人，特意买到一只武定壮鸡，做出汽锅鸡来，跟我五十年前在昆明吃的还是一样。

甬道街鸡纵。鸡纵之名甚怪。为什么叫“鸡纵”，到现在还没有人解释清楚。这是一种菌子，它生长的地方也怪，长在田野间的白蚁窝上。为什么专在白蚁窝上生长，到现在也还没有人解释清楚。鸡纵的菌盖不大，而下面的菌把甚长而粗。一般菌子中吃的部分多在菌盖，而鸡纵好吃的地方正在菌把。鸡纵可称菌中之王。鸡纵的味道无法比方。不得已，可以说这是“植物鸡”。味似鸡，而细嫩过之，入口无渣，甚滑，且有一股清香。如果用一个字形容鸡纵的口感，可以说是：腴。甬道街有一家中等本地饭馆，善做鸡纵，极有名。

这家还有一个特别处，用大锅煮了一锅苦菜汤。这苦菜汤是奉送的，顾客可以自己拿了大碗去盛。汤甚美，因为加了一些洗净的小肠同煮。

昆明是菌类之乡。除鸡枞外，干巴菌、牛肝菌、青头菌，都好吃。

小西门马家牛肉馆。马家牛肉馆只卖牛肉一种，亦无煎炒烹炸，所有牛肉都是头天夜里蒸煮熟了的，但分部位卖。净瘦肉切薄片，整齐地在盘子里码成两溜，谓之“冷片”，蘸甜酱油吃。甜酱油我只在云南见过，别处没有。冷片盛在碗里浇以热汤，则为“汤片”，也叫“汤冷片”。牛肉切成骨牌大的块，带点筋头巴脑，以红曲染过，亦带汤，为“红烧”。有的名目很奇怪，外地人往往不知道这是什么部位的。牛肚叫做“领肝”，牛舌叫“撩青”。“撩青”之名甚为形象。牛舌头的用处可不是撩起青草往嘴里送么？不大容易吃到的是“大筋”，即牛鞭也。有一次我陪一位女同学上马家牛肉馆，她问：“这是什么东西？”我真没法回答她。

马家隔壁是一家酱园。不时有人托了一个大搪瓷盘，摆七八样酱菜，放在小碟子里，藠头、韭菜花、腌姜……供人下饭（马家是卖白米饭的）。看中哪几样，即可点要，所费不多。这颇让人想起《东京梦华录》之类的书上所记的南宋遗风。

护国路白汤羊肉。昆明一般饭馆里是不卖羊肉的。专卖羊肉的只有不多的几家，也是按部位卖，如“拐骨”（带骨腿肉）“油腰”（整羊腰，不切）“灯笼”（羊眼）……都是用红曲染了的。只有护国路一家卖白汤羊肉，带皮，汤白如牛乳，蘸花椒盐吃。

奎光阁面点。奎光阁在正义路，不卖炒菜米饭，只卖面点，昆明似只此一家。卖葱油饼（直径五寸，葱甚多，猪油煎，两面焦黄）、锅贴、片儿汤（白菜丝、蛋花、下面片）。

玉溪街蒸菜。玉溪街有一家玉溪人开的饭馆，只卖蒸菜，不卖别的。好几摞小笼，一屋子热气腾腾。蒸鸡、蒸骨、蒸肉……“瓤（读去声）小瓜”甚佳。小南瓜挖去瓤（此读平声），塞入切碎的猪肉，蒸熟去笼盖，瓜香扑鼻。这家蒸菜的特点是衬底不用洋芋、白薯，而用皂角仁。皂角仁这东西，我的家乡女人绣花时用来“光”（去声）绒，绒沾皂仁黏液，则易入针，且绣出的花有光泽。云南人却拿来吃，真是闻所未闻。皂仁吃起来细腻软糯，很有意思。皂角仁不可多吃。我们过腾冲时，宴会上有一道皂角仁做的甜菜，一位河北老兄一勺又一勺地往下灌。我警告他：这样吃法不行，他不信。结果是这位老兄才离座席，就上厕所。皂角仁太滑了，到了肠子里会飞流直下。

米线饵块

米线属米粉一类。湖南米粉、广东的沙河粉，都是带状，扁而薄。云南的米线是圆的，粗细如线香，是用压饸饹似的办法压出来的。这东西本来就是熟的，临吃加汤及配料，煮两开即可。昆明讲究“小锅米线”。小铜锅，置炭火上，一锅煮两三碗，甚至只煮一碗。

米线的配料最常见的是“焖鸡”。焖鸡其实不是鸡，而是加酱油花椒大料煮出的小块净瘦肉（可能过油炒过）。本地人爱吃焖鸡米线。我们刚到昆明时，昆明的电影院里放的都是美国电影，有一个略懂英语的人坐在包厢（那时的电影院都有包厢）的一角以意为之地加以译解，叫做“演讲”。有一次在大众电影院，影片中有一个情节，是约翰请玛丽去“开餐”，“演讲”的人说：“玛丽呀，你要哪样？”楼下观众中有一个西南联大的同学大声答了一句：“两碗焖鸡米线！”这本来是开开玩笑，不料“演讲”人立即把电影停住，把全场的灯都开了，厉声问：“是哪个说的？哪个说的！”差一点打了一次群架。“演讲”人认为这是对云南人的侮辱。其实焖鸡米线是很好吃的。

另一种常见的米线是“爨肉米线”，即在米线锅中放入肉末。这个“爨”字实在难写。但是昆明的米线店的价目表上都是这样写的。大概云南有《爨宝子》《爨龙颜》两块名碑，云南人对它很熟悉，觉得这样写很亲切。

巴金先生在写怀念沈从文先生的文章中，说沈先生请巴老吃了两碗米线，加一个鸡蛋，一个西红柿，就算一顿饭。这家卖米线的铺子，就在沈先生住的文林街宿舍的对面。沈先生请我吃过不止一次。他们吃的大概是“爨肉米线”。

米线也还有别的配料。文林街另一家卖米线的就有：鳝鱼米线，鳝鱼切片，酱油汤煮，加很多蒜瓣；叶子米线，猪肉皮晾干油炸过，再用温水发开，切成长片，入汤煮透，这东西有的地方叫“响皮”，有的地方叫“假鱼肚”，昆明叫“叶子”。

莲忠寺坡有一家卖“炟肉米线”。大块肥瘦猪肉，煮极烂，置大瓷盘中，用竹片刮下少许，置米线上，浇以滚开的白汤。

青莲街有一家卖羊血米线。大锅煮羊血，米线煮开后，舀半生羊血一大勺，加芝麻酱、辣椒、蒜泥。这种米线吃法甚“野”，而鄙人照吃不误。

护国路有一家卖炒米线。小锅，放很多猪油，少量的汤汁，加大量的辣椒炒。甚咸而极辣。

凉米线。米线加一点绿豆芽之类的配菜，浇作料。加作料前堂倌要问："吃酸醋吗甜醋？"一般顾客都说："酸甜醋。"即两样醋都要。甜醋别处未见过。

米粉揉成小枕头状的一坨，蒸熟，是为饵块。切成薄片，可加肉丝青菜同炒，为炒饵块；加汤煮，为煮饵块。云南人认为腾冲饵块最好。腾冲人把炒饵块叫做"大救驾"。据说明永历帝被吴三桂追赶，将逃往缅甸，至腾冲，没吃的，饿得走不动了，有人给他送了一盘炒饵块，万岁爷狼吞虎咽，吃得精光，连说："这可救了驾了！"我在腾冲吃过大救驾，没吃出所以然，大概我那天也不太饿。

饵块切成火柴棍大小的细丝，叫做饵丝。饵丝缅甸也有。我曾在中缅交界线上吃过一碗饵丝。那地方的国界没有山，也没有河，只是在公路上用白粉画一道三寸来宽的线，线以外是缅甸，线以内是中国。紧挨着国境线，有一个缅甸人摆的饵丝摊子。这边把钱（人民币）递过去，那边就把饵丝递过来。手过国界没关系，只要脚不过去，就不算越境。缅甸饵丝与中国饵丝味道一样！

还有一种饵块是米面的饼，形状略似北方的牛舌饼，但大一些，有一点像鞋底子。用一盆炭火，上置铁箅子，将饵块饼摊在箅子上烤，不停地用油纸扇扇着，待饵块起泡发软，用竹片涂上芝麻酱、花生酱、甜酱油、油辣子，对折成半月形，谓之"烧饵块"。入夜之后，街头常见一盆红红的炭火，听到一声悠长的吆唤："烧饵块！"

给不多的钱，一“块”在手，边走边吃，自有一种情趣。

点心和小吃

火腿月饼。昆明吉庆祥火腿月饼天下第一。因为用的是“云腿”（宣威火腿），做工也讲究。过去四个月饼一斤，按老秤说是四两一个，称为“四两砣”。前几年有人从昆明给我带了两盒“四两砣”来，还能保持当年的质量。

破酥包子。油和的发面做的包子。包子的名称中带一个“破”字，似乎不好听。但也没有办法，因为蒸得了皮面上是有一些小小裂口。糖馅肉馅皆有，吃是很好吃的，就是太“油”了。你想想，油和的面，刚揭笼屉，能不“油”么？这种包子，一次吃不了几个，而且必须喝很浓的茶。

玉麦粑粑。卖玉麦粑粑的都是苗族的女孩。玉麦即包谷。昆明的汉人叫包谷，而苗人叫玉麦。新玉麦，才成粒，磨碎，用手拍成烧饼大，外裹玉麦的箨片（粑粑上还有手指的印子），蒸熟，放在漆木盆里卖，上覆杨梅树叶。玉麦粑粑微有咸味，有新玉麦的清香。苗族女孩子吆唤：“玉麦粑粑……”，声音娇娇的，很好听。如果下点小雨，尤有韵致。

洋芋粑粑。洋芋学名马铃薯，山西、内蒙古叫山药，东北、河北叫土豆，上海叫洋山芋，云南叫洋芋。洋芋煮烂，捣碎，入花椒盐、葱花，于铁勺中按扁，放在油锅里炸片时，勺底洋芋微脆，粑粑即漂起，捞出，即可拈吃。这是小学生爱吃的零食，我这个大学生也爱吃。

摩登粑粑。摩登粑粑即烤发面饼，不过是用松毛（马尾松的针叶）烤的，有一种松针的香味。这种面饼只有凤翥街一家现烤现卖。西南联大的女生很爱吃。昆明人叫女大学生为“摩登”，这种面饼也就被叫成“摩登粑粑”，而且成了正式的名称。前几年我到昆明，提起这种粑粑，昆明人说：现在还有，不过不在凤翥街了，搬到另外一条街上去了，还叫做“摩登粑粑”。

一九九三年一月十三日

附：

妈妈的档案

汪朗

我们的妈妈施松卿，女，福建长乐人，1918年3月15日生，比爸爸大两岁。

长乐是个出文人的地方，现代著名作家郑振铎、冰心的老家都是长乐。不过，妈妈虽然是长乐人，却出生在国外——新加坡，当时是英属殖民地马来亚的一部分。

妈妈一家的经历很曲折。她的祖辈还是赤贫之家，几乎是家无片瓦。妈妈的大伯父为了谋生，进入了“演艺界”，走上了“国际舞台”——他是个戏曲演员，后来跑到南洋。这在福建一带很普遍。

在马来亚，妈妈的大伯父立住了脚，于是把他的小弟弟施成灿也就是我们的外公接到了那里。他深感没有文化的痛苦，因此让外公半工半读。外公一边在药店学徒，一边上夜校，几年下来学有所成，考上了“医士”，相当于现在的初级职称。有了这样一个名分，找工作就容易多了。当时英国在马来亚实行的是和本土相似的医疗制度，各处都有政府开办的医院，医生算是政府公务员，领取工资。许多偏远荒凉的地方英国人是不愿意去的，只好另找他人，于是乎外公便应聘到吉兰丹州一个偏远小镇的诊所当上了医生，内科、外科、妇科都看，附近的小港口来了轮船，还要上船进行卫生检疫。后来，外公在家乡成了亲，把外婆也接到了南洋，妈妈就出生在那里。但是妈妈并不是生在外公工作的地方，而是在新加坡的医院中，因为当地条件实在太差。

这个地方靠山临海。除了镇上之外，人烟稀少，野兽颇多。妈妈说，诊所在山上，她小时候经常听到老虎在屋外嚎叫，还看见当地土著被老虎抓烂了肚子，肠子露着送来请外公救治。一次，两个英国人一同外出打猎，约好见面时间地点后，便分头寻找猎物。其中一人按约定时间返回后，却死活不见同伴出现。四处查找后，终于发现了同伴的帽子和猎枪，还有一条大蟒蛇，懒洋洋地躺着，肚子胀得鼓鼓的。

妈妈小时候，时而在老家，时而在南洋，跟着外婆到处跑。外公的收入按国内标准看还是相当可观的，因此在老家起了房，买了地，日子过得还不错。她还记得，外公寄来钱要到福州去取。外婆没有文化，到银行后不要纸钞，只要银元。银元又太重，拿不动，只得装在麻袋里，雇上两个挑夫挑回老家。一路上提心吊胆，生怕遭劫。

在马来亚，妈妈一家的生活倒也衣食无虞。家里有点钱，外公就胡买乱买，一会儿买一部二手汽车，一会儿买一艘旧汽艇，带着几个子女到处逛。外公很热心于社会公益事业，后来成了当地的侨领。

妈妈是家中的老大，下面还有一个弟弟三个妹妹，在兄弟姐妹中，她是绝对权威。因为年纪大些，还因为她的书一直念得不错，很受父母宠爱。妈妈先是在当地上小学，后来到新加坡南洋女中、福州毓英女子初级中学读初中，以后又在福州华南女子文理学院附中和香港圣保罗女子学院读高中。她的学习成绩很好，上高中时还获得过香港国文比赛的第一名，这让她的校长大为高兴。她的体育也可以，游泳、羽毛球都不错，还是校排球队的，打二排中。这一点，比爸爸要强得多。

1939年，妈妈来到昆明考入西南联大，和爸爸是同一年。在西南联大，妈妈先是读物理系，和杨振宁做过同学。但是不久便觉得功课繁重，十分吃力，加之以后又得了肺结核，学业更是时断时续，难以跟上课程。于是，一年之后她便转到了生物系，想继承外公的事业，向医学方向发展。当时联大学生转系相当普遍，而且理科、文科可以互转。爸爸的好朋友朱德熙原来也是学物理的，大二时才转到中文系，后来成为国际著名的语言文字专家。如果不让转系，不知会埋没多少人才。

生物系的功课也不轻松，而此时妈妈的肺病更为严重，只好休学一年，到香港养病，因为昆明的物质条件太差。当时她在香港没有什么亲戚，就挤住在一个高中时的同学家中，理由还很充分："反正大家都是上帝的儿女"（她上的是教会学校）。没想到，病还没有全养好，日军发动了太平洋战争，攻陷香港，妈妈只好带病返回昆明。这一次，她又转到了西语系，因为学文科相对不那么吃力，特别是她小时在马来亚生活，英文基础不错，有些课比较容易对付。

就这样一直坚持到毕业。

妈妈由于休学一年，学习又是时断时续，因此毕业时间相应延长到了1945年夏天。毕业之后由于当时新加坡被日本人占领，家中经济来源中断，因此妈妈当时的生活也比较窘迫。为了谋生，妈妈也到了中国建设中学，和爸爸成了同事。

妈妈经过的事情比起爸爸要丰富许多，这使爸爸很羡慕。他曾经多次说过："我要是有你们妈妈的经历，不知能写多少小说。"

谈到大学的往事时，妈妈常常很得意地说，在西南联大，人们叫她"林黛玉"，因为她长得挺清秀，淡淡的眉毛，细细的眼睛，又有病，一副慵慵懒懒的样子。还有叫她"病美人"的。当然，她的本意不是说自己有病，而是有病时尚且如此之美，没有病就更不用说了。一次，我们问爸爸是否如此。他笑嘻嘻地说："是听过有这么个人，有这么个外号，但当时不熟。等到我认识你妈妈时，她的好时候已经过去了。"说得妈妈干瞪眼。

不过，妈妈在外面给人的印象确实不错。就是晚年和爸爸一起到外地时，也还是头是头，脸是脸的，很有风度。有人说像一个人——伊丽莎白女王。

也有人不这么看。"文革"后期，一次，邮递员到家里送包裹单，需要签字。妈妈开的门，邮递员上下打量妈妈半天，犹犹豫豫冒出一句话："老太太，您认字吗？"那天妈妈上穿一件旧毛衣，下面是一条没有罩裤的棉裤，颜色还是绿的，活脱一个家庭妇女。她在家里经常是这样的装束。

算起来，爸爸和妈妈相识的时候，一个25岁，一个27岁，已经不算谈情说爱的最佳时期。他们以前心中是否有过什么人？不详。他们自己不说，做子女的总不能在这个问题上刨根问底吧？不过，从他们的日常言谈中，多少也能察觉出一点蛛丝马迹。

爸爸在文章中说过，他17岁初恋，当时正在江阴上高中。暑假里，在家中写情书，他的父亲还在一旁瞎出主意。此人姓甚名谁，不清。好像是他的同学。但是17岁毕竟年龄还小一点，此事未成也在情理之中。不过，到了晚年，爸爸有时还流露出对那段时光的珍惜。初恋总是难忘的。

到了大学，尽管爸爸生活困顿，没有余资向女生们献殷勤，但是他的才华仍然博得了不止一个女同学的好感。据爸爸的最好的朋友朱德熙先生的夫人何孔敬说，爸爸当时的女友后来在清华教书，一次朱德熙在清华门口还悄悄地向她指明此人，长得白白净净的。后来爸爸失恋，曾经好几天卧床不起。朱德熙夫妇不知该如何劝解，只好隔着窗子悄悄观望，以防不测。还有一个女生和他的关系也相当密切。这一点，从妈妈谈到此人时的醋调可以感觉出来。但是爸爸在联大学了几年，连毕业文凭也没有拿到，前途渺茫，作为女孩子，总要考虑周全一些，联大出色一点的女生又不乏追求者。因此，在大学时这件事最终还是没有结果。

至于妈妈，虽然很少和我们谈及她的“心路历程”，但不经意中也透露出在联大时与一些男同学有所交往，其中和一个福建同乡关系不错。此人是历史系的，毕业之后便出国留学了，走后还从美国给她寄来青霉素（当时叫盘尼西林）治她的肺病。当时这种药十分稀贵，于是妈妈转手便到黑市卖掉了，发了一笔小财，借以维持生活。但是，两个人毕竟远隔重洋，再想进一步发展什么关系难度太大，最后自然而然断了线。

人世间的许多事情往往都是这样。

爸爸和妈妈在建设中学相识之后，很快有了好感，有点相见恨晚的味道。一次爸爸妈妈聊起联大的事情，妈妈对我们说：“中文系的人土死了，穿着长衫，一点样子也没有。外文系的女生谁看得上！”“那你怎么看上爸爸了？”妈妈很得意地说：“有才！一眼就能看出来。”爸爸当时大概确实有一种才华横溢的样子，尽管背老也挺不直。一次他陪着好朋友朱德熙到乡下应聘做家庭教师，穿着件烂长衫，拄了根破手杖。学生的姐姐就是朱德熙后来的夫人何孔敬。两人日久生情，最后论起婚嫁来。为了这事，何孔敬把早就定下的一门亲事都退了。朱德熙与何老先生寒暄，爸爸就一个人随意闲逛。两人离去后，何孔敬的父亲对她说：“今天一起来的汪先生不一般，有才！一眼就能看出来。”他算不上什么文化人，一个开瓷器店的老板。

爸爸和妈妈认识之后，行动便有了伴。两个人一道看电影，一道看病——爸当时老牙疼，妈妈陪他进城找大夫，还一道养马。朱德熙向我们描述第一次见到妈妈时的情景：“我去看你们爸爸时，在建设中学大门口，看见一个女的牵着一匹大洋马，走来走去，啧啧啧……”马是自己跑来的。当时龙云的军队发动兵变，被中央军弹压。一天早上，爸爸妈妈出校门，看见有两匹无主的军马在外面，有一人多高。他们觉得好玩，就牵了回来，养了一阵子。以后怕招惹是非，还给军方了。在建设中学，爸爸妈妈已经有了那么一点意思，但是还没有正式谈论婚嫁之事。大家都穷成那个样子，想要成家也不现实。

爸爸妈妈在建设中学一直待到1946年7月，然后结伴离开了昆明，走上了回乡之路。就在同一个月，爸爸的老师闻一多先生便在昆明被国民党特务暗杀了。

说说我们的爸

汪朝

一

我结婚很晚。这样，就在父母身边生活了很长的时间。可能因为没有距离，很少去观察爸，所以没有留下什么特殊的印象，觉得他不过就是个爸而已。

爸很爱孩子，有点近乎“乱宠”。在他摘了“右派”帽子，从下放的沙岭子农业研究所回到北京以后，我才对他有了印象。哥哥姐姐那时已经长大了，爸就常常把我背在背上，其实我也有六七岁了。有时候出门回家晚了，我在公共汽车上睡着了，爸就把我一直背回家。哥哥姐姐形容我小时候的样子是——“特赖”。

爸一回来，我也该上小学了。哥哥、姐姐的小学都是在妈单位附近随便上的，爸却带了我郑重其事地去考北京实验一小。我记得自己捏着一张卡片，一间间教室进去出来，出来又进去，糊里糊涂的。有的让讲故事，做算术题，有的让唱歌，做操。后来有一个高年级的大同学看看我的卡片说："哟，这个小孩快考上了！"我告诉等在外边的爸，爸挺高兴。在幼儿园，我是个很不起眼的孩子，考上实验一小让老师很纳闷，因为全班只考上我一个。

退了幼儿园，爸只好每天把我带到京剧团去上班。那时候他大概刚开始重新工作，也是人地生疏。那间办公室很大，老有人出出进进的，挺热闹。有时候锣鼓家伙忽然一起击打起来，震耳欲聋。我老在屋里画小人儿，画烦了，就溜到院子里去玩。在一个楼梯下面的拐角里发现了好大一堆蒙着厚厚尘土的"头面"，简直高兴坏了。只可惜那上面的珠子、绒球都极牢，怎么也揪不下来。

爸是个地地道道的慈父，从不对我们发脾气。从小到大，没有教训过我们一句，绝对平等。不过对于我们的教育，也只有一句话可以形容——放任自流。

爸在几篇文章中都提到，他小时候上学时"以画名"，我身上可能有他千分之几的遗传，在小学期间画画也还过得去。多年以后，有的同学还记起我的画被老师贴在橱窗里展览过。一次老师布置作业，爸心血来潮，在我画好的天安门上方加上两朵十分精致的云彩，那笔法太老道了，一看就不像孩子画的。我战战兢兢交了作业，课间，图画老师把我叫到办公室，让我当场画几朵云彩，我费了好大的劲照着描，老师一看也就明白了。

音乐老师听说爸是写现代京剧《芦荡火种》(《沙家浜》)的，请他给学校写一首歌。爸和我都很兴奋。不久，歌词写好了，我先看了一遍，暗暗感到老师可能不会用。当时正值学习雷锋的高潮，阶级斗争也叫得很响，可爸这篇歌词里既没有革命的词句，也没有流行的口号。现在想想，大概有点类似他小时候唱过的歌吧。果然，这篇长长的歌词交上去后再无下文。我很是觉得爸给我丢了脸。

我们曾经住过的国会街五号，是个不大的四合院。北房是一幢半砖半木、不中不西式样的二层小楼，我们住二层的东边。那个小小的木楼梯又窄又陡，踏上去发出空空的声音。而外面的木走廊却很宽敞，从东到西横跨整座楼房，时有野猫们从成片的平房顶上蹿上来找东西吃。院里有两棵海棠，一棵杏树。海棠长不大，青青的只有酸枣那么大，然后渐渐变成黄褐色，掉在地上。春天一到，海棠花、杏花开得密密层层，遮住大半个院子。爸趁房东奶奶看不见，从走廊跳出去，踩着东屋平房的屋顶去折花。一大蓬淡粉色的海棠花插在一个扁肚、广口，两面各有一个大福字的黑釉壶里，十分好看。晚上，我们睡了，爸坐在外屋那张桌面裂了条大缝的书桌前，写他的《羊舍的夜晚》，那应该是爸在解放后出版的第一本小说。书的封面和插页都是黄永玉叔叔的木刻，我那时还小，觉得书里的故事不好看，插页的画也不好看。

妈去农村参加“四清”运动，我住在二姨家里，有时也回家住，爸带着我们三个孩子过。新年前一天，我放学跟着一个同学回家去玩，先去打乒乓球，又一起整理糖纸，把糖纸贴在玻璃上弄平，再夹到厚厚的书里。吃了晚饭还在她家里看了新年晚会的电视节目（那时很少人家有电视），才坐公共汽车回家，已经是晚上10点多钟了。爸坐在那儿，脸都急黑了。锅里炖了一只鸭子，还做了八宝饭，上面红红绿绿的。我才知道，爸要给我过生日。见我回家，爸长长地出了一口气，问我到哪儿去了，没有再多说什么，这件事就过去了。

“文革”开始前，我上小学四年级，“停课闹革命”两年后，就一跃成为初中一年级的学生了。那时候不怎么上课，学工、学农、军事训练、挖防空洞、做砖坯等等，很丰富。语文课本里，30多篇课文有29篇是全国各省、市、自治区实现“大联合”，成立革命委员会给毛主席的致敬电文，每篇都充满了洋溢的激情和铺天盖地的形容词。外语课刚刚学完英语26个字母和几句口号，珍宝岛战役打响了，于是又改学俄语，“打倒苏修！”“缴枪不杀！”我们的语文老师原来在北京四中教高中，是个比较迂腐顽固的人，他只选课文中鲁迅的文章教。一次让把鲁迅的诗《无题》译成白话文，我想来想去想不出，去找爸。爸稍一沉吟，脱口而出：“千家万户，黑瘦枯槁，深深地埋没在野草之中，有谁能把人民的苦处高歌低唱出来呢……（万家墨面没蒿莱，敢有歌吟动地哀）我一下就服气了。长这么大，头一次觉得这个爸很值得钦佩。

爸在《我的父亲》一文中提到，他父亲年轻时会踢足球、撑杆跳，单杠能表演空中大回环。爸的体育可是很糟糕，在大学时，背就开始驼了，上体育课马约翰先生老是指责他的背挺不直，而且他很少上体育课。妈从小就爱运动，羽毛球打得很棒，排球是主力，会游泳。因此老嘲笑爸的无能，说他连自行车都不会骑，“特土”。《中国体育报》的编辑约稿，爸思忖再三，只能给人家写一篇《踢毽子》。所以，爸虽然对我们的学习很少指点和干预，对我们的玩却很重视，比如我们要去滑冰、游泳，结伴出门去玩，他都当作很要紧的事情，提前把饭做好，绝不耽搁。

初中毕业15岁，我被分配到北京丝绸厂当工人，全家都很高兴。

妈觉得我用不着下乡了，舒了一口气。哥哥在山西插队，姐姐在黑龙江建设兵团，实在让妈挂心。那个小小的邮局妈不知跑了多少趟，每个月不断地写信、寄包裹，现在总算有一个孩子留在身边了。爸的反应却是很激动，他说："你可要好好干，咱们家里祖祖辈辈还从来没有出过一个工人呢！"挡车工很辛苦，老师傅说，我们每天走的路相当于徒步走到颐和园再走回来。工厂三班倒，我上夜班白天睡不着，夜里犯困，经常在家乱发脾气。妈对此很头疼，又毫无办法。爸对我这个产业工人很重视，下了中班已是晚上11点了，一听到我上楼的声音，他就把早已用调料煨好的一个鸡腿或者几块猪里脊"欻"地一声下锅炸起来，看看我吃得挺香，才安然去睡觉。一次在一个朋友家聊天，谈兴正浓，该吃晚饭了，爸却非要回家，朋友苦留不住。爸说："汪朝上夜班，我得回去给她做饭。"谁能想到，这个工人一干就是十几年。全家费了好大气力，终于把我从工厂调了出来。爸还有点惋惜，他说："怎么，这'工人阶级'说不干就不干了？"口气幽幽的。

爸对子女的婚事不多过问也不干涉，但还是关心的。哥哥和嫂子谈恋爱时，由于姐姐跟嫂子在幼儿园就同班，小学是同学，因此毫不拘束。嫂子在党校工作，姐姐就坏坏地管他们约会叫做"上党课"，于是全家通用这个说法。爸经常在厨房忙着做饭，忽然伸出头来叫道："汪朗你党课几点？"

哥哥的女儿汪卉是家里第三代中的头一个，受到全家的宠爱。记得嫂子生下她，母女出院的那天，我下班一进家门，爸就迎上来说："快去看看，可好看呢！"声音轻轻的，一脸的惊喜。爸每天都给嫂子熬一锅蹄髈汤或是鲫鱼萝卜汤，喝得她坐完月子胖了好多斤。卉卉这个小不点的一举一动都让我们觉得有意思，爸老想看看她，可又不好意思老进嫂子的屋里去。嫂子见爸在房门的布帘外踱来踱去，就说："爸，进来看吧，没关系的。"爸就赶紧走进去看看宝贝孙女。

爸不是个为儿女操心的人，我觉得他老是神游在这个家之外。一次聊天提起姐姐来，他却说："汪明可不容易，当大嫂的，做在前，吃在后，太辛苦了。"我不由得笑起来，"你以为这是在旧社会呀？"他不吭声了。可我知道他还是固执地保留着他的想法。

我的婚姻大事一直不顺利，虽然自己并不着急，却成了妈的一大心病。她对姐姐说，她常常夜里因为这件事睡不着，看着我呼呼大睡又笑又气。爸好像也不怎么着急，他问过我，要找一个什么样的，我不假思索地说："跟你一样的。"爸不禁笑了："那你上哪儿找去！"语气里混合着几分自得和无奈。

临结婚前，我心里七上八下的没有底，因为我先生有一个男孩子，不知日后能不能处好。我问爸："要是我结婚以后过不好可怎么办？"爸应声回答："那就回来！"我顿时觉得胆气壮了起来。先生来和我一起把衣物、书籍搬过去，妈下楼去叫出租车，车开动了，风拂起了妈满头的白发。先生动了感情，说："爸爸妈妈养你这么大，现在你就这么走了，他们一定很难过。"我却浑然没有知觉，因为有爸的那句话垫底，并没有觉得这是离开家。

哥哥、姐姐成家以后，回来团聚成为一个非常重要的日子。我们家的人个个随和厚道，但这一天绝对排外，不欢迎客人。有时爸糊涂，记差了日子，有约稿的编辑上门，一定会受到全家大小不友好的白眼，等客人走了，爸还会遭到大家一致的怒斥。每次午饭快吃完的时候，爸往往已经成了我们的“批斗”对象。虽然爸在外面是所谓名人，但在家里发点议论却被我们看作漏洞百出。妈在一旁笑呵呵的，不时敲敲边鼓，孙女、外孙女也跟着上阵。嫂子、姐夫一般是不参加的，只是笑着观战。有时嫂子实在看不下去，就说：“爸，甭理他们！”爸总是先辩解，后沉默，到了忍无可忍时，用手比成两把手枪的样子，对着我们“呼！呼！呼！”几声，然后在一片笑声中落荒而逃，去睡午觉了。

爸的那间书房兼卧室的小屋只有八九平方米，到处乱堆着书和稿子，连床底下都塞得满满的，我们偏爱往他屋里钻。我们家的人特喜欢“扎堆”，本来两个人说着话，一会儿就聚了一屋子人，爸那张单人床有时连坐带卧能挤五个人，加上椅子上、沙发上的，八九个人全凑在一起。爸听到我们说得热闹再进来，已经没他的地方了。大家赶快给他腾个座位。他并不说什么，只是听我们谈天说地、胡说八道。这时候爸的神情是恬然而满足的。

二

爸很少提起他的家乡和他小时候的事。可能因为家里是地主成分，有所顾忌吧。我还是看了他的文章才约略了解他的家庭。我们更多知道一些的是妈的家。妈是出生在新加坡的华侨，外公在一个英国人的小医院中做医生，很爱国，在当地是侨领。抗战时期，他把华侨捐的钱集中起来交给陈嘉庚，支援国内抗日事业。妈说，她家姊弟五人中，“爸爸最喜欢我，因为我读书好。”外公很早就去世了，爸没有见过他。不过我们都觉得他是一个很有趣的人。妈说外公很喜欢玩，瞎花钱，曾经买过一辆旧吉普车来玩，还自己试验做肥皂。妈和几个姨回忆起在那个亚热带小地方度过的童年来总有说不完的话，特别快活。爸很向往地说，妈的爸爸如果和我认识，一定能合得来。

妈在西南联大先是学物理，与杨振宁同班，因病休学一年后，改入外语系学英语。要说她跟爸的共同之处真是太少了。她说：“中文系的，大褂、布鞋，土死了！”他们相识于联大同学办的昆明建设中学，两人都在那所学校教书。妈那个时候给人的印象是弱不禁风的病美人，以至于多年后一个老同学对爸说：“你原来的夫人叫施松卿。”爸笑答：“现在的也是！”爸和妈提起此事就不禁相对大笑。妈出自一个开放的家庭，从小任性，弟妹们都有几分怕她。爸说：“她穿了一双同学送的白皮鞋出去打麻将，脚疼，回来把我大骂一顿，真是不讲理！”那个时期，妈在爸的影响下，也写过一些回忆童年生活的散文，刊登在沈从文先生主持的《大公报》副刊上。后来爸提起来还很惋惜：“那时候她的文笔还挺不错，现在写的什么呀，干巴巴的，一点味道也没有！”

爸和妈所相同的，是西南联大的教育和风气造成的开朗、豁达，重学识而不尚物质，也就是爸常提到的“不在乎”。就是这点“不在乎”支撑着他们相濡以沫，白头偕老。

爸在家里除了做饭别无所长。妈既主内又主外，一切都是她说了算。可是她操持家务的能力实在在一般水平以下。京剧团的一位女同志问过爸："你爱人会做饭吗？""不会。""会做衣服吗？""不会。""会织毛衣吗？""不会。"那个女同志感慨地说："看看，人家这也是一辈子！"妈最注重孩子的营养，其余的她都认为可以简而化之。爸也很大度，对琐细的小事不以为意。我们小时候羡慕过别人漂亮整洁的衣服，羡慕过人家里井井有条的陈设。等我们长大成人了，才感到只有这个没什么章法，有些纷乱的家最好。

妈不多愁善感，笑的时候多，很少流眼泪。她的性格中藏有果断坚毅的一面。我问过她："爸被打成右派时，你没想过离婚吗？"她说："没想过。"妈原来在北京大学西语系教英语，解放初期因工作需要调到新华社做英文采编和翻译工作。去外地采访，她简单收拾一下行装，拔脚就走，在我们很小的时候也是这样。一直到她六十多岁退休，从没有让家人到车站去接送过一次。因此，我们也就不娇气。

我们家里不但男女平等，而且还有点女权至上。爸性本宽厚，妈又很有主张，相得益彰。我进了工厂之后，才知道世上还有男尊女卑这回事。有一次爸提到某某人，说："他居然打老婆，简直不像话！"愤懑之情溢于言表。爸对于女性是同情、尊重的。如今坐在电视机前对主持人评头论足恐怕是国人的同好，我们有一次对某地方台女主持人的矫揉造作和知识贫乏大发议论，爸在旁边叹口气说："唉，她们也不容易啊！"听到认识的某女同胞的绯闻，爸总是不大舒服，就像他的文学创作一样，他更愿意表现生活中美好的东西，而去掉糟粕。有一段时间他给女作家写序比较多，引起了一阵小小的议论。我开玩笑说他"怜香惜玉"。他笑骂："胡说！"

爸在生活小事上不讲究，马马虎虎。烟、酒、茶是他终生所好，每天早上起床后，衣服还没穿整齐，烟已经叼在嘴里了。思考和写作的时候，手指间永远都夹着烟，就是在厨房做菜，有时也是边切菜边抽烟，还得腾出手来弹烟灰。他不能穿好衣裳，前襟和裤子上经常烧出一个个洞来，书桌上也留着烟头烫的焦痕。妈专门从事对外医学报道，对爸的吸烟晓以利害多少年也没用，后来又告诫他，我们陪着他被动吸烟危害更甚。这好像管点用，爸把吸烟的领域限制在自己的房间、厕所和走廊。他在走廊吸烟，又探头进房间跟我们说话，而房门却大开着，天知道这点距离起什么作用！一次去医院看妈，天很冷，刚出住院楼门口他就抖抖擞擞地在羽绒服口袋里摸、摸，摸出一包烟来，才要点火，我先生在一边有些不忍地说："爸，医院院子里也不让吸烟。"他只好加快脚步，赶紧走出大门。

搬离蒲黄榆住处的时候，我们觉得爸的房间跟其他房间不大一样，细细一看，原来日日缭绕的烟雾已经把墙壁熏出了一缕缕向上升腾的黄褐色印迹，还很艺术。爸在《多年父子成兄弟》一文中提到，他十几岁就学会了抽烟，他父亲每次抽出两根烟来一人一根，还先给他点上火。难怪妈气极了就说爸"从小没母亲，生活习惯特糟糕！"

爸好酒而贪杯。由于遭到全家反对，他从不像有些人那样夸大酒量，而是尽量往少里说。喝了两顿只报一顿，喝了四两只说二两。这样，我们永远无法估算他这一生究竟喝了多少酒。爸喝了酒以后，有时两眼炯炯地说一些狂妄的大话，更多的时候会去画画、写字，这时候写的字、画的画如得神助般的精彩。他成了"名人"后，常有人给他送酒。好酒都待客，他舍不得一个人喝。他还是常常去楼下副食店买普通的酒，售货员都认识他。一次衡水老白干酒厂的一个经理送了两箱酒，请他给写幅字，他的酒喝多了，写漏了字，我们指出来，他又加错了地方。客人在隔壁等着，我们在这边又是好笑，又是着急，毫无办法。

爸喝酒不但喜欢自己喝，还喜欢劝人喝，来了脾性相投的朋友，是他兴致最高的时候。这时候，他总要避开妈的监视，在定量以外偷偷地多倒几次，被发现了，还一再声明："半杯！半杯！"有时晚饭已经吃过了，汪朗的同学来了，爸也主动地拿来酒杯，力劝人家"喝一点"，还去弄个下酒菜。他自己不喝，看别人喝好像也很满意。

爸喝酒来者不拒，不很挑剔。喝得最多的是白酒。他一生比较坎坷，恐怕喝得更多一些的是质量不高的白酒。其次喜欢黄酒，花雕、加饭都行，等而下之厨房里的料酒也喝几口，最好温一下。对于在酒里加颗话梅之类的时尚，他不以为然，很纳闷地说："这是怎么个喝法？"80年代末期，洋酒涌入中国，香港、台湾的朋友来看爸，常投其所好带瓶洋酒，爸也很喜欢。不过平时舍不得喝，只有逢年过节家人聚齐了，或是来了朋友才开一瓶。

爸去爱荷华参加国际写作计划，一次晚上熟睡时，房间里来了小偷，不但偷了钱、物，连电视机也抱走了。事后大家庆幸说，幸好爸睡得熟，万一醒了太危险了。我们分析，他一定又喝多了，否则不会毫无觉察，到了美国，脱离了家里的监管，他肯定会大过其洋酒瘾。

中外文化出版公司曾出过一套丛书，其中谈吃的叫《知味集》，爸编的，谈酒的叫《解忧集》，是吴祖光先生编的。我当时很奇怪，为什么没有人约爸写一篇关于酒的文章呢？爸过世后，我们整理他的文稿，才发现，他这个酒徒从未写过一篇专门谈酒的文章。这个疑点也只有留待日后再研究了。

茶也是爸须臾离不得之物。他常喝的是绿茶，红茶很少喝，花茶如是上品也喜欢。每日里从早喝到晚，从不间断。晚年可能味觉不敏感了，茶越喝越酽，一天要换两遍茶叶。他虽然对茶叶有些讲究，茶具却很简陋，一个没有盖的蓝花瓷杯捧在手里用了很多年。爸说他喝茶是小时候的熏陶，家里其他人可没有受他这方面的影响，我们很少想起要自己沏杯茶喝。有时想喝茶了，就端起爸的杯子喝一口。妈最有意思，她把爸的茶倒出来，再兑上半杯白开水。爸有时会忽然叫起来："哎呀！第二遍最好的茶我还没喝，全让她倒走了！"妈尝尝她那杯兑过水的淡茶："有什么好的，喝不出来。"最让爸恼火的是端起茶杯来，里面只有厚厚一层贴在杯壁上的茶叶："谁呀？又滗得干干的，喝了也不续上水！"大家暗笑，谁也不认账。

外界盛传爸是美食家。很多熟人问我，爸是不是特会做菜。我老是回答，可能写的比做的更好一点。爸对事物的描摹非常贴切传神，就是一个普通的家常菜也会让他写得味透纸背。不过凭良心讲，他的菜做得也的确是好。爸做菜不但讲究口味、火候，而且刀功很棒。他做的麻酱拌腰片用平刀片得飞薄，入口极脆嫩，我们楼下一个阿姨吃后赞不绝口，说："别的都还能学，就是这个刀功学不了！"我有一个表弟看着爸切肉丝说："大姨夫，我能比你切得细，也能比你切得粗，就是不能像你这样切得全都不粗不细。"爸很得意，说他切中了刀功的要害。爸对于全国各地的口味都有兴趣，不分南北都能欣赏。他常做的煮干丝、拌菠菜泥、扦瓜皮、冰糖肘子、炒鳝糊、干煸牛肉丝、炒干巴菌等等，在选材、配料、烹制上，都尽量依照当地风味，如不能办到，就不免有些遗憾。在北京住久了，他连只有老北京吃的麻豆腐都喜欢吃，还强调必须用羊尾巴油炒，配上刚冒出嘴儿来的青豆和干辣椒。这个菜最后往往倒掉，因为基本上只有他一个人吃。

爸喜欢面食，但不太会做，做得最好的是面条。他做的打卤面很好吃，秘诀是“要舍得放料”。妈说：“什么好东西都放进去，连石头煮出来都好吃！”我们家的小保姆小芳回老家跟家里人吹嘘：“我家爷爷做的面条你们一辈子也吃不到！”台湾一个女记者慕名前来吃炸酱面，爸事先精心策划准备，光面码就有四五种：黄瓜丝、萝卜丝、绿豆芽、芹菜丁等摆了一桌子。他们谈得高兴，爸让我去下面条。我在家一向是甩手掌柜，对煮面没什么经验，量和火候都掌握不好，一大海碗黏糊糊的面条端上来，那个女记者直发怔。爸叹口气，只好另取一个小碗给她拨出来拌了拌，可也不是那么回事了。

爸每天早上给自己煮一碗挂面，说不出的香。其实没几根面条，照样要精工细做。先卧个鸡蛋，溏心的，然后把剁细的葱、蒜、榨菜末、虾籽、郫县辣酱放入碗中，加酱油、醋、香油、味精、胡椒粉，再兑一些开水，放入煮得的面条即可。我们在他碗里尝一口，觉得好吃极了。星期天要求他给每人都做一碗，不行了，远不如他平时做的味道好。他也说不清是怎么回事。

有人问我，是不是爸穿得挺讲究。其实并不。他在家马虎到极点，还有点邋遢。有时候出门参加个什么活动，从里到外装扮一下，西服革履，焕然一新。用他的小说语言形容是“格挣挣的”。妈学着不伦不类的京剧念白跟他开玩笑：“美哉少年！”爸虽然个头不高，还驼背，但风度很好。有一次他住院时，记者去照相，虽然他当时精神很差，可照出来依旧目光炯炯。他比较开放，什么衣服都敢穿。我们给他买的花格衬衫、红羽绒服他都喜欢，穿上也并不让人觉得轻佻。他跟一位香港作家在街上走，有人上来缠着他要换外汇。当时他穿件大红衬衫，浅灰的裤子和皮鞋，头上戴顶凉帽。那位同行的作家大笑，说：“看上去你比我更像海外回来的人！”1997年5月初，爸从四川参加笔会回来，说他最近胖了，原来的西服都小了。我说有时间再做一套，他表示同意。我们还计划着长长的未来呢，谁知已经来日无多了。

三

70年代初，爸、妈和我常常到朱德熙伯伯家去。朱伯伯和爸是大学同学，感情非常深厚。他们无论多长时间不见面，见了面还像年轻时那样亲密、默契、随便。朱伯母是在昆明与朱伯伯相识、结婚的，他们四个人一谈起昆明，谈起西南联大来，滔滔不绝，眉飞色舞。昆明的气候、景致、风俗、食物是他们聊不完的话题，联大教授、同学的奇闻逸事更让他们开怀大笑，兴味无穷。奇怪，他们祖籍都不是昆明，可是比真正的昆明人对这个西南城市的怀恋还要深切，还要久远。

朱伯伯是我所见过的最纯粹的人。他是北大中文系的教授，治学和做人的口碑都非常好。他在语言学和古文字学上造诣很深，并且深感乐趣无穷。他最反对功利，一次他的大女儿让两岁多的外孙女表演一下，奖一块糖。一向温和的朱伯伯很不高兴地厉声喝止："你干什么！"他极看重人的才学，一旦欣赏一个人往往就变成了激赏。他夸奖中文系一个研究古文字学的教师，说他治学严谨，有才华，忽然加重语气说："他就是劳动改造打扫卫生也比别人干净！"

朱伯伯上大学就是一个给众多教授留下深刻印象的好学生，中、英文都很棒。而爸是一个经常逃课、吊儿郎当的名士派。夜里写文章，白天泡茶馆。日上三竿了，他还在树荫下躺着，朱伯伯夹了一本厚字典来找他，"起来，去吃早饭！"他说："德熙，我发现树叶有个规律，它们都是一左一右交互长出叶片，而不是并行的。"他们一同去旧书店把字典卖掉，于是又解决了一顿饭。后来的每年春节，爸都要给朱伯伯写一封长信，什么都谈谈，不一定有很重要的事情。只是出于习惯和需要。

爸从60年代中期开始搞革命现代京剧，后来统称"样板戏"。外人看起来，他似乎躲进了避风港，也有人传说他大红大紫。其实他一直是如履薄冰，并且很苦闷。"文革"中期，他开始私下写一些根本不可能发表的文章，这大概是文人难改的习性。我那时只看过杨朔、刘白羽等作家的散文，觉得他写的东西既跟时代完全背离，又看不大懂，就不客气地批判他："你这种文章只有三个人看——朱伯伯、李伯伯（李荣，著名语言学家）、汪朗！"朱伯伯来了，看了爸这些文章，大为欣赏。爸很委屈地说："汪朝说我的文章只有三个人看。"朱伯伯说："那有什么，三个人看也很好！"这些文章后来在80年代重又修改后都发表了。爸对于我在他面前出言不逊很无奈，说我是“天下第一眼高手低之人”。朱伯伯微微一笑：“那也不错，眼高就很不容易，一般人还做不到呢！”朱伯伯一张一张翻看着爸写的字，突然对我郑重地说：“汪朝，你有一个好爸爸，非常好！你说，你爸爸是不是好爸爸？是不是？”

爸和朱伯伯都好吃。每次我们去，朱伯母必定做一大桌丰盛的菜，然后把每个人的饭碗堆得高高的。朱伯伯他们来，爸也别出心裁做些有特色的菜。一次爸做了一个鸭油芋头羹，油很重，完全是甜的。朱伯伯尝了一勺，毫不犹豫地把盛菜的钵子一下拢到了自己面前。朱伯母说：“你干什么，放在中间，孩子们还要吃呢！”朱伯伯说：“他们不吃了！”又逼问我们：“哎，你们是不是都不吃了？”神情如同一个任性的孩子。爸在一旁得意地微笑。

朱伯伯1992年在美国患癌症去世。1990年他回国主持第三届国际汉语教学讨论会，曾来看过爸。他胖了些，很疲惫。和爸、妈谈话时，一直拉着身边外孙女的手不放，他很爱这个孩子。北大派车来接他，临行，他有些激动地握着爸的手说：“曾祺，我很快就回来！一定回来！”这是他们最后一次见面。

粉碎“四人帮”后，有段时间爸在接受审查，后来渐渐闲了下来。我们时常陪他四处遛遛，曾经去过颐和园、故宫。一进故宫书画馆，爸就眼睛发亮，离得老远，他就兴奋地告诉我，前面那幅画是谁画的，什么朝代，什么内容。可惜我不是他的知音，只管抻抻他的袖子，让他小声一点。现在想想，爸大概很寂寞吧。

后来，爸开始写东西，跟文艺界的朋友来往。我们一看到楼下有一辆轻巧的小轱辘自行车，车把上还扎个粉红色蝴蝶结，就知道林斤澜叔叔来了。这车大概是女儿淘汰给他的。林叔叔来了，我们用不着拘束，高兴了听他和爸聊天，还可以乱插嘴，不高兴了可以到另一间屋里躺在床上看书，很随便。爸不怎么看杂志，跟外界接触也少，消息闭塞。从林叔叔那里，他能获得很多新信息，了解文坛动向和作家、作品的近况，大有裨益。林叔叔为人热诚，见解通达，在他面前可以百无禁忌。改革开放后，爸的第一本小说集是在林叔叔的催促下编辑出版的。当时爸有些迟疑，林叔叔很着急，说："你积极点好不好！"如今，这本《汪曾祺短篇小说选》已被人民文学出版社、作家出版社、中国青年出版社、解放军文艺出版社评选为"百年百种优秀中国文学图书"。

80年代是文学的鼎盛时期，全国各地的邀请、笔会相当多。爸和林叔叔总是一起参加讲课、座谈，一起喝酒，一起游山玩水，算得上形影不离。爸对林叔叔口无遮拦，高兴了，酒喝多了，心里不痛快了，拿起电话就给林叔叔打，有时趁着酒劲还要骂上几句。这个时候他很执拗，很难说服。林叔叔耐心地跟他解释，帮他分析，更多的时候是不置可否地静听，让爸痛痛快快地发泄。林叔叔就是喝多了，也不会失态，仍然有条不紊，从容不迫地聊天，虽然连脖子带脸都红了。

林叔叔宽容厚道，有各种年龄、各路风格的朋友。他顾全大局，扶掖后进，乐于与年轻人沟通。他会花很多时间和精力去读最前卫、最新潮的作品，而且深入研究，费心琢磨。虽然他很少口齿锋利地表达意见，可让人感觉，他心里清明洞澈，并且很有想法。

林斤澜叔叔心脏不好，三十多岁时，医生就断言他活不长了，可他照样吃肉、喝酒，四处周游。妈每次见面都要问他心脏怎么样，他每次都含糊答道："还好，还好。"让人弄不清这个还好是什么意思。有一阵，林叔叔每天去医院输液，医生警告他必须住院，他也不管，还是骑着自行车来回跑。我们已经搬到虎坊桥，离那个医院不远，他常常输完液就过来聊聊，或者吃了午饭再走。小保姆刚来不久，饭很粗糙，林叔叔毫不在乎，还陪爸喝点红葡萄酒，尽管不过瘾。我中午回家，一出电梯就听到林叔叔响亮的笑声，爸和妈也高兴得很。那是我们搬家后一段时间不长的好日子。

爸于1997年5月11日消化道大出血，5月16日去世。住院期间，看上去病势已渐渐缓和，我们只告诉了不多的几个人。林叔叔闻讯接连两天去看他。一对老朋友又凑在一起了，不过一个是坐着，一个却躺着，口鼻中还插着管子。他们大概都想到了什么，又都没有说。爸去世当日，我回到家，第一个电话就打给林叔叔。我关上房门，压低嗓音，以免躺在隔壁的妈听到。林叔叔却在电话的另一端失声叫道："啊！怎么会这样！"那一刻，我强压着哽咽，发不出任何声音来。

告别仪式那天，林叔叔没有去。头天他已经和几个年轻作家到医院太平间去看过爸。他特意到家里来，和我们的二姨一起守护着卧病在床的妈。他们得装着若无其事地陪妈说话，这是比参加告别仪式更艰难的事。

爸和妈的交往中，年轻人很多。他们思想敏锐，见解新鲜，经历各具特色，给老人平静的生活带来了清新的空气。记得有一个在外地教书的青年女教师，梳一条大辫子，眼睛大大的。她先打听好我们蒲黄榆的住处，然后径自在附近找了一个招待所，跟服务员打招呼要晚些回去，再来和爸进行长谈。她才思敏捷，滔滔不绝，读书层面之广、数量之多，让爸十分惊讶。从下午一直谈到晚上12点，她才起身告辞。妈担心路上不安全，她毫不在意地说，招待所11点就关大门了，她可以翻过铁栅栏跳进去。第二天，她托在北京的妹妹送给爸一部厚厚的《十三经注疏》，可能是看爸的书架上没什么像样的书吧。她给我们留下的印象很像一个女侠。

爸妈在年轻人面前从不摆架子，很平等，很随和，完全是朋友关系。有个小伙子，想要写一篇访谈式的文章。本来谈吐、举止都很正常。谁知酒一下肚，全然失态。时而提着爸的名字大喊大叫，时而咄咄逼人地要爸回答他的问题；一会儿要吃饭，一会儿要吃面，闹得不可开交。和他一起来的两个同学不知所措，十分尴尬。天已晚了，他闹着怎么也不肯走，两个同学只好把他强拖出去。爸和妈也不以为怪。妈像看热闹似地笑，爸大概看多了各种醉态，没有多说什么，只是觉得很累。

青年作家龙冬是我们的常客，他到西藏待了一段时间，在那儿有了一个女朋友，是个女作家。他说起当初苦苦追求的情景，很浪漫，真像歌中唱的："在那遥远的地方，有位好姑娘。"爸时时念叨："找了个藏妞，有意思！"不久，龙冬带来了他的新婚妻子，叫央珍。央珍给人一种纯真透澈的感觉，谦和、温柔中蕴含着坚韧。他们走后，妈说："那个央珍真是可爱。"后来他们又来过几次，妈说："我真想认央珍作干女儿，真的！"我和爸都笑她，一向洋派，什么都不在乎，怎么来起这一套了。

爸突然去世，龙冬、央珍一趟趟到家里来商议后事。为了不让妈觉察到什么，我们在门外的楼道里小声交谈。他们提出不用哀乐，太悲戚了，也不合乎爸的气质，特意精心为爸选择了圣桑的大提琴曲《天鹅》，又专门去制作了磁带。追悼会那天，大厅里回响着这首庄严而温厚的乐曲。

一年多后，妈也去世了。此前，龙冬、央珍常来看她。妈看见他们很高兴，能清楚地叫出他们的名字。后来她日渐衰弱，不怎么说话了。央珍俯在她的枕畔，一遍遍亲吻着她的面颊，她们之间真是流动着母女般的亲情，令人感动。

四

我们小时候，就常看见爸伏案写作，已经习惯了。过去写剧本，爸不要求我们看，可能这不是他自己想写的东西。后来逐渐恢复写小说、散文，我们就荣升为第一读者和评判者。爸很在乎我们的意见，每当我们看到会意之处发出笑声，是他最得意的时候。对他的稿子，我们可以毫不客气地横挑鼻子竖挑眼，他都虚心听取。其实他的习惯是想好了再写，很少改动，稿面很干净，除了个别标点以外，也挑不出太多毛病。我们要审查的，是文中有关社会大背景和政治运动的描写是否合乎实际，真实可信。

很早，我就觉得爸和别人的爸爸不一样，总有点不合时宜。我曾半开玩笑地给爸下了个结论：他之所以能在近六十岁重新开始写作，并且写得很好，很有生命力，是因为“思想改造不彻底”。这跟一些能够独立思考、“世人皆醉我独醒”的思想家完全不同，他不具备洞察时政的能力。他跟政治的距离总是比较远，即使努力，也跟不上形势。有时他也很激进，但表现出来还是跟外界形势不大融和。他所受的教育和他个人的特质使他更多保留了传统文化的影响与崇尚自由、民主和人本主义的思想。即便在“文革”中，他本人在写“样板戏”，他也固执地认为文学艺术不应该直接为政治服务，文学应该表现生活、表现美。他说这些话的时候，情绪往往有些激动。幸好他还算明智，没有四处公开宣讲这些主张，否则怕是在劫难逃。也幸好这些我行我素的想法保存了下来，这样，改革开放、思想解放后他的创作才能喷涌而出，一发而不可收拾。

爸的一生经历了战争、灾难和各种各样的政治运动，但他不会去表现这些重大的题材。他只能截取一个地方、一个人、一些侧面和一些细节。他的小说中的人物基本都有原型，他用自己独到的眼光观察生活，观察事物，因而描写普通人和平民的生活毕肖。但是描写政治运动、时代特色就很不到位，他不大能够高视角、宏观地反映大背景，我们专从这些方面给他把关。他的小说《寂寞和温暖》反复修改，六易其稿，只要我们通不过，他就重新改写一遍。

爸没写过长篇，也不喜欢看长篇小说，他认为不真实，生活中不可能发生那样有头有尾、完完整整的故事。照我看他是过于忠实生活了。有一段时间，爸很想写写汉武帝、司马迁，他曾认真读《汉书》《史记》，看了很多材料，做了笔记，还曾就宫刑使人生理和心理上产生的影响通过妈咨询著名医学专家吴阶平，但最后还是没能动笔。这不单因为当时他精力、身体都比较差，恐怕他的气质还是更适合于短篇和散文。他一向主张文章的结构是“随便”，而随便是不大能构筑出长篇来的。他自己说：“我的气质，大概是一个通俗抒情诗人。我永远只是一个小品作家。我写的一切，都是小品。就像画画，画一个册页、一个小条幅，我还可以对付；给我一张丈二匹，我就毫无办法。”

爸最苦恼的是缺乏生活，解放前他写的作品受外来影响，虽不乏才气，常见一些聪明诡异的句子，但充满了虚无、悲观和对人生的感伤，很有局限性。1949年他参军南下，就是想获取一些新鲜的生活印象，写出比较刚劲的作品。结果未能如愿。他在《随遇而安》一文开篇就说：“我当了一回右派，真是三生有幸。要不然我这一生就更加平淡了……”假如他没有被打成右派，下放到张家口，而是一直在北京编文艺刊物，就不可能那么直接地与最基层的农民生活在一起，就写不出《葡萄月令》《果园杂记》《大地》《沽源》《七里茶坊》《羊舍一夕》等散文和小说了。这也是一种迫不得已的生活积累。

爸每天上午在沙发上坐下，点燃一支香烟，凝神望定空中。谁在他面前说什么，做什么都不会干扰他，此刻他完全在自己的世界里。有时他会问我们一些问题，一般是最简单的日常口语或普通的生活常识。有一篇篇幅很短的小说叫《虐猫》，素材基本是我们提供的。“文革”期间，我们楼里有一群男孩子把猫从楼上往下扔着玩，他们听说“猫有九条命”，不相信，要试试，先是从二楼，把猫托起来向上扔，让它“飞”，一直试到五楼，最后把猫狠狠地掼下去，终于摔死了。猫在空中凄厉的叫声非常吓人。时隔多年，我和单位一个平素很调皮的男孩子聊天，谈起他们小时候曾抓住一只猫，玩到后来，不知谁的主意，在猫爪子上粘上四个墨水瓶的盖子，猫一步一滑，怎么也站不住，可把他们乐坏了。回家我无意中把这事告诉爸，爸听得非常仔细，还问了一些细节。不知过了多长时间，《虐猫》写出来了。我指着爸说："好哇，你剽窃！"爸有几分狡黠地一笑。

爸的名气渐渐大了起来，在家的地位依旧。他每次写好的文章，整整齐齐的一沓。我们看完以后，东一张，西一张，桌上一张，床上一张。他无可奈何地自己收拾起来，嘴里嘟嘟囔囔："你们谁都不把我当回事！"下次，他又会追着我们问："还看不看了？不看我可要寄走了！"妈有两次跟爸一起到外地参加活动，回来有些惊讶地告诉我们："你们别看，老头在外面还挺有威望，人家可尊重他啦！"我们不管，照样嘻嘻哈哈的跟他没正经，连孙女们也拿起他的文章歪批。爸挺愿意我们这样。

爸开始正经写字画画是80年代初，可能因为心境比较开朗。他先送给朱德熙伯伯几张，几个老朋友、老同学也向他要。当时家里只有一大一小两间屋子，五个人挤在一起，我还要上夜班。有时他想写篇文章都找不到桌子，实在不具备条件。那时画的画只有墨色一种。1983年，我们搬到蒲黄榆，爸有了一间自己的屋子，因而画兴大发。索画要字的人也渐渐多起来。他买了些颜料纸张，朋友们送了几方图章，很像一回事了。

爸很怪，他不怎么舍得送人书，他的书由妈送出去的可能比他自己送人的还多。可送人字画却非常大方，真是来者不拒。有时还主动问人家："你有没有我的画？"画得好的、比较得意的全都送人了。估计送掉的是家里剩下的好几倍！他去世后，我们整理他的字画，竟然没有一张比较像样的字。而朋友家里悬挂的字幅，却笔墨酣畅，气势饱满，让我们很羡慕。有些相熟的年轻人常常径自在爸的画堆里翻找，看到合意的就向他要，他一概答应。孙女汪卉说他："你的画将来值不了钱，到处乱送！"

我揣想，爸对自己的绘画才能很自信，起码不低于他的写作水平。可惜没有受过系统的正规训练，只是十八九岁前在家里受他父亲作画的影响，因此总有一些遗憾。我们受的教育实在糟糕，十来岁就上山下乡，生产劳动，很难与他相通。爸的书房兼卧室实在太小，桌面也不清理，老是堆满了东西。他每次画了得意的画，总是双手高高举着拎过来，铺在地上让我们看。我们没事时还认真看看，品评一番，有事就马马虎虎地对付他。兴致好的时候，他一天里画很多张，铺得沙发上、床上、地上到处都是。我们走路都要迈过来，跳过去，不耐烦了，要替他收拾收拾卷起来，他忙不迭地说："哎，哎，别别，还没干呢！"

爸画画，画完了，尽兴了，自己欣赏一会儿，不管了。那些画一卷卷的塞得哪儿都是。我们隔一段时间，就草草包一下，扔到书柜上面。爸去世后，我整理他的画稿，发现还有一些不错的画留下来。可惜由于保管不慎，都发黄了。实在对他不起！其中有的画是专为朋友画的，题了字，盖了章，也跟别的画卷在一起。这不禁使人想起爸在《自报家门》中写到他的父亲："他的后半生不常作画，以'懒'出名。他的画室里堆积了很多求画人送来的宣纸，上面都贴了一个红签：'敬求法绘，赐呼 ×× '。我的继母有时提醒：'这几张纸，你该给人家画画了。’父亲看看红签，说：‘这个人已经死了。’”他们父子的潇洒不羁实在是一脉相承，异曲同工。

五

大约从70岁起，爸每年都要作一首自寿诗或写一篇有关老年的文章。据我看，他很不喜欢老年。一次，一家老年报的记者来采访，问了一些问题。他冷不丁地说：“我看现在社会上对老年人照顾太多！”妈在一旁也笑吟吟地说：“老年人很讨厌。”那个记者一定莫名其妙。

1995年初，爸准备做个疝气手术。不料住院一检查，发现他的肝功各项化验指标都不正常，大夫劝他日后好转再做。多年过量喝酒终于引出了严重的后果。在此之前他的精神已有些萎靡，住院时带了纸笔，结果一个字也没写。回家以后他开始戒酒，吃中药，变得动作迟缓、表情呆滞，什么都没兴趣。他很少写文章，也不大画画，饭也不做了，连每天下午出去买菜、遛达的习惯也取消了。林斤澜叔叔让他主编一套“国风文丛”，他不但找不到送给他看的材料，而且压根忘记有这回事了。我曾见他从下午三点钟到六七点钟一动不动地坐在沙发里，天渐渐黑下来，他也不开灯，就这样一个人呆坐在黑暗中。后来我们发现了他那时写的一篇不成文的东西，上面说：“既然活着，总得做一点事，不能一天闲坐着……但我希望索稿的同志能让我从容一点，不要逼得太紧。我也还写一点字，画一点画，希望不要限时定量，尤其不要要求当众挥毫。求字索画的同志大概不知道写字画画是很吃力的。半月前我写了两副行书对联，写完了，半天才缓得过劲来。甚矣吾衰矣。”我们很悲观，觉得老头这回完了。

1995年底，妈在夜间突然跌倒，不省人事。爸在半夜才发觉。叫我们回来后把妈送到急救中心，后又转到宣武医院神经内科病房。家里的生活一下失去了平衡，我们每天川流不息地往医院跑。想到爸也需要照顾，又赶快请了一个小保姆。不久，汪朗在单位分到了房子，与蒲黄榆的住处调换，我们搬了家。

新居宽敞明亮，爸有了一个正式的书房。我们买了新书柜，还把爸历年从各处带回来的小玩艺儿摆上，作协又送来一个大画案。林斤澜叔叔一进屋，霍然喝道："嘿！老头儿发了！"爸的精神好了一些，开始在新书房里写字、画画，又像原来一样，坐在沙发上，直眉瞪眼地构思。

妈出院后，身体并没完全恢复，很衰弱。她一向好强，不甘心这样的结局，每天勉力锻炼走路。龙冬他们请来一个藏医，很神奇。他的诊治方法是传统的，但也懂西医。他私下告诉我，妈的脉象很不好，要有心理准备；爸还好，没什么大问题。果然，不久妈就又一次因肺炎住院，从此没能再站起来。后来姐夫请来了一个按摩师，据说是在五台山学的功夫，手法独特。他给妈按摩，没有见到什么明显的效果，可是爸经他按摩一段时间，精神焕发，双目炯炯，饭量见长，步履也较前轻捷了。慢慢地，爸又恢复了喝酒，不过是喝葡萄酒。

我们新搬的家在南城的胡同里，每天早上这儿有个早市，从阳台望下去，挨挨挤挤的都是菜摊，人多得不得了。这一带居民的生活水平比较低，因而可以接触到最朴素平实的生活。爸每天拎个脏兮兮的菜筐去买菜，饶有兴趣地四处看看。买菜以外，他还买过一些乱七八糟的玩艺儿：一个三块钱的放大镜、一尊一块钱的香炉（当烟灰缸）、一对不知多少钱的小瓷罐，有一次还抱回一个玻璃鱼缸和用塑料袋装着的两尾金鱼，放在妈床头的茶几上给妈解闷。

爸每天去早市主要是买鸡、乌鸡或牛肉，回来让小保姆给妈炖汤。一次我见他下楼前先把烟揣在口袋里，就说："老头儿，早市上可不能抽烟，那么挤烧着人家！"爸有点着急："我不抽，给卖鸡的抽。他每次都把零头给我抹去，好几毛钱呢！"我直好笑："你两根红塔山也抵上这几毛钱了。"后来，爸不在了，轮到我去买鸡，才发觉，原来每个人的零头都是抹去的。我想爸也知道，他不过是很想了解卖鸡人的生活。我站在那儿，呆呆地看着卖鸡人驾轻就熟地杀鸡、控血、捋毛、开腔，仿佛看见爸跟他们熟稔地打着招呼，聊着家常，眼泪不禁夺眶而出。

妈病倒以后，保姆小陈负责照料他们的生活。小陈是安徽人，二十来岁，瘦瘦的，很精干。她没上过学，但是学什么都快。家用电器只要告诉一遍她就会用，刚来不太会做饭，爸教教她，很快就能做出一桌菜来了。她很有主意，爸跟她商量："今天这个汤里搁点火腿吧？"她说："不搁，搁了你喝！"只好算了。我嘱咐她让爸吃点水果，她就每天削一个大苹果切成片，让爸吃，吃得爸叫苦连天。小陈很勤快，手脚麻利，干完活就拿出小学语文课本来练习写字，日日不辍，渐渐也能看一点《小小说》一类的杂志，遇有不认识的字就猜，或者跳过去。爸有时候看看她写的字，问她："小陈，你什么时候能看我的书哇？”她抿嘴笑笑。她管爸叫做“爷爷”，妈住院的时候，每逢探视日，小陈就提着一罐炖好的汤，打“的”陪爸去医院看妈，也确实像爷孙俩。

爸经常出去参加一些活动，对方是什么人，他也弄不大清楚，有请便去。最糟糕的是有一次被人拉到某企业去，人家连汪曾祺是谁都不知道，把他的名字写错了两个字！我们很生气，怪他不自重。后来再琢磨，其实他是寂寞。妈卧病在床，只能时时呼喊他，或说些简单的句子，有时脑子还有些糊涂，没法跟他认真地谈话了。一对老人，哪怕吵架也是交流。爸需要有人说话、聊天。爸老盼着我们回家，盼着屋子里有些生气。我有时候中午回去，他特意做了炒鳝丝、荠菜拌熏干、雪里蕻蚕豆等我吃饭。当时我很奇怪，午饭哪用得着这么丰盛。后来才深有体会，只有家人坐在一起吃饭才是人间烟火，才有家庭气氛。回想这大半生，我们实在没能为父母做什么。连多陪他们说说话，吃吃饭都做不到。

1996年12月前后，爸陷进了那场关于《沙家浜》著作权的官司。这件事对他精神和身体上的打击非常大，大到超出家人和朋友的意料。近些年，爸被捧得很高，听到的都是赞赏和恭维，他已不似过去那么出言谨慎了。于是，他的“不合时宜”把自己送进了一个圈套。他接上海某报记者的电话时，我就在隔壁，虽然不知道是什么事，但听得出他的话不大妥当，有些偏激，口气也很不客气。但谁也没有想到这个记者忽然变成了对方的证人，把他的话作为证词，并加以利用大作文章。名人的名誉官司，使得各报刊都纷纷炒作或转载。爸完全被弄糊涂了，他不懂新闻媒体到底要干什么，本来很容易弄明白的问题忽然一团糟！他没有打官司的准备，只好被迫停下写作去查阅有关的法律条文。但这实在不是他的所长，他说的并不错，他是个“法盲”。值得一提的是，自始至终，爸没有对原作者的遗孀说一句不好听的话，也没有附和我们气愤之极的偏激言辞。

爸的情绪很不稳定，几乎夜夜失眠。我们劝他少吃安眠药，对肝不好。但他没办法，睡不着。在外人看起来，这件事远不如“反右”“文革”那么严重，而他却难以承受。他一向顾惜声名，淡泊名利，出版社出书，刊物约稿，他从不问价，有时稿酬低得令朋友们吃惊，他都无所谓。现在被泼上这么一瓢脏水，又无人诉说，真是郁闷至极。毕竟，他已经是个77岁的老人了。此外还有一个更重要的原因，是妈病倒了，不能分担和排解他的难处。妈是家里的主心骨，她的作用是我们无法替代的。

在朋友们的安慰和怂恿下，爸开始到外地走动，散散心。妈的身体状况比较稳定，又有小陈细心照顾，也是他敢于出门的原因之一。他自己的身体已经不太好了，1997年1月去云南，据同行的作家何志云说，爸在途中由于劳累，眼底出血，让他们很担心。在高洪波、何志云他们强制性的商量下，在医生的劝告下，卧床休息几天后才逐渐好转。爸回到北京，兴致勃勃地讲沿途趣事，给我们看带回来的木雕，对此事只字未提。

1997年4月，四川有个笔会，据说很隆重，有来自全国各地的作家参加。四川是爸熟悉的地方，行前画了一幅画：一丛芭蕉，几颗荔枝，上题“明日将往成都”。故地重游的兴奋心情跃然纸上。后来听说，跟他要字索画的人很多，他有求必应，一直画到深夜。这不奇怪，爸一出去，不论高官显要，还是宾馆的服务员，他都一视同仁，从不拒绝。他写到、画到兴头上常常忘乎所以，这时候如果有人为照顾他的身体而出面劝阻，他反倒会不高兴。

从四川回来，休息了一星期，太湖又有个笔会约他参加，机票都订了。妈对爸前两次出门都没表示反对，只是念叨着怎么还不回来，她的精神很衰弱了。这次却一反常态，突然叫道："不许去！"爸赔笑说："我得去呀，那边笔会还专门为我制了毛笔呢。"妈说："算了吧，笔我也能给你买！"这时，江苏又想请他去做个电视节目。爸竟然想自己买机票先去南京再去太湖。我坚决反对，他已年近八十了，身体不好，走路也不利索，每次出门都有年轻人前后照顾得很周到，怎么可能自己提着行李跑来跑去呢？以他的能力，只怕连飞机都找不到！正在争执不下时，忽然发现爸的腿有些肿，去年就曾因此带他去医院检查过。这下爸才有点紧张，打电话通知对方不去做节目了。

1997年5月11日晚，爸突然消化道大出血。小陈叫来对爸和妈非常关心的邻居，他们和闻讯赶到的汪朗以及经济日报的许多同事，用急救车把爸送到友谊医院。约半年前，爸已查出因肝硬变导致的食道静脉曲张，医生警告他吃东西千万得注意，如果破裂会很危险。现在终于不幸而言中了。爸出血量大得吓人，但很镇定，他交代我们，通知太湖笔会退掉机票，为作协画了一幅迎接香港回归的画，让人来取。还向汪朗承认，在四川喝了白酒，超了量。次日，爸才住进高干病房。主任向家属交代病情，虽然目前看上去还好，但要有思想准备，如果再次出血就危险了。医院为爸请了两个特护，日夜护理，片刻不离。

第二天一早我去病房，爸神志清醒，由于出血太多，脸色有些苍白。特护说，夜里躁动，要起床，有时说胡话。爸很不习惯让人这么服侍，老觉得不安。他不愿意总躺着，老想翻身，不时自己用手整整枕头。护士长查房，吓了一跳："汪老，您动作轻点，可一定得注意！"橡胶三腔管从爸的鼻腔一直插到消化道，充气压迫止血。爸不能吃东西，不能喝水，只通过输液治疗和补充养分。他口干舌燥，很难受。每隔一会儿就恳求特护开恩，用注射针管在唇边、舌面上滴一点水。爸看看我说："哎，出院后第一件事就是喝他一杯晶明透亮的龙井茶！"逗得特护直笑。这一年夏天来得早，望望窗外晴朗的天，爸问我："外面的人是不是都穿短袖了？"病房的被子很厚，我问他："你热吗？"他摇摇头。摸摸他的手，我不由一惊，他的手和胳膊是凉的！从小，我就熟悉爸温热的手掌，冬天把冻得冰冷的手放在爸的热手里，又舒服又踏实。我安慰自己，失血过多，输着液，又不活动，等恢复了就好了。

爸的脸色慢慢缓过来了。我向医生询问病情，医生的表情也稍微轻松了一些，向我解释下一步的治疗方案。闲下来，我们还跟特护聊聊家常，开开玩笑。爸问我："杏是不是该下来了？"我随意回答："下来了你也不能吃，大夫肯定不让。"他不情愿地想了想："不让吃，那就吃桃吧！"不知为什么，爸这次病虽然来势凶险，我却并不是很慌，我老以为，他一定长寿，能活八九十岁。我们所以没有惊动很多人，是想让他好好休息一段时间，等恢复了再让朋友们来看他。

5月16日，我一早去病房，爸已经醒了，特护在给他洗脸。我用电动剃须刀给他刮胡子，他乖乖地闭着眼睛，好像挺受用。病人不吃东西，没有太多的事可做。我准备先去上班，下午再来。刚要走，爸忽然说："老这么躺着也不是事，你下午把我的眼镜拿来，再带几本书。"我到单位，还没和同事说几句话，医院的电话来了，叫家属马上去！我立刻给哥哥姐姐打电话，手抖得怎么也按不准按键。同事急得叫道："把电话号码留下来，你快走！"我恍恍惚惚地骑上车，恍恍惚惚地爬上医院的楼梯，恍恍惚惚地看着十来个医生护士团团围着爸的病床抢救。主任过来告诉我，爸突然之间血压、心跳都没有了，现在心跳恢复，血压还上不来，很危险，抢救需要锯开两根肋骨。问我是否能签字，两名外科大夫已经在等着。话没说完，主任又被人叫走了。姐姐、嫂子、先生、姐夫都仓皇赶来，呆立在走廊里，只有哥哥外出采访，一时找不到。又过了一会儿，一切都停止了。

爸老早说过："如果我不能做事了我就死掉！"他不喜欢无所事事的老年。可他一直在写、在画、在思考，发病当日上午，还有一个来访的记者请他写字，画画。他这么决然地拔脚就走，是不是太早了，太快了?!

约一个星期前，我中午回家，带了一篇传真过来的稿子，字迹不清楚，让爸给辨认一下故宫藏品的部分。爸告诉我，是展子虔的"游春图"、三希堂所藏伯远帖、快雪时晴帖和中秋帖，还有石涛"高呼与可图"、沈周的"仿黄公望富春山居图"等等。爸看看我，叹了口气，大概觉得也无可救药了。上班的路上，我还轻松地想："爸在就是好，一问就行了。"怎么也想不到，才仅过几日，便天人永隔。

电话终日不断，唁电一沓沓地送来。我坐守家中，冷静而木然地应对这一切。幸好妈不很清醒，否则怎么可能瞒得住她呢？江苏新华日报一位记者打来电话采访，她问，汪老给我们留下了那么多美好的文章，家人是否稍觉安慰？我突然泪流满面，泣不成声。我说："这些对我们都不重要，重要的是他没有了……"

至今，我还觉得对不住那位记者，没能让她完成这篇报道。可我说的是实话，对于我们来说，汪曾祺就是我们的老头，我们的爸。

最后一日

汪明

1997年5月16日，让人刻骨铭心的一天。早晨刚上班不久，有我一个电话，是汪朝的同事老钱打来的："你父亲正在医院抢救，请马上去！"我脑子里一片空白，就像一下子短路了。"抢救！抢救！"这两个字震得耳骨生痛。医生说过、而我们当时都没有十分在意的一句话电一般地闪出来：如果再一次出血，我们就无能为力了。不会吧？不会的呀！

出租车在交通拥堵的马路上走走停停，我能感到太阳穴在突突地跳着，心里一个劲儿地念叨："爸，挺住啊！你一定要挺住啊！"车到友谊医院时，我一直紧闭的嘴口干舌燥，这才知道什么是"心急如焚"。

奔到爸的病区，每一根神经立刻被那种紧张的气氛死死地捆绑住了。爸的单间病房的家具全被挪到楼道里，医生护士们一溜小跑地进进出出，心脏监视器发出"嘟——嘟——"的刺耳的叫声，呼吸机“呼哧——呼哧——”地沉重地喘息着。楼道的地上有一滴一滴的鲜血，是从血袋里漏下的，让人触目惊心。

汪朝站在门口，悄声说：“已经抢救了一个多小时。”我竖起耳朵，努力地想从“嘟——嘟——”和“呼哧——呼哧——”中分辨出爸的哪怕是一丝声音，但是毫无。汪朝说，她刚才听见老头儿哼了一声呢。

眼前的一切让人恍惚。这种情景，过去在电影和电视剧中常常见到，不过总是觉得未免夸张。万万没有料到，就在此时、此地，此情此景那么真实地再现在我们身边，再现在最不事夸张的爸的身上。从门口望进去，病房的白墙上有许多影子飞快地晃动着，其中有一个剧烈地一起一伏，不时伴以“空！空！”的振动，在做心脏电击吧？

一直在抢救现场的主任大夫走到我们身边，以极其严肃的语气说：“这一次的情况非常不好，你们要有思想准备。”我与汪朝对视，木然。主任又说，这次发病非常突然，几乎没有过程。汪老清清楚楚地说最后一句话不过两三分钟，心跳一下子就没有了，血压也降到了零。现在能采取的措施都在用。主任加重语气地一连说了三遍：“很危险，很危险，很危险……”

“很危险”是什么？我们都明白，但谁也不愿去想它的实在的后果。看相的都说爸是有福之人，可以活到90岁。我们那时老是拿爸爸开心：“90老翁嗡嗡叫……”爸被我们欺负了，只是翻翻白眼，可是眼神里分明对这种调侃是喜欢的。我还想到小时候家里包饺子，爸揪起一块面，说：“这面真精道。”我给他纠正了好几遍：“是筋道，不是精道。”他学了半天，还是说成“精道”。由他去吧！爸爸历尽坎坷，大劫大难都过来了，也真是“精道”了。爸有许多异于常人之处，他的命可是硬着呢！

主任进了病房，很快又走了出来，她不住地摇头。

“嘟——”“呼——哧——”机器们的节奏明显地慢了下来，主任望了望站在楼道里的我们一家人，征询道：“如果亲属都到了，请到办公室来谈一谈？”电影里也是这样演的，难道下面要说的话也是一个套路吗？我觉得眼睛被什么东西蒙住了，眼前的一切变得模糊起来。

“抢救已经没有意义了。我们尽了最大的努力。”我料到她一定会说这样一句话。她继续介绍着抢救的经过和措施。我几乎麻木地吃力地理解她的话，觉得这些声音在虚空中正在慢慢地弥散开来，难以捕捉。最后，她说：“如果你们没有意见，我们现在开始撤掉抢救设备。”我不知自己为什么会很傻地问了一句：“瞳孔散了吗？”“散了。”下意识地看了看手表：10点30分。

有一两分钟，安静极了。人影一动不动，机器也一声不响。接着，护士们有条不紊地推出各种仪器设备，她们的脸上有疲惫，有惋惜，甚至还有悲伤。爸住院的这几天里，和医生护士们相处得挺好，他们很亲热地叫爸“汪老”。照顾爸的特护说，汪老还答应病好了以后送她一本书呢。

紧张繁乱的病房清静下来了，春天的阳光在窗前划出几个白亮亮的方格子。我们蹑手蹑脚地走进空荡荡的病房，爸爸安安静静地躺在床上，眼睛微睁着，嘴巴微张着，表情真是安详，仿佛并未经受一点痛苦。他过去说过，如果哪天阎王爷叫：汪老头！他一定拔腿就跟着走，绝不拖泥带水。“死”在我们家从来都不是一个让人忌讳的话题。而现在，爸真的如同平日散步一样，悠悠闲闲，从从容容，坦坦荡荡地度过了生死之界，多么洒脱！

我们为爸爸擦洗。摸着他的面颊，想象着他会突然睁大眼睛，问：“几点钟了？该起来做点事儿啦！”爸的嘴唇干干的，从住院以来，在五六天的时间里，他天天都在巴望着，却没有喝过一滴水。这个终日离不开茶水的老头儿，过去总是每天早上一起床，就烧一壶开水，浓浓地泡上一杯茶，然后把自己投进沙发里，一边望着杯中袅袅升起的热气，一边构思他的文章。烟、酒、茶，在爸的生活中，可以说是命根子。

因为大出血，爸的食道里被插了一根充了气的胶皮管子。插了管子，既不能吃，也不允许喝。两天前我到医院看望爸，一进门，爸便用手指着特护，像一个受了委屈的孩子向家长告状：“她管制我！”特护笑着说：“汪老逮着谁，就向谁控诉我。”老头儿说，什么罪都能受，最讨厌的是不让喝水，“什么时候算一站呢？”特护动了恻隐之心，用注射器抽了小半管白开水，还直检讨自己“没原则”。爸的双眼发了亮，一刻不离地盯着那支小小的注射器，特护离得老远，他已经张大了嘴等着，满脸都写着两个字：渴望。每滴一滴水，爸都赶快贪婪地用舌头接住，企图送到喉咙里，可是徒劳。仅仅给了三滴，平时淡而无味的白开水，这会儿简直如甘露一般宝贵。特护说：“只能润润嘴，绝对不能流进嗓子眼儿里。”爸十二分地不满：“上甘岭不过如此吧。”

爸说，这场大病过后，可有的好写。我指指特护："写她吗？"爸费力地扯了扯嘴角，算是笑了。虽然不置可否，可是眼里闪过一片孩子似的顽皮。特护说："汪老您饶了我吧！我在您的文章里肯定是个恶人……"

爸盼着大夫早点儿拔掉他喉咙里的那根胶皮管子。喝一杯"清亮透明的龙井茶"，在他，成了一个希冀，一个奢望。

我给爸擦洗身体的时候，他的后背还是温的。我们小时，爸老让我和汪朝给他挠痒，"就是这儿，就是这儿，哎哟，舒服极了！养了女儿真好，挠痒挠得这么棒！"妈就笑爸"虚张声势"。"文革"时，爸成了"黑帮"，每天干了活儿回来，就让我们给他捶背："沿着'翅膀根儿'捶！""咚！咚！咚！"我们用足了力气，抡圆了胳膊拼命捶打，"嗐！嗐！舒服极了！简直是至高享受！"

给爸穿上他平时喜爱的一身西装。特护一边帮忙，一边告诉我们，老北京人在这种事情上都有些什么规矩。我对她说："我爸爸无所谓，他本来就是一个没有规矩的老头儿。"

爸的单位来了三位同事，商量料理后事。在接待室里，汪朝靠在我身边泣不成声，而我却不能完全进入角色，甚至有点魂不守舍。好几次，我都想回到病房去看看，我那时相信一定会看到爸坐起来，两条腿在高高的病床边晃荡着，他莫名其妙地低头瞧瞧身上那身多半在正式场合才穿的西服，学着相声里的方言问我们："搞什么搞？"

然而爸却无声无息，平平展展地睡在那张床上，纹丝未动。

上次来医院看爸，临走时问他："星期六我带小狗们看看你？"正在与爸推心置腹的林斤澜叔叔非常吃惊："什么狗？"没待我们解释，他便从老头儿那一脸灿烂中弄懂了“小狗”，连声道：“噢！噢！噢！”爸刚刚说了“好”，随即又不大情愿地嘟哝：“无所谓。”我知道爸的心思，孙女们从小跟他没长没幼地厮混，他是怕这副插满了胶皮管子的狼狈像被孩子们看到，日后出了医院被她们寻开心。她们会说：“老头儿你那会儿真像一个……”像一个什么呢？

而这会儿爸穿戴得这么整齐利落，简直无可挑剔，可是“小狗”们都没有看到。今天是星期五。

我们——爸的儿子、女儿、儿媳和女婿依次向爸爸道别。我吻着爸的已经凉下来的额头，轻轻地抚摸着他的头发，这一头被妈妈和我们兄妹，还有孙女们高兴时就胡乱摸一把，过去是那么浓密粗硬，而现在如此稀疏柔软的头发！爸爸第一次一声不吭，毫不反抗。直到这时，我才真正意识到，爸爸那颗热爱生活，热爱生命的灵魂已经离开了躯体，飘然而去。泪水开闸般地涌了出来，心里一抽一抽地疼痛着。我用从来没有过的那么一种庄重和认真，一遍又一遍地默默呼唤着：“爸爸！爸爸！爸爸——”

我们簇拥在爸的周围，送他去太平间。这屋子这么冷，不知爸受得了受不了……

刚出太平间，一阵大风轰鸣着，打着旋儿地吹了过来，吹得人站都站不稳。5月中旬了，还刮这样大的风！老天爷，你这么急着忙着地接老头儿走吗？

抬头望望天上，天空是那样洁净清澈！一缕近乎透明的薄如羽毛的云温和地俯瞰着我们，渐渐地，渐渐地飘向远方。

春

SPRING

家人闲坐 灯火可亲

春

立春

雨水

心闲如静水，无事亦匆匆

惊蛰
春分

逝去的从容逝去，重来的依旧重来

清明

谷雨

你醒豁过来，白日里闪来了清晨

夏

SUMMER

家人闲坐 灯火可亲

夏

立夏

小满

追随时尚的作家，就会为时尚所抛弃

芒种

夏至

人总要呆在一种什么东西里，沉溺其中

小暑

大暑

我自低头看我的书，偷眼瞧它一片片的开张了

秋

AUTUMN

家人闲坐 灯火可亲

立秋

处暑

我们有过各种创伤，但我们今天应该快活

白露

秋分

人生时间有限，但空间无限，最重要的是在有限中寻求无限

寒露

霜降

来从虚空来，还归虚空去。往生再世，皆当欢喜

冬

WINTER

家人闲坐

灯火可亲

立冬

小雪

点灯说话儿，吹灯做伴儿，清早起来梳小辫儿

大雪

冬至

有一份对光阴和季节的钟情和执着

小寒
大寒

为自己活着，也为别人活着